LA LAVEUSE DE MORT

Ouvrage traduit avec le concours
du Danish Arts Council's Committee for Literature

"Lettres scandinaves"

Titre original :
Dødevaskeren
Éditeur original :
Politikens Forlag, Copenhague

ISBN 978-2-330-13938-4

SARA OMAR

La Laveuse de mort

roman traduit du danois
par Macha Dathi

ACTES SUD

Si vous êtes souillé, alors purifiez-vous. Si vous êtes malade ou en voyage, ou si l'un d'entre vous revient du lieu où il a fait ses besoins, ou si vous avez touché des femmes et que vous ne trouvez pas d'eau, alors recourez à la terre pure, passez-en sur votre visage et sur vos mains. Allah ne veut pas vous imposer quelque gêne, mais il veut vous purifier…

Al-Maidah, sourate 5,
verset 6, le Coran.

D'après Imrân ibn Husayn :
Le Prophète dit : "J'ai regardé le paradis et j'ai constaté que la plupart de ses habitants étaient des pauvres ; puis j'ai regardé l'enfer et j'ai constaté que la plupart de ses habitants étaient des femmes."

Hadith : *Sahîh d'Al-Bukhârî*, 4, 464,
Livre du début de la création, livre 54.

À Frmesk,
la fille qui, pendant ces longues années de souffrance, est restée emprisonnée dans mon cœur.

À ma mère à la fois d'âme et de sang.
C'est par la force des mots que nous devenons intemporels, que nous pouvons changer les choses.

1

10 AOÛT 2016

HÔPITAL DE SKEJBY, DANEMARK

Khanda sort en courant de la maison. Sa robe est tachée de sang. Son père est sur ses talons. Il est fou de rage et hurle que la honte vient de s'abattre sur sa famille. "Mon honneur a été bafoué ! Notre famille est en ruine, comme les maisons qui nous entourent." Khanda crie d'une voix rauque. Elle a simplement voulu essayer le vélo, et le sang s'est mis à couler. Elle a peur. Elle voudrait seulement qu'on la rassure. Elle a peur du sang qui a jailli d'elle, si soudainement. Semblable à de l'urine rouge et épaisse. Peur de son père, qui est devenu fou furieux dès l'instant où il l'a vue.

Il l'empoigne par les cheveux et la renverse sur la route gravillonnée. Un attroupement commence à se former. "Elle faisait juste du vélo, crie une voix aiguë derrière eux. Épargne notre fille. Épargne-la, mon mari. Notre petite vie." Le père frappe violemment la fille et la tire à lui. "Je ne peux pas vivre avec une fille souillée !" hurle-t-il en sortant un couteau de sa ceinture. "*Allahu akbar !* Allah est grand !" crient les voix autour d'eux. La chaleur est étouffante. Les pantalons bouffants des hommes leur collent à la peau. Les tchadors noirs à mailles serrées des femmes sont nimbés de vapeur. Des murmures se font entendre. “Épargne-la !” crie à nouveau la femme derrière eux. L’homme la gifle si brutalement qu’elle tombe au sol. “Maintenant tu vas ramper jusqu’à la maison ! hurle-t-il. C’est ta faute, tout ça !” La femme se relève et retourne en courant vers la maison. Sa robe sème du gravier et de la terre. Son foulard s’est défait sous la violence de la gifle.

Khanda pleure. Elle fixe la bouche qui récite des prières à une telle vitesse qu’elle n’arrive pas à suivre. Il la frappe à nouveau au visage et la force à ouvrir la bouche, tandis qu’il continue de crier que son honneur a été bafoué. Il écume. *Bismillâh.* Au nom d’Allah. *Allahu akbar.* Il tire la langue de sa fille hors de sa bouche et la sectionne d’un seul coup. *“Allahu akbar ! Allahu akbar !”* crient des spectateurs hystériques. Khanda s’effondre et crache du sang. Sa voix a disparu. Khanda n’émet plus que des sons inarticulés. Sa langue convulse sur la route.

Son père se penche en avant et enfonce ses doigts dans sa longue chevelure. D’un coup il lui relève la tête, lui saisit l’oreille et la tranche au ras du crâne. Puis il fait de même avec l’autre. Khanda se recroqueville sur le sol. Sa mère accourt de nouveau. Avec un bidon dans les mains, cette fois. Elle s’arrête net. Sans cesser de hurler. Elle tremble de tout son corps. Ses yeux sont noyés de larmes. Elle vide le bidon au-dessus de sa tête. Craque une allumette et s’embrase aussitôt. Puis elle se précipite vers eux, telle une torche humaine, mais s’écroule sur la route avant d’avoir rejoint sa fille ensanglantée. Le déferlement des voix redouble d’intensité. Les yeux de Khanda se ferment.

Une voix retentit. Une nouvelle voix kurde.

Elle sentit son cauchemar s'éloigner. Elle avait vu Khanda et sa mère mourir chaque nuit. Des bribes d'images sanglantes de son enfance à Zamua. Elle était avec Khanda quand elle avait commencé à saigner. Elle revoyait la scène. En permanence. La fille qui se vidait de son sang. La mère qui s'immolait par le feu. Les hommes qui se réjouissaient et criaient qu'Allah avait châtié les putains. Les femmes qui murmuraient en cachette : *Innâ lillâhi wa innâ ilayhi râji'ûn*. Nous appartenons à Allah, et auprès de lui nous devons retourner.

Ce n'était pas simplement un cauchemar. C'était la réalité.

— Que veux-tu ? chuchota la nouvelle voix.

Frmesk* ouvrit prudemment les yeux. Sa respiration était toujours rapide et saccadée. Sa bouche était sèche, sa tête lourde.

— Non, je suis au travail, poursuivit la voix. Tu le sais bien. Il n'y a que des infirmières et des femmes médecins, ici. *Baakhuda*, je le jure devant Allah.

Une infirmière ouvrit la porte.

— Sérieusement, Darya, dit-elle. Tu ne peux pas passer tes journées à parler au téléphone.

— Je vais devoir raccrocher, papa, dit la jeune femme, en danois cette fois. Je n'ai pas le droit de discuter sur mon temps de travail.

— C'est déjà la troisième fois aujourd'hui, reprit l'infirmière. Et aucune d'entre nous ne comprend ce que tu racontes. – Elle se tut, tandis que Darya raccrochait. – Je vais être obligée de le signaler.

* Un index des noms des personnages se trouve en fin d'ouvrage, p. 376. *(Note des éditeurs.)*

— Non, dit Darya. Ne fais pas ça, Lene. Mon père… je ne veux pas perdre mon travail.

Lene secoua la tête.

— Je ne vais pas pouvoir continuer à te couvrir, si tu ne fais pas d'efforts de ton côté.

— Mais je vais avoir des ennuis si je ne réponds pas.

— Tu en auras aussi si tu réponds.

— Pardon, les interrompit Frmesk. Pourrais-je avoir un verre d'eau et quelque chose contre la douleur, s'il vous plaît ?

Les deux femmes se retournèrent.

— Excusez-nous, dit Lene. Je suis contente que vous vous soyez réveillée. Votre sommeil était agité, ça nous a un peu inquiétées. – Elle s'approcha de Frmesk. – Mais vous êtes trempée. Vous ne voulez pas qu'on en profite pour changer vos vêtements ?

— Juste des calmants, répondit Frmesk.

Lene acquiesça et ajusta un des deux goutte-à-goutte qui étaient reliés au bras gauche de Frmesk.

— Je reviens tout de suite avec des comprimés.

Frmesk suivit l'infirmière du regard. Son dos était droit et fin, et sa chevelure d'un blond roux assemblée en une natte, qui pendait entre ses omoplates. Les sabots qu'elle avait aux pieds claquaient contre le sol brillant.

— Voulez-vous que je retourne votre couette ? demanda Darya.

Frmesk porta son attention sur elle. Un foulard blanc encadrait le visage doré et les yeux bruns de la jeune femme.

Frmesk réajusta sa chemise d'hôpital sous la couette.

— Je peux la lever, maintenant ?

Frmesk opina.

— *Bismillâhi al-rahmâni al-rahîm*. Au nom d'Allah, chuchota Darya.

Elle souleva la couette et la secoua pour l'aérer avant de l'étaler à nouveau sur Frmesk. Elle ressentit la fraîcheur du tissu.

Le regard de Frmesk parcourut lentement la pièce. Un cactus et une orchidée étaient posés sur le rebord de la fenêtre. Il y avait une bougie éteinte sur sa table de nuit et un téléviseur fixé au mur en face d'elle.

Darya se pencha sur le lit pour aplanir la couette. Une de ses manches se retroussa, et Frmesk aperçut trois traces de doigts en travers de son avant-bras. Darya se hâta de l'écarter.

— Vous êtes kurde, n'est-ce pas ?

Frmesk acquiesça.

— Nous le sommes toutes les deux, d'après ce que j'ai entendu.

Darya détourna le regard.

— Votre nom signifie *océan*, observa Frmesk.

Darya eut un sourire gêné.

— Je suis originaire de Bagdad. On a fui quand j'étais petite.

— Bagdad, répéta Frmesk.

— Mes grands-parents étaient des Kurdes, expliqua Darya. Ils ont sans doute été déportés là-bas, mais je n'en suis pas sûre.

— C'est fort probable, confirma Frmesk en levant la tête.

— Je vais vous aider avec vos oreillers, dit Darya avant d'en replacer deux derrière Frmesk. Voilà, vous pouvez vous rallonger maintenant. Elle se redressa et rajusta son foulard. – Comment vous sentez-vous ?

— J'ai très mal, dit Frmesk en se frottant la tempe.

Darya hocha la tête.

— Il faut dire que c'était une grosse opération. – Elle regarda Frmesk. – Je vois que ce n'est pas la première fois que vous êtes hospitalisée.

Frmesk regarda dans le vide.

— Vous étiez là quand j'étais en salle de réveil ?

— Oui, répondit Darya. Vous tremblez et vous transpirez beaucoup quand vous dormez.

— Je ne me souviens plus de la dernière fois où je me suis endormie toute seule, dit Frmesk en prenant une profonde inspiration. Enfin, ne vous inquiétez pas pour ça.

— Je ne crois pas que vous recevrez beaucoup de visites, dit alors Darya. D'habitude, c'est plutôt le contraire quand il s'agit de l'un des nôtres.

— De toute façon, ce n'est pas le patient qui les intéresse. Ils veulent juste savoir ce qui ne va pas, pourquoi on est à l'hôpital. Comme ça, ça leur fait un sujet de conversation.

— Pardon, je ne voulais pas vous faire de peine, dit Darya.

— C'est notre culture qui est ainsi, n'est-ce pas ? dit Frmesk.

— Les commères, commenta Darya avec un sourire. C'est comme ça que ma mère les appelle, quand mon père n'est pas dans les parages.

— Les hommes ne valent pas mieux, dit Frmesk.

Lene entra dans la chambre. Elle portait un plateau sur lequel étaient posés un verre d'eau et un petit gobelet avec deux comprimés.

— Ça ne fera pas disparaître complètement la douleur, mais ça vous soulagera déjà un peu.

— Merci.

— À part ça, tout va bien ?

Frmesk acquiesça.

— Il n'y a pas de pertes de sang, dit Darya. Le ventre a un bel aspect et il n'y a aucun signe d'infection.

— Parfait. Dans ce cas, je vous laisse.

— Pourriez-vous entrouvrir la fenêtre, s'il vous plaît ? demanda Frmesk quand elle et Darya furent de nouveau seules dans la chambre. J'ai envie d'air frais.

Darya ouvrit une des fenêtres. Pendant un moment, elle resta là, à observer la prairie.

— Vous ne sentez pas trop le courant d'air ?

— Non, répondit Frmesk en fermant les yeux. Ça me rappelle le vent à Zamua.

— Zamua ? Où est-ce ?

— C'est l'ancien nom de Souleimaniye.

— Ah, vous êtes donc de Souleimaniye, s'exclama Darya.

Frmesk rouvrit les yeux et suivit les mouvements de Darya du regard.

— C'est de là-bas que proviennent vos blessures ?

— Pardon ?

— De votre vie à Zamua ?

Frmesk détourna la tête.

— Excusez-moi. Ça ne me regarde pas, s'empressa de dire Darya.

2

21 AOÛT 1986

ZAMUA, KURDISTAN

Le vent tiède en provenance de l'est s'engouffrait obstinément dans les rues sinueuses de Zamua en quête de proies à renverser ou à emporter dans sa course abrasive entre les bâtiments de la ville. Le souffle rauque soulevait de minuscules grains de sable mordants des rues et les faisait tournoyer dans une danse de poussière le long des façades exposées. Dans le crépuscule, leurs fenêtres étaient comme des visages dont les yeux noirs et anguleux observaient, tapis dans la pénombre, sans jamais rien révéler de ce qu'ils voyaient, ni de ce qu'ils cachaient.

Tout à coup, le vent changea de direction. Il se lança à pleine vitesse sur les toits des maisons, et les poutres en bois qui les soutenaient émirent des gémissements grinçants semblables aux sanglots de milliers d'existences impuissantes qui, depuis longtemps, n'avaient plus la force de repousser les attaques dont elles faisaient l'objet.

Le regard de la lune transperça la couverture cotonneuse qui recouvrait le ciel d'une crête de montagne à une autre. Le vent relâcha son emprise et s'abattit dans une rue du quartier Malkandi. Son souffle poussiéreux frappa les murs en briques gris brunâtre de la maison et siffla rageusement dans la nuit.

Une femme scrutait les ténèbres depuis sa cachette, derrière une fenêtre opaque.

— *Yâ Allâh*, porte nos ailes en cet instant, chuchota-t-elle en frottant ses joues fatiguées avec deux doigts parcheminés.

Un soupir d'épuisement résonna dans la pièce, derrière elle. La vieille femme se retourna et regarda sa fille cadette, qui était allongée sur un matelas posé directement sur le sol.

— Est-ce que cette sage-femme va bientôt arriver ? gémit la jeune femme.

— Fatima est en route, ma fille, répondit la vieille en se dirigeant vers Rubar, tandis qu'elle serrait son coran des deux mains. Mais le vent est impitoyable, ce soir.

Rubar passa une main dans ses cheveux. La chaleur dans la pièce était suffocante. Son corps lourd et transpirant, qu'elle aurait volontiers cédé, ce soir-là, si quelqu'un avait été assez stupide pour accepter ses souffrances, collait aux draps et à sa tunique, si bien qu'il lui semblait impensable de tenir toute la nuit. Même si elle était consciente que son mari était retenu ailleurs, elle était en colère contre lui. C'était à cause de lui qu'elle était dans cet état. Il fallait toujours qu'il lui grimpe dessus.

Elle ferma fort les paupières sous l'effet d'une contraction.

— Qu'est-ce qu'elle a, maman, mamie Gawhar ? demanda une petite voix.

— Ta maman attend que ton petit frère sorte de son ventre, répondit la vieille femme sans regarder le garçon.

— J'espère qu'il va arriver vite, alors, dit-il.

Rubar força son esprit à revenir dans la pièce.

— Mon gentil petit garçon, murmura-t-elle. Mon Baban.

Les yeux marron du garçonnet oscillèrent entre les deux femmes d'un air inquiet.

— Oui, dit Gawhar en hochant lentement la tête. Baban veille sur nous, ce soir. – Elle regarda l'enfant. – Dire que ça fait déjà plus de cinq ans que tu es venu au monde dans cette pièce.

Le gamin s'empara d'un petit camion ZIL que lui avait offert son père. *Un jour, tu en conduiras un vrai*, lui avait dit celui-ci. Le visage de Baban s'était illuminé à cette pensée, mais c'était rarement un sourire qui se dessinait sur sa figure quand le bruit du camion annonçait le retour de son père.

Baban reproduisait le vrombissement à voix basse, tandis qu'il faisait rouler son camion sur le tapis, devant lui, sans vraiment le regarder. Près de lui, à la jonction entre le tapis et les dalles couvertes de sable, une colonne de fourmis suivait une piste invisible.

Rubar voulut dire quelque chose au garçon, mais en fut empêchée par une nouvelle contraction.

— Ma fille, chuchota Gawhar en se parlant à elle-même. Qu'Allah ait pitié de toi et qu'Il fasse en sorte que les rayonnements de la douleur ne te fassent pas fondre jusqu'à la disparition.

Une violente bourrasque frappa les fenêtres et attira tous les regards effrayés, l'espace d'un instant.

— *Bismillâh*, au nom d'Allah.

Gawhar secoua la tête, préoccupée, tandis que ses doigts manipulaient délicatement la page du Coran qu'elle était en train de lire. Alors que sa fille suffoquait sur son matelas sous l'effet de la douleur, elle aurait voulu pouvoir, par la simple force de la pensée, lui ôter ses douleurs et les enfermer au fond d'elle ou du moins faire venir la sage-femme.

— Elle va bientôt arriver, murmura-t-elle. Si Allah le veut.

Rubar changea péniblement de position. Elle avait peur d'abîmer le matelas sur lequel elle était couchée, car il appartenait à son mari, qui l'avait apporté quand il avait quitté la maison de ses parents pour s'installer avec elle.

— Comment se fait-il que cette femme mette autant de temps à venir ? Elle habite tout de même de l'autre côté de la rue. – Sa voix se brisa brutalement. – Mais je parie qu'ils sont en train de manger.

Gawhar, qui s'était mise à réciter une sourate du Coran, lui adressa un clin d'œil entendu, sans s'interrompre. Elle savait parfaitement que le mari de Fatima avait des invités et qu'elle devait avoir fini de les servir avant de pouvoir quitter leur domicile et aller aider une femme à accoucher.

Des coups légers se firent entendre. Gawhar se leva aussitôt et se précipita vers l'endroit d'où venaient les bruits.

Soudain, Rubar distingua clairement toute la pièce qui, au cours des dernières heures, avait été comme plongée dans le brouillard. Elle capta des voix dans l'entrée, mais celle de la nouvelle arrivante ne lui procura pas le soulagement escompté, et sa déception fut grande quand elle vit qu'il ne s'agissait que de la cousine de son père, Askol, qui avait bravé le vent pour les rejoindre.

Baban bondit sur ses jambes et courut vers sa grand-tante. Il se jeta contre elle et lui enlaça les jambes.

— Mon petit chéri, dit Askol à voix basse en sortant une sucette.

— Papa va bientôt rentrer ?

— Pas encore, ma fleur, répondit Gawhar. Les salles d'accouchement ne sont pas des endroits pour les hommes.

— Mais moi aussi, je suis un homme.

— Oui, sourit Askol. Mais un tout petit homme.

Rubar serra les paupières et se tint le bas du ventre.

Une nouvelle bourrasque s'abattit sur la maison.

La flamme de la lampe à pétrole vacilla et les femmes, effrayées, levèrent les yeux.

Gawhar pesta intérieurement contre l'absence d'électricité dans la ville, tandis qu'elle s'agitait sur l'assise en bois inconfortable de sa chaise. Elle ressentit le gémissement de Rubar jusqu'au fond de ses entrailles. La vie s'était développée six fois dans son propre ventre. Elle éprouva un certain malaise à cette pensée. Elle leva prudemment les yeux de sa sourate.

— Ça suffit, maintenant, s'exclama-t-elle d'un ton abattu en se levant de sa chaise si brusquement qu'elle en eut le tournis pendant quelques secondes.

Elle posa son coran avec délicatesse sur l'étagère supérieure de la bibliothèque et en caressa brièvement le dos doré. Il devait être placé plus haut qu'elle. Toujours. Plus haut que les êtres humains. Elle lança un regard à Rubar allongée sur son matelas et resserra son foulard autour de sa tête de manière à ce qu'aucune mèche de cheveux n'apparaisse.

— Je vais voir si elle a bientôt fini de servir le *dolma* et les baklavas aux hommes pour l'*iftar*, dit Gawhar. Il y a déjà longtemps que mon fils

Muhammad a appelé à la prière du soir, ajouta-t-elle en enfilant son lourd tchador noir.

Quelque part dans le voisinage, l'explosion d'un obus déchira l'obscurité. Le bruit assourdissant se répercuta comme un coup de tonnerre de mauvais augure contre les flancs des montagnes.

Askol regarda Gawhar.

— Tu ne veux pas que je t'accompagne ? Il n'a pas l'air d'être tombé loin.

La vieille femme secoua la tête.

— Non, reste auprès de Rubar, ma chère Askol. C'est elle qui a le plus besoin de toi.

Gawhar se tourna vers sa fille.

— Qu'Allah soit avec nous.

Dès qu'elle sortit dans la rue balayée par le vent et qu'elle sentit la piqûre des grains de sable sur la partie de son visage qui n'était pas couverte, elle sut que ce trajet, aussi court fût-il, serait une épreuve. Le vent s'accrochait à son tchador, si bien qu'elle avait toutes les peines du monde à rester debout.

— Maudits soient les tourments de cette nuit, marmonna-t-elle.

Elle n'arrivait pas à voir la porte de la sage-femme, en face de la maison de sa fille, mais elle savait qu'elle était là et qu'elle pouvait la trouver, même si elle avait l'impression que le vent allait lui extirper les yeux de la tête. Le vent furieux la poussait constamment vers la droite et, plusieurs fois, son corps faillit céder et le suivre, mais elle parvint malgré tout à maintenir son cap.

Il n'y avait personne d'autre dans la rue. Tous les habitants de la ville étaient rentrés chez eux, à présent, et savouraient leur repas après une longue journée de jeûne.

Une sirène hurlait quelque part dans l'obscurité, lui rappelant tous les morts mutilés qu'elle avait préparés pour l'enterrement après des bombardements.

— Allah miséricordieux, soupira-t-elle. Permets-moi d'atteindre cette porte saine et sauve. Il ne me reste plus que la moitié de mon âme, je te l'offre, mais seulement pour que Tu épargnes la vie de ma fille !

Au même moment, une rafale la frappa et l'obligea à mettre un genou à terre. Dans son esprit pourtant tranquille, elle maudit les quatre montagnes qui enserraient la ville et formaient ces vents violents qu'il leur fallait affronter si souvent le matin et le soir. Elle se releva et courut s'abriter contre la maison de Fatima.

Elle s'adossa au mur et prit plusieurs inspirations. Il ne faisait aucun doute que ce serait le mari de la sage-femme qui lui ouvrirait la porte, et il serait vraisemblablement choqué s'il la voyait haleter.

Elle frappa trois coups à la porte. Pas un de plus.

D'abord, il ne se passa rien, et elle se demanda si elle ne devait pas s'autoriser à frapper à nouveau. Mais soudain, la porte s'ouvrit et une lumière dorée se déversa sur elle. Elle sourit timidement.

— Excusez-moi, monsieur Osman, dit-elle à l'homme âgé d'une voix prudente et en s'inclinant autant que le lui permettait son arthrite. J'espère que je ne vous dérange pas. Ma fille a besoin de l'aide de Mme Fatima.

Elle sentit qu'il la fixait et baissa les yeux.

— Vous avez le don de débarquer au bon moment, maugréa-t-il dans sa barbe épaisse. Elle vient tout juste de nous servir un *dolma* frais, alors non, vous ne nous dérangez pas du tout. – Une de ses paupières se mit à frémir, comme s'il s'attendait à apprendre une mauvaise nouvelle. – Vous voulez peut-être manger avec nous en attendant ?

Le regard de Gawhar glissa vers la bouche de l'homme, et elle vit des miettes de baklava dans sa moustache.

— Je vous remercie, monsieur Osman, c'est très aimable à vous, mais ma fille ne peut plus guère attendre, car les mains de Satan planent au-dessus de son ventre comme les mâchoires d'un loup féroce.

— Nous avons des invités, poursuivit Osman sans prêter attention à son langage coloré. Et ils sont toujours là, comme vous pouvez certainement l'entendre.

Il regarda en direction de la lumière.

— Je comprends, monsieur Osman. Avec tout mon respect, ma fille souffre d'affreuses contractions.

Elle enfonça nerveusement son pouce dans la paume de sa main.

— F a t a ! hurla-t-il à pleins poumons, comme s'il appelait un troupeau de chèvres ou de bœufs.

Gawhar tressaillit.

L'instant d'après, Fatima les rejoignit avec un plateau dans les mains.

— J'étais sur le point de servir les invités, lança-t-elle irritée par le braillement de son mari. – Elle s'apaisa tout de suite en voyant Gawhar. – Tiens, chère madame Gawhar, dit-elle en écarquillant les yeux. Qu'Allah soit avec ta fille. J'ai eu une journée chargée. L'accouchement de la jeune Mme Kochar m'a pris beaucoup de temps, et ce soir, enfin, tu sais comment c'est…

— Bien sûr, il doit y avoir suffisamment à manger pour toutes ces bouches affamées une fois la nuit tombée en cette période de jeûne, dit Gawhar.

— Je pourrais peut-être confier le service à la fille de ma sœur et accompagner Gawhar chez Rubar ? demanda Fatima en adressant un regard circonspect à son mari.

Osman eut un hochement de tête presque imperceptible et Fatima disparut dans la maison.

Elle revint quelques minutes plus tard, soigneusement enveloppée, tout comme Gawhar, dans un tchador noir.

— Allons-y, dit-elle en prenant Gawhar par le bras, de manière à ce qu'elles puissent se soutenir mutuellement.

— Tu veux que je demande à notre petit-fils de vous accompagner ? demanda Osman. C'est un jeune homme costaud, il est peu probable que le vent l'emporte.

— Non, Osman, répondit Fatima sur un ton décidé. Ce ne sera pas nécessaire. Tu ferais mieux d'aller voir comment Arazu s'en sort avec nos invités.

Gawhar acquiesça. Elle non plus n'aurait pas été très rassurée de laisser une si jeune fille seule dans une pièce remplie d'hommes.

Askol était penchée au-dessus de Rubar et s'apprêtait à éponger la sueur sur son front lorsque les deux femmes âgées entrèrent dans la pièce.

— On a procédé à quelques modifications, dit Askol lorsqu'elle croisa le regard de Gawhar. Nous avons pensé que ce serait une bonne idée de protéger le matelas avec ce vieux rideau, pour éviter qu'il soit imprégné de liquide amniotique et de sang.

Gawhar eut un bref sourire. Un matelas souillé de la sorte dégagerait une puanteur épouvantable et ne manquerait pas d'attirer les mouches au bout de seulement quelques jours de chaleur.

— Je suis aussi allée chercher des chiffons et des serviettes de toilette, poursuivit Askol. Et j'espère bien que la bassine, là-bas, est toujours remplie d'eau tiède.

Fatima s'empressa d'ôter son tchador et le remit à Gawhar, laquelle l'accrocha dans le couloir.

— Tu te fatigues trop, ma fille, dit-elle en s'accroupissant à côté de la jeune femme en couches.

Elle caressa le front de Rubar avec le dos de sa main.

Un petit sanglot se mêla aux bruits qu'émettait Rubar. Si elle avait pu refuser de revivre tout cela, elle l'aurait fait, mais c'était difficile. C'était une femme. Elle devait se tenir à disposition. Elle serra fort les paupières et retint sa respiration. Elle n'avait pas entendu la porte s'ouvrir, ni même la voix d'Askol quand celle-ci lui dit que Fatima était arrivée. Mais à présent, elle était là, enfin, et elle laissa son regard implorant se noyer dans celui de la vieille femme.

Askol rejoignit rapidement Baban, qui observait les femmes avec de grands yeux.

— Viens avec moi, dit-elle en le prenant par la main. Tu dois avoir faim, maintenant.

Sur le coup, il résista, puis il en vint à penser à ses poches remplies de sucreries et la suivit.

Fatima s'était placée à l'autre bout de cet étrange lit et tira à elle la vieille bassine en étain pleine d'eau tiède. À côté de la bassine étaient disposés les chiffons élimés. La vieille femme sourit en les voyant.

Elle échangea de brefs regards avec Gawhar, saisit habilement la tunique de Rubar et, en quelques mouvements rapides, la releva jusqu'à ses hanches.

Le corps fatigué de Gawhar regagna la chaise près de la fenêtre et s'écroula dessus.

Près d'elle, un bruit retentit sur le sol lorsqu'un gecko tomba du plafond.

— Fatima. À combien en est le col ? s'enquit Gawhar, inquiète.

— Trois bons doigts, je dirais, répondit Fatima en balançant légèrement la tête d'un côté à l'autre.

— Trois bons doigts ! répéta Gawhar en se relevant avec peine.

Elle retira une de ses sandales et se mit à l'agiter pour chasser le reptile, qui se dirigeait vers le bas-ventre dénudé de la femme en train d'accoucher. Fatima écarquilla les yeux et Rubar poussa un petit cri lorsque la sandale fendit l'air et faillit décrocher un cadre contenant un verset du Coran consacré à la clémence d'Allah.

— *Astaghfirullâh, astaghfirullâh !* s'écria Gawhar, effrayée et honteuse. Qu'Allah me pardonne.

Elle suivit le gecko jusque dans la cuisine, où Askol et Baban la considérèrent d'un air déconcerté.

— C'était un gecko, dit-elle, quelque peu embarrassée. Il fonçait sur Rubar… Son col en est à plus de cinq centimètres, maintenant.

Gawhar s'excusa avec un sourire gêné et retourna dans la pièce. Pendant quelques instants, elle posa son regard sur Fatima et remercia Allah d'avoir permis que la sage-femme soit là avec elles. Elle lissa sa robe d'une main et regarda vers le plafond en torchis. Qu'est-ce qu'il lui avait pris, aussi, de chasser ainsi un gecko, alors que Rubar était en plein accouchement difficile ? Elle s'excusa mentalement auprès d'Allah et s'assit sur le sol à côté du matelas, afin que Rubar puisse poser sa tête sur ses cuisses.

— Je suis là, je suis avec toi, murmura-t-elle en plaçant une main sur la tête de sa fille.

3

Une lourde *abaya* glissait le long des rues. Sous sa cape noire, la femme portait une robe en soie rouge foncé, que l'on entrevoyait à chaque bourrasque.

Elle regardait droit devant elle, dans la gueule béante du vent déchaîné. Ni nerveuse, ni inquiète, contrairement aux autres personnes qui bravaient le souffle vespéral des montagnes affamées, mais comme si elle était son égale. Comme une créature qui avait vécu si longtemps dans la haine qu'à présent elle était devenue la haine incarnée et qu'elle portait constamment cette haine tel un manteau, qui la protégeait non seulement du vent, mais de tous les êtres vivants, y compris de son âme obscurcie.

Sa bouche était de travers et pendait d'un côté. Ses sourcils étaient comme un trait fin sur son front. Autrefois, ces deux arcs avaient été séparés par la nature, mais cette époque était depuis longtemps révolue, comme l'était depuis de nombreuses décennies son enfance, sitôt germée sitôt soustraite à la lumière du jour, avant d'être piétinée.

Derrière elle trottinait une petite silhouette qui se cramponnait à l'*abaya* noire.

La vieille tourna péniblement la tête.

— Tu es toujours là, Shno ? Une grande fille de quatorze ans comme toi devrait pouvoir suivre l'allure de sa mère. Il n'y a presque pas de vent.

La fillette ne dit rien, mais acquiesça et raffermit sa prise.

Au même moment, elles tournèrent au coin de la rue, où le vent était à l'affût. Elles reculèrent toutes les deux de plusieurs mètres, mais la vieille reprit rapidement pied. Maintenant qu'elle était arrivée ici, sept chevaux sauvages n'auraient pu l'empêcher d'aller jusqu'au bout. Elle leva les yeux au ciel. Pourquoi se donnait-elle autant de peine ?

— Si ce n'était pas pour mon fils, lança-t-elle, furieuse, par-dessus son épaule, nous serions restées bien au chaud à la maison et nous aurions même déjà mangé, à l'heure qu'il est.

— Mais Mme Askol a dit que Mme Rubar allait certainement accoucher aujourd'hui, rétorqua Shno.

Elle était bien attentive à ne pas marcher sur l'*abaya* de sa mère, mais la vieille femme avançait si vite et avait une allure si irrégulière quand elle parlait que c'était presque impossible.

— Mme Rubar, grogna la vieille avec mépris. Accoucher ! Oui, c'est à peu près l'unique chose que cette idiote fasse à peu près bien.

C'était à son fils qu'elle voulait faire l'honneur de sa visite, car il ne manquerait pas de l'apprendre, si elle n'avait pas rendu hommage à la maman la nuit de l'accouchement. Et puis elle pouvait bien lui accorder cela si, avec l'aide d'Allah, il obtenait un fils pour tous ses tourments.

Shno trébucha et faillit tomber, mais sa mère ne remarqua rien.

— *Yâ Allâh*, je suis trop bonne. Pourquoi est-ce que j'écoute tout le temps mon cœur ? marmonna Bahra avec sa bouche de biais.

Une porte apparut, et la lampe à pétrole allumée derrière la petite fenêtre, au dernier étage, leur indiqua qu'elles étaient arrivées.

— Tu vois, dit fièrement la vieille, il y a des barreaux devant la fenêtre.

Sa fille maigrichonne hocha la tête avec timidité.

— Lève les yeux, Shno, poursuivit Bahra d'une voix dure. Nous devons leur rendre hommage.

Askol ouvrit la porte, tandis que les doigts de Baban étaient profondément enfoncés dans sa robe. Sa bouche était remplie de bonbons et il s'accrochait à la jambe de sa grand-tante. Il adressa un sourire ravi à sa jeune tante Shno.

— Bienvenue, madame Bahra, dit Askol en s'écartant pour laisser de la place aux deux nouvelles arrivantes dans la petite entrée de la maison.

Bahra regarda autour d'elle d'un air qui signifiait clairement que cet endroit ne méritait pas sa présence.

— Je sais que je ne pourrai pas voir mon fils, alors dis-moi plutôt si sa jeune femme va bientôt accoucher.

— Oui, le travail a commencé, madame Bahra, s'empressa de répondre Askol avec un sourire mesuré. L'enfant devrait arriver d'une heure à l'autre, maintenant.

— D'une heure à l'autre, dis-tu ? – Elle secoua la tête. – Tu as vu l'heure qu'il est ? Nous n'avons pas que ça à faire, ma chère amie. Mais entrons, maintenant que nous avons bravé la tempête pour venir jusqu'ici.

Bahra soupira à la pensée que c'était ce que devait subir son fils quand il était chez lui. *Chez lui*. Elle rumina ces mots. Elle promena son regard sur la tapisserie misérable et le miroir fêlé.

— Voilà pourquoi mon fils ne me parle jamais de sa maison ni de sa femme, dit-elle sèchement à la fillette derrière elle.

Dans un instant d'inattention, Shno marcha sur l'*abaya* de sa mère et eut aussitôt droit à un regard réprobateur.

— Tata Shno, dit Baban, tu viens jouer ?

La jeune fille eut un sourire gêné et regarda sa mère.

— Shno ne joue pas, dit-elle froidement. Même un morveux de ton âge devrait savoir que les filles ne jouent pas avec les garçons ! – Elle lança un regard à Askol. – L'éducation laisse à désirer dans cette maison. Et dire qu'il y aura bientôt un enfant de plus.

Baban battit en retraite derrière les jupes d'Askol, tandis que Shno regardait fixement ses pieds.

— Bon, poursuivit Bahra. Je ferais mieux d'aller voir la femme de mon fils.

— Ça lui fera plaisir, madame Bahra, répondit Askol sans se départir de son amabilité. Gawhar et Fatima sont déjà auprès d'elle.

— Oui, oui, éluda Bahra.

Askol ouvrit la porte du salon et indiqua à Bahra la direction.

— Nous avons installé la salle d'accouchement dans la pièce à côté de la cuisine.

— Merci, dit Bahra. Je connais la maison de mon fils. – Elle scruta le salon. – Même s'il n'y a pas grand-chose à en dire.

Askol suivit Bahra dans le salon. Elle se dépêcha de dépasser la vieille femme et fila jusqu'à la porte, à laquelle elle frappa doucement.

— Est-elle dans une tenue décente ? cria Bahra en poussant la porte en grand, tandis qu'elle se faufilait devant Askol.

La première victime de ses yeux ardents fut la jeune femme allongée sur le vieux matelas. Elle n'avait jamais vu une femme en train d'accoucher aussi grasse et livide. Les yeux de Bahra transpercèrent le corps épuisé et les vêtements trempés de la jeune femme et se fixèrent sur le lit avec mépris.

— C'est un rideau ? dit-elle avec dédain.

— C'est pour protéger le matelas de ton fils, intervint une voix.

Les yeux de Bahra durent lâcher leur victime et se tourner vers une âme autrement plus forte.

Les regards des deux amies d'enfance se rencontrèrent au-dessus de la sage-femme et de Rubar. L'espace de quelques secondes, le temps s'arrêta derrière un flot de paroles qui était tari depuis longtemps. À l'extérieur de la maison, le vent soufflait toujours si fort qu'on avait l'impression de l'entendre hurler.

Gawhar fit un pas en avant, tandis que la porte se refermait derrière Bahra. Au même moment, la porte de la maison s'ouvrit brusquement et heurta la façade avec fracas. Baban poussa un cri, et Askol se précipita vers le petit garçon, qui s'accrocha aussitôt à sa jambe.

— Pardon, pardon, dit Shno en regardant sa tante d'un air malheureux. C'est moi qui n'ai pas bien refermé la porte quand nous sommes entrées.

— Ne t'en fais pas, ma grande, dit Askol en refermant la porte. Elle s'est ouverte toute seule.

Shno se remit à fixer ses pieds.

— Tu veux un bonbon ? poursuivit Askol en sortant un caramel de sa poche.

Le regard de Shno vacilla entre la main et la porte fermée. Askol agita légèrement le bonbon.

— Prends-le, ma fille.

La présence silencieuse tendit prudemment la main et s'empara du bonbon, qu'elle fourra immédiatement dans sa bouche pour le faire disparaître. Si sa mère sortait maintenant de la chambre, elle n'aurait qu'à le laisser tranquillement fondre sous sa langue.

— Comment vas-tu, tata ?

— Je vais parfaitement bien, ma grande, répondit Askol en regardant la jeune fille droit dans les yeux. Et toi, comment vas-tu ?

— Je vais bien, moi aussi, dit Shno à voix basse.

Son regard était toujours rivé sur le sol.

— Ne mange pas trop de sucreries, tata Shno, lança Baban. Sinon, tu vas avoir mal au ventre.

Askol éclata de rire et l'esquisse d'un sourire apparut sur le visage de Shno. Baban rit avec sa grand-tante.

— Ce que tu peux être mignon, dit Askol à voix haute en lui pinçant tendrement la joue.

Cette fois, Baban sourit jusqu'aux oreilles.

À peine cinq minutes plus tard, la porte de la chambre de Rubar s'ouvrit à nouveau.

— Viens, Shno, dit Bahra, lorsqu'elle vit que tous les regards étaient braqués sur elle. On s'en va !

Askol s'avança.

— Mais, madame Bahra, il fait noir et c'est la tempête, dehors. Restez avec nous.

Elle lança un coup d'œil à Baban. Si elle parvenait à s'arranger pour que Shno reste, elle pourrait retourner dans la chambre aider Rubar.

La vieille femme baissa son regard sévère sur le garçonnet.

— Tu lui donnes trop de sucreries.

— Mais, madame Bahra, insista Askol.

— J'ai une famille qui m'attend à la maison, poursuivit Bahra en levant le menton, d'un air de défi. Nous ne pouvons tout de même pas laisser nos hommes jeûner toute la nuit, hein ?

Askol secoua la tête, mais si légèrement que personne ne le remarqua.

Au moment de franchir la porte, la vieille femme fit volte-face. Son coin de bouche pendant se releva quelque peu.

— Je vais prier pour que mon fils soit accueilli par une vision satisfaisante quand il rentrera chez lui.

Sur ce, elle saisit brutalement Shno par le bras et poussa la jeune fille devant elle, dehors, dans la tempête.

4

Les heures de la nuit défilèrent, et alors qu'on approchait des 4 heures du matin, Baban dormait tranquillement sur une chaise. Askol avait étendu sur lui un drap blanc pour protéger son petit corps des moustiques. Elle était épuisée et fixait la porte de l'entrée d'un air préoccupé. Bahra n'avait pas complètement tort en ce qui concernait la famille, car Askol avait elle-même une maison pleine d'hommes au ventre vide qui attendaient d'être nourris avant le lever du jour. Elle commençait aussi à se faire du souci pour sa fille attardée qui n'était pas habituée à rester seule. Heureusement, elle dormait sans doute encore.

Elle frappa doucement à la porte de la chambre et l'entrouvrit.

— Excuse-moi, dit-elle d'une voix faible. Puis-je retourner chez moi donner à manger à ma famille ? Je ne serai pas partie longtemps car tout est déjà prêt. – Elle aperçut la bassine d'eau et les vieilles serviettes qu'elle avait apportées. À côté étaient alignés quelques ustensiles métalliques rouillés. – Je devrais être de retour à temps.

— Oui, tu peux t'absenter, *azizam*, dit Gawhar. Il faut bien aussi s'occuper de sa maison, ma chère.

Askol acquiesça et s'éclipsa discrètement.

Gawhar regarda sa fille.

— Tu te débrouilles très bien, ma fille.

— Je n'en peux plus, sanglota Rubar entre deux violentes contractions.

Gawhar se dit que sa respiration faisait penser à celle d'une mourante. Et les nombreuses contractions qui clouaient le corps de sa fille au matelas humide ravivaient les stigmates douloureux de ses propres accouchements. Elle tenait la main de Rubar et pouvait sentir, par moments, les ongles de sa fille s'enfoncer dans sa peau au point que la douleur lui remontait jusque dans l'avant-bras. Elle s'agita sur place. Elle avait mal aux genoux à cause de sa position inconfortable sur le sol.

— Tu vois quelque chose, Fatima ? demanda-t-elle, d'une voix éraillée.

Fatima jeta un coup d'œil rapide et plongea les mains dans la bassine d'eau savonneuse.

— Il faut que tu pousses, Rubar. Il faut que tu pousses à chaque contraction.

— J'ai des contractions en permanence, pleura Rubar.

Elle se tira les cheveux et passa ensuite sa main sur son visage, en pressant ses doigts dans chaque orifice qu'ils rencontraient.

Gawhar essaya d'écarter la main de Rubar afin qu'elle ne s'arrache pas les yeux, mais elle n'avait pas la force de libérer la jeune femme de ses démons intérieurs.

— Allah, viens-nous en aide, marmonna-t-elle. Allah, viens-nous en aide.

— Tu m'emmerdes avec tes prières à Allah, s'emporta Rubar en détournant le visage.

— Ne vois aucune offense dans ses paroles, chuchota Gawhar. C'est Satan qui profite du fait qu'elle soit ouverte pour s'emparer de ses pensées. – Le regard de la vieille femme glissa sur le ventre et les jambes écartées de sa fille. – Il faudrait la recouvrir.

— Pousse ! cria Fatima.

— Je ne peux pas, sanglota Rubar.

— Il le faut, l'interrompit Gawhar. Il le faut, ma fille. Sinon, vous risquez de mourir tous les deux. Cette mise en garde fut soufflée dans un soupir à peine audible. *Hasbiyallâhu wa ni'mal al-wakîl.* Allah nous suffit, Il est notre meilleur garant dans la détresse.

Les yeux de Rubar étaient injectés de sang et les deux vieilles femmes s'inquiétaient pour sa tension artérielle, car si les choses tournaient mal, elles ne pourraient rien faire. Il n'y avait pas de femme médecin dans les environs.

— On ne voit vraiment rien du tout ? murmura Gawhar à travers ses larmes.

Fatima secoua la tête et s'empara d'une des vieilles serviettes, qu'elle fit disparaître entre les jambes de Rubar.

— Elle vient enfin de perdre les eaux, dit-elle sans lever les yeux.

Gawhar considéra la serviette sanglante qui reposait maintenant sur le sol, à côté d'elles.

Tout à coup, la main de Rubar devint toute molle.

Gawhar se jeta sur sa fille.

— *Yâ rabbî*, mon Allah, *yâ rabbî*, tu ne peux pas me faire ça.

Quelque part derrière elle, elle entendit la voix de Fatima.

— Cette fois, je coupe. *Bismillâhi al-rahmâni al-rahîm*… Je le fais au nom d'Allah.

Gawhar se redressa et gifla vigoureusement Rubar.

Dans un râle profond, Rubar glissa de nouveau vers la vie qu'elle avait presque quittée l'espace d'un instant.

Le bruit des ciseaux, qui incisaient le périnée, pénétra en Gawhar et se propagea à son propre bas-ventre.

— Ma fille, se lamenta-t-elle. Ma petite fille… Allah veille sur nous, Il est celui qui nous sauve quand nous sommes en détresse.

— Allez, pousse, cria Fatima. Pousse de toutes tes forces, mon enfant.

Rubar hurla. La douleur était tellement abominable qu'elle ne savait même pas pourquoi elle continuait de crier.

— Encore ! l'encouragea Fatima. Il faut que tu pousses. Pousse !

Gawhar s'allongea tout près de sa fille, si près qu'elle sentit son cœur qui battait à tout rompre. Ils sanglotaient tous les deux. Le petit cœur à cause de la douleur, celui de sa mère en raison de son sentiment de culpabilité. Le corps de Rubar se tendit, si bien que Gawhar craignit qu'elle ne s'évanouît à nouveau. Aussi commença-t-elle instinctivement à gratter le lobe de l'oreille de Rubar avec ses doigts.

— Reste ici, lui murmura-t-elle. Reste avec moi.

Les mains et les bras de Fatima étaient couverts de sang.

— L'enfant arrive, dit-elle. L'enfant arrive enfin. Il me faut plus de lumière.

Une fois de plus, les mains de Rubar se relâchèrent.

— J'ai besoin de plus de lumière, répéta Fatima.

— Je reviens tout de suite, ma fille, chuchota Gawhar, tandis qu'elle se levait pour aller chercher la lampe à pétrole. Elle l'approcha de Fatima.

La tête de l'enfant reposait dans les mains de Fatima. Il était tout bleu. Le rideau était souillé de sang, de liquide amniotique et d'excréments qui avaient été libérés au cours des deux dernières contractions. Fatima tendit la main derrière elle et s'empara d'une pince à linge en bois et des ciseaux rouillés qu'elle avait utilisés précédemment. De son autre main, la vieille sage-femme s'efforçait de libérer le bébé du cordon ombilical qui s'était enroulé autour de son cou et qui était en train de l'étrangler.

Une nouvelle contraction déchira Rubar.

— Stop, cria Fatima. Arrête, mon enfant.

— Que se passe-t-il ? demanda la jeune femme.

Elle sentit un frisson d'angoisse affleurer partout sur sa peau.

— J'ai besoin de plus de lumière, Gawhar ! dit Fatima sur un ton autoritaire.

Les poussées de Rubar avaient tellement resserré la pression du cordon ombilical autour du cou du petit être chauve que celui-ci avait maintenant les yeux exorbités et la bouche grande ouverte.

Fatima glissa un doigt sous le cordon tendu et laissa les lames des ciseaux mordre les tissus. Le serpent tueur qui, encore quelques minutes auparavant, portait en lui la vie s'abattit, membre flasque, entre les cuisses de Rubar.

— Maintenant, il faut que tu pousses, cria Fatima. Allez, Rubar, pousse.

Rubar explosa. Baignant dans un épais nuage de larmes, de morve et de salive, elle sentit alors l'enfant s'extirper de son ventre dans les ultimes convulsions du miracle de la création.

Il était 4 h 45 quand Askol fit son retour.

Baban, couché par terre, regardait fixement la porte close de la chambre de ses grands yeux humides. Il était enroulé dans le drap blanc, comme s'il avait tenté d'y trouver du réconfort. Askol se hâta de le rejoindre et s'accroupit à côté de lui. Il se jeta à son cou et éclata en sanglots.

— Viens, dit-elle. Allons nous asseoir un peu.

Ils pouvaient entendre Rubar pleurer de l'autre côté de la porte.

Askol embrassa le garçonnet sur le front.

— Je vais devoir aller voir ce qu'il se passe, dit-elle en fouillant dans sa poche à la recherche d'une sucette. C'était la dernière. Le petit garçon hocha la tête et la gratifia d'un sourire timide.

Lorsqu'elle pénétra dans la chambre, Askol fut accueillie par une chaleur humide. La bassine, qu'elle avait remplie d'eau propre quelques heures plus tôt ressemblait maintenant à une cuve de boucher. Les serviettes étaient maculées, et des instruments en métal étaient toujours en vue.

Gawhar fit un signe de tête à Askol, qui s'accroupit à côté de Rubar. Le regard de la jeune femme vacilla, mais finit par se fixer sur la sage-femme.

— Est-ce que le bébé va bien ? – Son visage était boursoufflé et ses yeux injectés de sang. – Il est vivant ?

Fatima souleva les jambes de l'enfant et essuya son corps avec un chiffon.

— Ton bébé vit, dit-elle, tandis qu'elle le retournait pour lui donner une tape sur les fesses. – Tout à coup, il se mit à pleurer. – Et avec de tels poumons, elle va certainement s'accrocher à la vie.

Gawhar ferma les yeux et adressa une prière à Allah, qui les avait protégées. Dehors retentit l'appel à la prière. Elle regarda furtivement son amie, soulagée. Maintenant, les hommes allaient être occupés à prier.

Fatima plaça le nouveau-né sur la poitrine de la maman. La petite cessa de pleurer dès qu'elle sentit l'odeur et la chaleur de Rubar. Elle regarda sa mère avec ses yeux bruns en forme d'amande. Rubar posa une main sur le visage du bébé, qui essaya aussitôt de saisir son index.

— Ses yeux sont d'un autre monde, chuchota Gawhar.

— Oui, on dirait presque qu'ils sont sans fond, commenta Fatima. – Elle hésita un instant. – Et c'est la première fois que je vois une petite fille naître sans cheveux.

Gawhar s'était fait la même réflexion, sans oser l'exprimer à haute voix. La tête du bébé était chauve, à l'exception d'une petite tache de cheveux blancs et fins en forme de cœur, juste au-dessus de son front. Que ce soit une fille l'inquiétait également.

— Mais ses cheveux pousseront, s'empressa d'ajouter Fatima, lorsqu'elle remarqua que le silence s'était installé.

Gawhar ignorait si elle devait interpréter cette tache blanche en forme de cœur comme un signe d'Allah ou comme une malédiction. Alors qu'elle contemplait l'enfant, elle eut l'impression d'avoir face à elle un petit ange égaré.

Askol alla jusqu'à l'une des fenêtres et ouvrit les volets pour permettre à la fillette d'assister à son premier lever de soleil. La lumière du jour avait peu à peu commencé à se déverser dans les rues et les maisons de Zamua. Les ruines éparses de la ville craquaient de toutes parts. La guerre et les innombrables attaques de missiles avaient détruit bien des façades, et il y en aurait encore plus après le prochain bombardement.

— Tu t'appelleras Frmesk, déclara Rubar. Car tu es une petite larme tombée sur Terre chez moi.

Les quatre femmes sursautèrent quand la porte de la maison s'ouvrit brusquement.

— Attendons de savoir ce qu'en pense Anwar, murmura Gawhar.

Cela l'attristait de le dire, mais elle ne pouvait pas laisser Rubar s'attacher à un nom que la fillette ne porterait peut-être jamais.

Rubar ferma les yeux, tandis que les bruits redoublaient dans l'entrée. Il y avait des pas et des voix. Quelqu'un retira ses chaussures.

— On dirait Tofiq, marmonna Gawhar. Et notre Muhammad. – Sa voix s'égaya à la simple évocation de son prénom. – Ils viennent voir le bébé. Askol, nous sommes prêtes ?

Pendant un moment, Rubar avait oublié son époux, mais à présent, elle entendait sa voix juste derrière la porte. Celle de Tofiq aussi.

Askol se précipita vers la porte pour ouvrir.

— Soyez les bienvenus, dit-elle. Nous sommes prêtes. Rubar et le bébé sont présentables.

Gawhar salua poliment Tofiq, qui la regarda de ses yeux bleus de glace.

— Muhammad, s'exclama-t-elle l'instant d'après. Comme je suis contente que tu sois venu rendre hommage à ta sœur.

— Bien sûr que je suis venu, maman, dit l'homme de haute taille en grattant sa longue barbe. Anwar et Tofiq étaient aussi à la mosquée pour prier pour que ce soit un fils, alors c'était normal que je passe ici ensuite.

Gawhar baissa les yeux.

— Je peux le voir ? demanda Anwar.

Rubar le regarda.

— Je connais ce regard, dit Tofiq d'un ton sec. Pour avoir eu quatre femmes bonnes à rien et huit filles, je connais ce regard. C'est juste une fille. – Il leva les yeux au ciel. – Nos prières sont restées vaines, Anwar, mon cher petit-fils.

— C'est vrai ? s'écria Anwar. Une fille ? J'ai donc attendu cinq ans que cette femme tombe à nouveau enceinte, tout ça pour avoir une fille ?

— Une progéniture de femme indigne, murmura Tofiq.

Gawhar ferma les doigts sur un pan de sa robe et serra.

Rubar était incapable de regarder les hommes. Elle concentra son attention sur les yeux de son bébé et laissa son esprit vagabonder d'un enfer à un autre. Frmesk fixait sa mère de ses yeux sombres d'une telle profondeur qu'ils pourraient eux-mêmes causer sa perte. Rubar plissa les paupières et observa Anwar du coin de l'œil.

— Mes amis, intervint Muhammad. Rappelez-vous les paroles du Prophète : *Chanceuse la femme dont le premier-né est une fille*.

— Dans ce cas, j'ai eu quatre femmes chanceuses, pesta Tofiq. – Son visage ridé se déforma en une grimace grincheuse. – Sacrément chanceuses. Il y a déjà bien assez de femmes dans cette famille. Nous n'avons pas besoin d'en avoir davantage.

— Mon premier-né était un garçon, marmonna Anwar, indigné. Celle-là, je ne sais pas ce que je vais pouvoir en faire.

5

11 AOÛT 2016

HÔPITAL DE SKEJBY, DANEMARK

Elle sentait ses doigts s'enfoncer dans son crâne. Ses ongles lui déchiraient la peau et elle avait envie de se libérer et de courir jusqu'à sa mère, mais elle était comme paralysée. Toutes ses menaces tournaient dans sa tête. Je t'enlèverai ta mère, chuchotait-il dans son oreille. Je te séparerai de ta mère et de ton père. Pour ça, je n'ai qu'à claquer des doigts. Et quand ils ne seront plus là, je pourrai faire tout ce que je voudrai avec toi. Ses doigts étaient partout. Ils s'introduisaient partout. Ils lui frottaient la peau. La mordaient. Son corps frémit. Chaque fois qu'ils étaient seuls, ses doigts se promenaient sur elle et la fouettaient avec ces paroles : *Les femmes convenables sont obéissantes et veillent sur les secrets.*

— Frmesk ?

La voix l'arracha à son cauchemar.

— Tout va bien ? Je vous ai entendue depuis le couloir, dit Darya.

Frmesk secoua la tête et essaya de chasser les images de son esprit. C'était comme si sa respiration s'était verrouillée.

— Vous avez besoin d'aide ?

— Je ne comprends pas…, répondit Frmesk.

— Vous transpiriez et trembliez comme hier. Et j'ai lu dans votre dossier que vous souffriez de stress post-traumatique.

— Ils ne peuvent rien y faire, de toute façon. Alors, je préfère qu'on me laisse tranquille.

Darya régla le goutte-à-goutte qui était suspendu à côté de la table de chevet.

— Il faut dire qu'ici, on ne fait qu'opérer.

— Les cicatrices physiques et les cicatrices morales, murmura Frmesk.

— Qu'est-ce que vous voulez dire ?

— Une cicatrice n'est qu'un bout de peau tuméfié sans importance. Tout ce qu'il y a en dessous, c'est ça la vraie douleur. Mais personne ne peut la voir.

Darya opina du chef.

— On ne peut pas s'attendre à ce que d'autres guérissent notre âme pour nous. On doit trouver en soi-même la force de le faire, si on peut. – Frmesk essaya de repousser les réminiscences lancinantes et de les chasser de ses pensées. – Et c'est un combat qui peut prendre toute une vie.

— Et vous êtes de ces personnes qui ne renoncent jamais ?

— Je m'efforce de l'être. – Frmesk tira sa couette jusque sous son menton. – Vous avez un très beau foulard.

— Je n'aime pas avoir les cheveux détachés quand je suis à l'hôpital.

— Nos cheveux noirs contrastent tellement avec ce blanc immaculé tout autour de nous, commenta Frmesk. – Elle regarda vers la fenêtre, vers la prairie. – Vous portez toujours un foulard ?

Darya acquiesça.

— C'est un peu compliqué.

— Oui, dit Frmesk en regardant la jeune femme. Je n'ai pas pu m'empêcher d'entendre votre conversation, hier, au téléphone.

— C'était idiot de ma part.

— Quel âge avez-vous ?

— Vingt ans. Je suis désolée que vous ayez eu à entendre ça.

— Je vous connais à peine, mais sachez que je peux vous écouter, si vous en avez besoin.

— Je n'ai que mon père et mes frères, dit Darya.

— Et votre mère ?

— Elle ne dit quasiment jamais rien. Même quand on est seules.

— Ce n'est sans doute pas sa faute.

— Je ne devrais pas vous raconter ces choses, dit Darya en fuyant le regard de Frmesk. Je suis désolée.

Frmesk tendit un bras vers la jeune femme.

— Je sais à quel point il est difficile de se sentir comme un pou entre deux ongles. Vous êtes étudiante en médecine ?

— Oui, répondit Darya prudemment. J'entamerai mon quatrième semestre en septembre, alors je suis toujours une novice.

— Tous les médecins sont passés par là.

Frmesk lui adressa un sourire d'encouragement.

— J'aimerais bien aider les autres, si je le peux, reprit Darya. Mais si ma famille a choisi cette voie pour moi, c'est avant tout en raison du salaire. Et du statut qui va avec. – Elle baissa les yeux. – Ça doit paraître stupide.

— Non, je comprends parfaitement ce que vous voulez dire.

Il y eut un silence. Darya s'assit au bord de la chaise qui se trouvait à côté du lit de Frmesk.

— Un jour, j'ai vu un vieux médecin à la télé, poursuivit-elle. Un Suédois. C'était un chirurgien cardiologue mondialement réputé. Il a raconté que quand il implantait un nouveau cœur à un patient, il gardait toujours ses doigts posés dessus jusqu'à ce qu'il commence à battre. J'ai trouvé cette pensée tellement belle que j'ai eu envie de vivre ça, moi aussi. – Elle hésita. – Après tout, c'est un peu comme être à la place d'Allah. Un corps mort qui accède à une nouvelle vie lorsque son cœur se met à battre.

— Ça ressemble à un miracle, dit Frmesk.

— Et à de l'orgueil, ajouta Darya à voix basse. Qu'Allah me pardonne.

— Sottises. C'est très beau. Croyez-vous que le corps soit mort quand son cœur ne bat pas ?

Darya haussa les épaules.

— On peut le ranimer si on intervient assez vite.

— Parfois, je me demande si la vie ne possède pas d'autres dimensions que nous n'aurions pas encore découvertes, dit Frmesk.

— Vous faites référence à l'âme ?

— Oui, à l'âme ou à des énergies, peu importe le nom qu'on leur donne.

— On n'est plus tout à fait dans le champ de la médecine, là, observa Darya.

— Qui sait si nos âmes n'existaient pas avant notre naissance ou si elles ne subsisteront pas au-delà de notre mort ?

Le regard de Darya se fit lointain.

— J'aimerais pouvoir dire aux gens qui sont sur le point de mourir que tout n'est pas fini. Qu'autre chose les attend. Et en même temps, je ne l'espère pas.

— Pourquoi dites-vous ça ?

— Ça doit être douloureux de voir ses proches souffrir sans rien pouvoir faire pour eux. Imaginez une mère qui meurt en laissant derrière elle son bébé, et que ce bébé pleure, encore et encore, pendant des mois, tandis que sa mère peut juste le regarder à distance, sans pouvoir intervenir. Non, j'espère qu'il n'existe pas d'autres dimensions.

— Il n'y a pas beaucoup de musulmans qui osent aborder ces sujets. – Frmesk s'empara de son ordinateur. – Vous voulez bien allumer la bougie qui est sur ma table ? Mes mains tremblent trop.

— Vous avez des allumettes ?

— Elles sont dans le tiroir.

— Je repasserai vous voir plus tard, dit Darya en approchant une allumette de la bougie. – La mèche s'enflamma. – Peut-être qu'on pourra discuter encore un peu.

6

— *Al-salâmu 'alaykum.*

Frmesk leva les yeux de son ordinateur. Sur la table de nuit était posé un plateau avec de la nourriture et une infusion de camomille qu'une jeune infirmière avait apporté un peu plus tôt. Le téléviseur était allumé.

— J'ai été un peu retardée, mais maintenant je suis libre. – Darya réajusta son foulard. – Vous avez réussi à dormir ?

— Non, je suis presque toujours éveillée quand je ne suis pas assommée par la morphine.

— Je ne pensais pas qu'il était physiquement possible de vivre sans sommeil, dit Darya.

Frmesk concentra à nouveau son attention sur son ordinateur. Il était rare qu'elle se sente vivante.

— Je ne sais pas comment je tiens. Certes, il m'arrive de somnoler de temps en temps. – Elle haussa les épaules. – Et je ne dors pas vraiment, je fais plutôt des cauchemars.

— Est-ce que vous avez passé des examens au laboratoire du sommeil ? demanda Darya.

— Non, et puis ça ne servirait à rien. Je n'ai pas besoin d'être examinée pour prendre conscience de mes traumatismes.

Darya regarda le plateau sur la table de nuit.

— Vous avez pris vos comprimés ?

Frmesk acquiesça et referma son ordinateur portable.

— Vous écrivez beaucoup, observa Darya.

— Vous trouvez ?

— Je ne suis pas la seule à avoir remarqué que vous écriviez toujours avec la télé allumée sur une chaîne d'informations en continu. Vous êtes journaliste ?

Frmesk sourit et secoua la tête.

— Non, pas du tout. Mais j'aime bien être au courant de ce qui se passe dans le monde.

Darya tourna la tête vers la télévision, où un reporter de BBC News parlait du rafraîchissement des relations entre l'Union européenne et la Turquie.

— C'est étrange comme les points de vue divergent sur la question des droits de l'homme.

Darya déposa une pile de chemises d'hôpital sur le lit de Frmesk.

— Oui, c'est comme si la Turquie avait fait deux pas en arrière depuis que l'islam a gagné en influence. En tout cas, c'est devenu difficile d'être un opposant politique, un homosexuel ou une femme dans ce pays, dit Frmesk.

— Mais c'est tout de même plus pour des raisons politiques que par rapport à l'islam, non ?

— En effet, si on occulte le fait que le système mis en place par Erdogan repose sur le Coran, on peut dire que c'est la faute de la politique.

— Je ne suis pas certaine qu'on puisse établir un lien direct entre l'islam et la répression, rétorqua Darya. Le Coran renferme tellement de belles choses, le problème tient surtout dans l'interprétation qu'on en fait.

— Il est vrai que le Coran devrait être interprété de manière plus souple et non pas au pied de la lettre, dit Frmesk. Mais à mon avis, ce n'est pas le cas. Prenez l'exemple des femmes. – Elle ferma les yeux. – *Les hommes ont autorité sur les femmes en raison des faveurs qu'Allah accorde à ceux-là sur celles-ci*, peut-on lire dans le verset 34 de la sourate 4. *Au fils une part équivalente à celle de deux filles*, dit le verset 11 de la même sourate, et *les hommes ont la prédominance sur elles*, est-il écrit à propos du statut des femmes dans la deuxième sourate, verset 228. – Elle rouvrit les yeux. – Et je pourrais vous citer des tas d'autres passages du même genre. Le Coran autorise les hommes à traiter les femmes comme bon leur semble. Et que pensez-vous du verset 223 de la deuxième sourate ? *Vos épouses sont un champ de labour pour vous, alors allez à votre champ comme vous le souhaitez.* On légalise ainsi la violence et le viol. Les hommes ont tous les droits, et il y a bien des lieux où les lois occidentales n'ont aucune valeur comparées à la parole du Coran.

— *A'ûdhu billâh*, qu'Allah me protège, dit Darya. Ce n'est pas du tout comme ça que j'interprète le Coran.

— Mais que pourrez-vous faire en tant que femme si vous vous mariez un jour avec un homme qui interprète justement le Coran de cette manière ?

— Je n'ai pas l'intention de devenir le champ de labour de qui que ce soit, dit Darya en baissant les yeux. – Elle se dirigea vers la fenêtre et garda le silence un instant avant de poursuivre. – Mais je dois admettre que je commence à m'inquiéter du projet qu'a mon père de me marier à un cousin éloigné. Je n'étais qu'une enfant la dernière fois que je l'ai vu.

— Approchez, dit Frmesk. Asseyez-vous un moment sur mon lit. Rien ne dit que votre cousin n'est pas un homme bon.

Darya s'assit doucement.

— Je ne peux pas me déplacer en dehors de l'hôpital sans que mon père l'apprenne et débarque aussitôt si je ne réponds pas au téléphone. Les gens lui répètent tout. Il est possible que mon cousin soit un homme bon, mais si je n'ai pas envie de me marier avec lui ?

Frmesk prit la main de Darya.

— Savez-vous que Rûmî a écrit à propos de votre prénom que vous n'êtes pas une simple goutte dans l'océan, mais l'océan tout entier dans une goutte ?

Darya secoua la tête sans lever le regard.

— Ça signifie que la vie de chacun de nous est précieuse, quoi que les autres nous fassent.

7

3 SEPTEMBRE 1986

ZAMUA, KURDISTAN

Donne-moi l'enfant et laisse-moi goûter à sa chair, murmura une voix à travers les ténèbres silencieuses qui, depuis longtemps déjà, s'étaient abattues lourdement dans la pièce autour des quatre femmes, comme une peau de sanglier fraîchement tué. C'était la dernière nuit avant qu'un prénom soit donné au bébé, et elles veillaient sur l'enfant qui, non seulement en cette heure tardive, mais pour le restant de sa vie, serait menacé par les langues fouineuses des djinns et les paroles des âmes perdues du passé en quête de sang frais et de nouvelles vies.

Gawhar se redressa et regarda Frmesk, qui dormait toujours paisiblement dans l'étoffe protectrice dans laquelle avait été enroulé son corps grêle et fragile. Personne n'était aussi exposé aux haleines fétides de ces ombres démoniaques qu'une nouvelle-née, et Gawhar se réjouissait à la pensée que, treize jours après sa naissance, ils allaient déjà la consacrer à Allah, de sorte que, dans Son infinie grandeur, Il puisse la protéger contre toutes les forces maléfiques qui planaient librement autour d'eux de jour comme de nuit.

— Recule, créature née de la chair et du feu d'Iblis, chuchota-t-elle. Recule, enfant de Satan.

Les perles de son chapelet disparaissaient les unes après les autres entre ses doigts, comme si elle écossait des petits pois, et pour chaque perle une prière prenait forme dans ses pensées. *Bismillâhi al-rahmâni al-rahîm*. Au nom d'Allah. Le Bienveillant. Le Miséricordieux. *Allâhu lâ ilâha illâ huwa, al-hayyu al-qayyûm*. Il n'existe pas d'autre dieu qu'Allah. Le Vivant. L'Unique. L'Éternel.

Satan lui avait déjà tant pris, il lui avait déjà montré toute sa puissance par le biais des centaines de cadavres et d'âmes murmurantes qu'elle avait lavés avant leur mise en terre. Jusqu'à son dernier jour, elle prierait pour la vie et l'âme rayonnante de Frmesk, afin d'empêcher les ténèbres de dévorer les dernières étincelles de vie qui subsistaient en cet enfant. Tant qu'elle aurait un corps. Tant qu'elle aurait une âme.

La journée avait été chaude comme l'air frémissant qui s'échappe d'un four en terre, et la nuit n'avait pas apporté la fraîcheur tant attendue. Le vent ne se faisait étrangement pas remarquer, et les djinns les plus perfides en avaient profité pour ramper hors de leurs cachettes et envahir à la fois les rues et les maisons avec leurs voix susurrantes qui exigeaient avec insistance leur délivrance.

Je dois pénétrer dans la chair de la fille, chuchota la nuit, obligeant Gawhar à lever les yeux du berceau de Frmesk. La faible lueur de l'unique lampe à pétrole de la pièce les enveloppait, mais Gawhar ne vit rien. Elle entendait seulement cette voix languissante qui, tel un murmure, se glissait entre les femmes et le petit corps frêle de la fillette, comme si ces mots et ces créatures furtives remontaient à travers le sol et le tapis directement depuis les enfers.

— *Bismillâhi al-rahmâni al-rahîm*, au nom d'Allah. Le Bienveillant. Le Miséricordieux, chuchota Gawhar en brandissant son chapelet devant elle. *Bismillâh, bismillâh.*

— Qu'y a-t-il, chère Gawhar ? demanda Hapsa.

— La nuit grouille de voix, mon amie, répondit Gawhar. Mais parlons moins fort, ou nous allons réveiller mes filles.

— Je n'entends rien, dit Hapsa. Mais tu as raison, ma bonne Gawhar. Nous ne sommes jamais trop prudentes quand il s'agit de nos fillettes.

Gawhar regarda vers le berceau. Derrière, Rubar dormait sur un matelas fin.

— Elles fondent sur nous tous, piailla une nouvelle voix. Plus vite que l'étincelle dans le regard d'un homme quand le désir s'empare de lui et qu'on ne peut pas le repousser.

— Plus vite même que le sang, ma bonne Manij, ajouta Hapsa.

Gawhar opina et ferma les yeux pour mieux entendre les démons qui chuchotaient dans la nuit.

— Satan circule partout où du sang circule, murmura-t-elle.

Elle sentit que ses paroles avaient fait effet auprès des autres femmes.

— Les démons noirs d'Iblis, s'exclama Manij, si fort que Frmesk s'agita dans son berceau. Qu'Allah nous protège.

— Qu'Allah protège l'enfant, dit Hapsa en frottant ses mains sur ses cuisses.

Gawhar se leva et se pencha au-dessus du bébé. Tandis que d'une main elle caressait Frmesk sur la joue, elle glissa l'autre sous l'oreiller de la fillette pour vérifier que le coran qu'elle avait caché là était toujours à sa place. Un sentiment de soulagement se répandit en elle. “Allah soit loué !” Quelques jours plus tôt, Darwésh avait déplacé le coran pour la taquiner, et elle n’avait pas osé le chercher cette nuit-là, pendant que les autres femmes montaient la garde contre les démons avec elle, car elle ne voulait pas qu’elles sachent à quel point son idiot de mari était impie.

Une main lui saisit délicatement le bras.

— Ne nourrissons pas la nuit de nos angoisses, dit Askol d’une voix douce.

Gawhar en avait vu et entendu davantage que quiconque et elle ne savait que trop bien les dégâts que les démons nocturnes et les corps vivants du jour pouvaient faire à une fille, qu’elle soit âgée de treize jours ou de treize ans. Elle serra son chapelet d’une main, le Coran de l’autre. Elle ne devait pas avoir de telles pensées. Elle devait prendre garde à ne pas attirer les démons avec ce relent de mort qui s’était infiltré dans les tréfonds de son être. Le bébé dans le berceau et sa fille qui dormait à côté étaient des proies bien trop faciles pour les voix tueuses de la nuit, si tôt après l’accouchement.

Askol caressa brièvement le bras de la vieille dame et lâcha prise.

— Elles sont en sécurité toutes les deux, poursuivit-elle. Il n’y a aucun djinn qui soit capable de se faufiler au milieu de quatre femmes vigilantes et dévotes telles que nous.

— Askol a raison, dit Manij, de sa voix claire. Et peut-être n’y a-t-il pas le moindre démon ici, cette nuit.

— Peut-être, chère Manij, peut-être.

Gawhar secoua la tête d'un air résigné. Elles ne savaient pas de quoi elles parlaient. Elles ne sentaient pas le monde comme elle.

— Ah, mais ma bonne Manij, intervint Hapsa avant que Gawhar ait pu ajouter quelque chose. Les djinns abondent, cette nuit, je t'en donne ma parole. – Elle se tut le temps de capter l'attention des autres femmes. – Je peux sentir leur souffle froid sur ma peau.

Manij frissonna et Gawhar écarquilla les yeux.

— Voyons, Hapsa, dit Manij d'une petite voix. Qu'est-ce qui te prend ? Tu risques d'attirer les démons avec des pensées aussi impures.

— Si un djinn veut pénétrer dans votre corps, aucune pensée ne peut l'arrêter, insista Hapsa avec de grands yeux. Ne me dites pas que vous ne sentez pas dans vos veines les coups de fouet des démons, qui font bouillonner votre sang. Ils sont plus rapides que le temps lui-même et peuvent s'insinuer en nous en un instant… et se multiplier.

— *Bismillâhi al-rahmâni al-rahîm, bismillâh, bismillâh*, laissa échapper Manij en cachant son visage dans l'étoffe épaisse de sa robe, qui recouvrait ses genoux et ses jambes.

— Hapsa, dit Askol sur un ton ferme. Nous devons protéger ce petit ange et Rubar, n'est-ce pas ? Alors, évitons de nous effrayer les unes les autres ou nous allons finir par les réveiller. Elles ont besoin de repos.

— Non, ne tiens pas de tels propos si près des corps de ces innocentes, ajouta Gawhar. Ça ne fait que nous épuiser et nous exposer aux langues des démons.

Une mite s'aventura dans la lampe à pétrole et se consuma aussitôt, ne laissant derrière elle que quelques traces de suie sur le verre.

Gawhar se ressaisit.

— Vous comprenez ? Tout ce qui compte, c'est de préserver l'innocence de cette enfant, déclara-t-elle. Nous autres, il y a belle lurette que nous sommes perdues.

Elle joignit les mains autour de son coran et se mit à réciter *Âyat al-Kursî* à voix haute pour couvrir aussi bien les voix de la nuit que les discussions imprudentes des vivants à propos des démons de l'enfer.

— Oui, oui, reconnut Hapsa. Je faisais seulement allusion à la fillette que Gawhar, avec toute la grâce de son cœur, a lavée pour son enterrement, l'autre jour.

— La fillette qui a été découverte dans un sac ? demanda Askol.

Hapsa acquiesça en serrant les mâchoires.

— Ce jour-là, nous avons eu la démonstration du pouvoir des démons.

— *Bismillâhi al-rahmâni al-rahîm*, *bismillâh*, *bismillâh*, lâcha à nouveau Manij. C'est horrible. Qu'Allah protège le bébé de Rubar. Une fillette dans un sac… Qui était-ce ?

— Tu n'en as pas entendu parler ? fit Hapsa en redressant la tête.

— Ce n'est pas le moment d'en parler, dit Gawhar.

— C'était un nouveau-né que Gawhar et Askol ont trouvé à quelques rues d'ici. – Elle prit une profonde inspiration. – Elle avait passé plusieurs jours dans le sac et était… comment dire ? Elle sentait mauvais. Elle avait été étouffée et jetée dans la rue peu de temps après sa naissance, et personne ne sait qui elle était.

Askol posa une main sur le bras de Hapsa.

— Vous ne pensez pas que nous ferions mieux de laisser cette enfant en paix ? Surtout cette nuit.

Hapsa acquiesça et resserra son foulard.

— C'était juste pour dire que les djinns sont partout.

Gawhar secoua la tête et recommença à murmurer ses versets. Elle sentit Askol couvrir ses épaules d'un châle épais, sans interrompre sa récitation, et déclina d'un signe de tête lorsqu'elle proposa une tasse de thé frais et parfumé. Quand Gawhar s'engageait pour de bon dans le labyrinthe de versets qui trottait en permanence au fond de sa tête, rien ne pouvait la perturber. Elle était entourée des milliers de mots du Coran qui, comme l'âme de la langue, se déversaient en elle, et tandis que le souvenir du monde extérieur s'effaçait, elle-même se remémorait tout, se rappelait tout, parce qu'elle ressentait tout, voyait tout ce que personne n'avait le droit de voir.

Au fil du temps, la mélopée de Gawhar se fit de plus en plus basse. Elle n'interrompait complètement sa longue litanie que lorsqu'une des femmes réunies autour du berceau de Frmesk s'assoupissait et qu'il fallait la réveiller. Rubar, Askol et Manij furent les premières à se retirer dans la cuisine afin de préparer à manger pour tous ceux qui leur rendraient visite pour l'annonce du prénom de Frmesk.

Gawhar avait remercié Allah, encore et encore, pour lui avoir envoyé Askol, car sans elle ces dernières semaines auraient été un cauchemar.

Le parfum des naans *saji* avait peu à peu commencé à se répandre par la porte du salon, et Gawhar savait que bientôt s'y mêleraient les effluves des tomates chaudes et fondantes, de la viande de mouton bouillie et des fèves tendres.

— Hapsa, appela-t-elle. – La vieille femme sursauta. – Tu dors en pleine veille ? Que fais-tu des démons ? T'ont-ils délaissée ou ton sang bouillonne-t-il toujours ?

Hapsa se racla la gorge et secoua la tête.

— Je suis restée tout le temps éveillée. Je m'étais juste penchée en avant… Les sarcasmes sont-ils la seule récompense à laquelle doive s'attendre une vieille femme aux articulations fatiguées ?

Gawhar gloussa à l'idée que la nuit était sur le point de relâcher son étreinte oppressante sur les âmes vivantes de la pièce. Elle n'entendait plus aucune voix et était convaincue que c'était elle qui, en récitant le Coran pendant des heures, avait refoulé les âmes et les djinns dans les entrailles de la terre.

— Tu es vraiment admirable, ma chère Hapsa, répondit Gawhar. Je pense que tu as fait fuir les derniers démons avec tes remarques.

Hapsa lança un regard sceptique à sa voisine, puis lui sourit.

— Oui, oui, Gawhar. Les remerciements passent aussi par l'estomac, pas vrai ? Je dois dire que cette odeur est déjà ensorcelante. – Elle fronça les sourcils. – Crois-tu qu'elles aient besoin d'aide en cuisine ?

Gawhar secoua la tête.

— Non, ma chère, mais tu peux ouvrir les volets, si tu veux.

Hapsa se leva avec peine. L'espace d'un instant, Gawhar eut peur que les jambes de la vieille femme ne la trahissent, mais elle parvint à se maintenir debout et se dirigea lentement vers l'unique fenêtre de la pièce. Les volets s'ouvrirent, chassant l'obscurité, comme si on écartait une pierre tombale. Le soleil commençait tout juste à se lever au-dessus des toits de la ville. Hapsa recula. Son regard suivit les rayons du soleil et se posa entre les mains de Gawhar, où les dorures sur la reliure du Coran s'illuminèrent soudainement, comme si elles s'étaient embrasées.

Les yeux des deux femmes étaient rivés sur le saint Coran étincelant.

— Quelles que soient les épreuves qui attendent cette enfant dans la vie, murmura Hapsa de sa voix rauque, elle est bénie par la lumière des anges.

Gawhar regarda Frmesk dans son berceau. Dès l'instant où elle avait croisé les yeux sombres de Frmesk pour la première fois, elle avait su que cette fillette à l'apparence fragile était d'une autre époque, qu'elle venait d'ailleurs.

— J'aimerais rentrer chez moi faire ma prière matinale, si ça ne te dérange pas, ma chère Gawhar.

Gawhar considéra Hapsa et se dit qu'elle aussi devait faire sa toilette et prier avant que le soleil ne soit complètement levé.

— Oui, bien sûr, dit-elle. Mais j'espère que tu reviendras voir mon mari annoncer le prénom de notre petite-fille ?

— Je serai là, oui, sois-en sûre.

La vieille femme hésita.

— Oui ? demanda Gawhar.

— Pourquoi est-ce que ce n'est pas ton fils Muhammad qui s'en occupe ? – Elle baissa les yeux et poursuivit. – C'est tout de même un imam, maintenant. Enfin, je veux dire… Les gens…

— Les gens parlent trop, la coupa Gawhar. Les choses étant comme elles sont, Muhammad a estimé que ce n'était pas à lui de faire l'annonce du prénom de la fille de sa propre sœur.

— Mais ce n'est pourtant pas sa vraie sœur, dit Hapsa. Je me souviens parfaitement du jour où nous l'avons trouvé.

— Ce n'est pas le moment d'en parler, répondit Gawhar, contrariée. Il est comme mon propre fils. Point final.

— Tu as raison, et la fillette n'est pas non plus la première-née, ma bonne Gawhar, dit Hapsa en frottant ses mains contre sa robe noire, avant d'ajouter : N'empêche que Rubar n'est pas sa vraie sœur.

8

Une main toqua à la porte de la maison d'Anwar et fit sursauter les femmes qui s'activaient dans la cuisine.

— Je vais ouvrir, dit Darwésh.

Le son profond de sa voix suffit à apaiser les femmes, qui étaient occupées à préparer les premiers plateaux de raisins secs, de noix, de pistaches, de baklavas et de fruits.

Baban se mit à courir après son grand-père.

Darwésh caressa les cheveux de l'enfant.

— C'est un travail pour les hommes, pas vrai mon garçon ?

Baban acquiesça avec fierté.

De la main, Darwésh fit signe à Baban d'ouvrir.

Le garçonnet s'avança, saisit la poignée et ouvrit la porte. Il s'illumina comme une luciole à la vue du visage pur de Shno, avant de se réfugier auprès de son grand-père.

— Un gamin de cinq ans qui joue les portiers. On aura décidément tout vu, bougonna Bahra.

— *Salâm*, dame Bahra, la salua Darwésh. Ton fils ayant refusé d'assister à l'annonce du prénom de sa propre fille, je suis bien obligé de laisser son fils garder la porte, j'imagine que tu comprends ?

Une fois n'est pas coutume, Bahra baissa les yeux, mais ne tarda pas à repasser à l'attaque.

— Si Allah lui avait fait l'honneur de lui donner un fils, il serait certainement resté chez lui. – Elle ôta son *abaya* et la jeta à Shno. – Il rentrera sans doute bientôt avec des perdreaux, ainsi vous pourrez nourrir tout le quartier. On ne peut tout de même pas sacrifier de la viande de mouton et de l'argent pour l'annonce du prénom d'une fille.

— Ne t'en fais pas pour la nourriture ma chère Bahra, l'interrompit Darwésh. Tout ce qui sera servi dans la maison de ton fils vient de chez moi.

Bahra fusilla l'ancien colonel du regard.

— Et je constate que Fayaq n'est pas avec toi, poursuivit Darwésh.

— Mon mari a d'autres choses à faire que d'organiser des cérémonies de nomination pour des fillettes.

Soudain, trois voisines se présentèrent devant la maison, et Darwésh s'écarta pour permettre à Bahra et à Shno de continuer vers le salon, tandis qu'il accueillait les nouvelles arrivantes.

— La paix soit sur vous, mes sœurs, en cette journée splendide où la fille de ma fille va être nommée, les salua-t-il.

Au même moment, son regard fut attiré par une bande de pigeons qui décolla d'un toit plat, sur une des maisons d'en face. Les oiseaux, d'abord, se regroupèrent pour s'envoler ensuite en une nuée dense et agitée, séparée par les câbles électriques qui se balançaient au-dessus de la rue quand la mosquée se mit à appeler pour la prière de la mi-journée.

Quatre autres tchadors sombres s'approchaient de la maison, telles des ombres silencieuses accablées par le soleil ardent et l'appel de la mosquée. Il s'agissait de Fatima, accompagnée de sa fille aînée et de deux autres femmes du quartier. Leurs yeux paraissaient fatigués, mais elles souriaient lorsqu'elles s'avancèrent vers la porte et le visage aimable de Darwésh.

Darwésh secoua la tête en repensant à Bahra et espéra que Gawhar saurait faire taire cette vieille bouche de traviole afin qu'elle ne gâche pas leur journée avec tout son fiel et toute son amertume. Il savait qu'il avait été dur avec elle et que ses paroles n'avaient pas contribué à arranger les choses, mais cette vieille bique était tellement haineuse.

— Quelle journée bénie.

Il sourit à la femme.

— Oui, dame Fatima, c'est vraiment une journée bénie, je te remercie. Soyez les bienvenues. Il y a déjà beaucoup de monde à l'intérieur.

— Je veux bien le croire, monsieur Darwésh, répondit-elle en poussant sa fille dans le couloir, où elles s'entraidèrent à retirer leurs tchadors et saluèrent respectueusement l'ancien colonel. Je crois, ajouta-t-elle à voix basse, que la plupart sont venus par curiosité, pour voir l'étonnante chevelure de la fillette. Vous savez probablement déjà que beaucoup y voient un signe d'Allah.

— C'est vrai, admit Darwésh. Mais nous sommes heureux de recevoir tous ceux qui nous ont fait l'honneur de se déplacer, que ce soit pour l'annonce du prénom, pour la nourriture ou pour ses cheveux blancs.

Du salon, derrière eux, leur parvenaient le brouhaha des voix et le parfum du biryani, du *bamia* et des baklavas frais, qui se faufilait le long des murs.

À mesure que les femmes défilaient, bravant la chaleur et abandonnant leurs tchadors dans l'entrée pour pouvoir disparaître dans le salon, il ne fit aucun doute dans l'esprit de Darwésh que ce succès était principalement dû aux rumeurs liées aux yeux en amande de Frmesk qui, à l'exception de sa mèche de cheveux blancs en forme de cœur, brillait comme la surface d'un lac un jour sans vent.

— Papa, dit une voix, l'arrachant à ses pensées. Maman t'appelle dans la cuisine. Je peux te remplacer à la porte, si tu veux ?

Darwésh posa une main sur l'épaule de son fils cadet.

— Merci, Aso, c'est une bonne idée. Je ferais sans doute mieux de rester auprès de Rubar dans le salon, afin de l'aider avec toutes ces femmes.

— Mais maman… dit Aso.

— Je vais peut-être faire un détour par la cuisine, d'abord. Il hésita, puis ajouta en murmurant : Je crois savoir pourquoi elle veut me voir.

— Maman a dit que je devais empêcher le diable d'entrer, répondit Aso.

— Ne t'inquiète pas, elle est déjà là. – Le regard de Darwésh glissa sur le garçon. – Hawré, dit-il alors en joignant les mains devant sa poitrine pour souhaiter la bienvenue à l'homme sourd. Jairan, vous voilà aussi, *salâm*. Merci d'avoir fait tout ce chemin jusqu'ici.

— Pour rien au monde je n'aurais raté la cérémonie de nomination de la fille de mon neveu, répondit aussitôt Jairan, en faisant signe à ses fils d'avancer.

Darwésh s'inclina légèrement devant chaque garçon, tandis que lui-même faisait signe à Aso de montrer du respect à leurs hôtes.

— C'est malheureusement plus que ce que ton cher neveu ferait pour sa propre fille, ajouta-t-il sur un ton sec. Figure-toi qu'Anwar est parti chasser.

— Quelle honte, commenta Jairan en se tournant vers Hawré pour lui répéter dans le langage des signes ce que venait de dire Darwésh.

Hawré secoua la tête et prit la main de Darwésh entre les siennes. Les deux hommes se saluèrent d'un hochement de tête. Puis, Hawré lui lâcha la main et se donna un coup léger dans la poitrine.

Jairan sourit.

— C'est vrai, dit-il. Nous, nous sommes ici, et nous nous réjouissons de faire la connaissance de cette fillette.

Elle tourna le regard vers son mari et balança ses bras devant sa poitrine, comme si elle berçait un bébé.

— Comment va votre petite fille ? s'enquit Darwésh.

— Hanar va très bien, répondit Jairan avec un grand sourire. Je l'ai laissée chez ma sœur pour la journée. Elle aurait eu bien trop chaud dans la voiture.

— Je comprends parfaitement. C'est une vraie fournaise, dit Darwésh en levant les yeux au ciel.

— Bahra m'a dit que tu allais nommer toi-même la petite ?

Darwésh fronça les sourcils.

— Oui, j'imagine qu'elle n'a pas manqué de te le dire.

La jolie femme lui saisit le bras délicatement.

— Ne t'en fais pas, je ne prête jamais attention au venin qui sort de sa bouche, il est tellement puissant qu'il pourrait tuer même un mort.

Le sourire réapparut sur le visage du vieil homme.

— Allez-y, dit-il en resserrant le foulard bigarré qu'il portait autour de la taille. Ce jeune homme m'a informé qu'on avait besoin de moi dans la cuisine.

D'un mouvement de tête, il désigna son fils, qui se mit à rougir encore plus que quand ils avaient parlé du diable. Mais il n'aurait pu dire si c'était à cause du diable lui-même ou de l'air de liberté qui émanait de la belle Jairan.

À peine Darwésh avait-il mis les pieds dans la cuisine que Gawhar le prit par le bras et l'entraîna à l'écart, si bien qu'il faillit trébucher dans son pantalon bouffant.

— Cette femme est en train de tailler tout le monde en pièces avec sa langue, chuchota-t-elle, exaspérée, à son oreille. Est-ce que tu ne pourrais pas, au nom d'Allah, rester dans la pièce ? Toi, au moins, elle te respecte.

— C'est d'accord. Il faut aussi que j'aille voir si les filles vont bientôt être prêtes pour l'annonce du prénom.

— Je ne comprends pas cette personne, poursuivit Gawhar. Et dire que dans l'insouciance de notre enfance nous avons été amies.

— Elle n'a pas dû connaître beaucoup de joie dans sa vie, et tout le monde ne maîtrise pas l'art d'être humain, tempéra Darwésh.

Gawhar le regarda.

— Non, tu as raison, dit-elle. Mais j'ai toujours pensé que si quelqu'un nous jetait une pierre, il valait mieux la laisser par terre que la ramasser pour la lancer à notre tour.

— Je le sais bien mon diamant, répondit-il. Mais ils ne sont pas nombreux, ceux qui pensent comme toi, et je peux te garantir que si Satan se cherchait un bras droit, alors son choix se porterait sûrement sur Bahra.

— Chut, peut-être qu'elle peut t'entendre, dit Gawhar en lui donnant un léger coup de coude dans les côtes. Allez, va rejoindre ta fille et ta petite-fille avant que le bras droit du diable ne sème la zizanie.

Darwésh piocha un baklava dans un plat avec lequel Hapsa passait devant lui.

— Il fait le plein d'énergie avant la cérémonie de nomination, s'empressa de dire Gawhar. Je te prie de bien vouloir excuser ses mauvaises manières. Ma cousine Hataw et sa fille sont-elles arrivées ? Et Sabri, la femme de Muhammad ?

Hapsa s'arrêta.

— Je n'ai pas encore vu Hataw, mais Sabri et ses enfants sont assis dans le salon… Je la trouve bien silencieuse.

— C'est une femme timide, expliqua Gawhar.

Darwésh suivit Hapsa et son plat de pâtisseries.

Rubar était assise au milieu du salon avec Frmesk dans les bras. Elle n'appréciait guère d'être au centre de l'attention, et si la main d'Askol n'avait pas reposé sur son épaule, la jeune maman aurait probablement disparu en elle-même.

Darwésh s'approcha de sa fille.

— Elle est prête ? demanda-t-il.

Tout le monde se tut.

— Bientôt, papa, murmura Rubar en ôtant le foulard qui, jusque-là, avait préservé la tête de Frmesk des regards curieux.

— Si ça avait été un garçon, lança une voix, il y aurait sans doute eu un imam pour donner un nom au gamin.

— Peut-être aussi que ton fils aurait été là, répliqua Gawhar, sur le pas de la porte.

— Oui, et il y aurait eu une vraie fête, gronda Bahra, comme quand nous avons nommé Baban. Ça, c'était une journée mémorable. – Elle secoua la tête, agacée par le silence qui menaçait d'anéantir ses paroles. – Pas vrai, Shno ?

— Oui, maman, chuchota la jeune fille timide en fixant le tapis.

Une voix douce vint délivrer Shno du regard de sa mère et détendit l'atmosphère dans la pièce.

— Laissons régner la paix.

Bahra bondit aussitôt sur ses jambes.

— Je t'interdis de m'adresser la parole, femme.

— Fort bien, dame Bahra, mais nous avons pourtant toujours réussi à nous accorder.

— Peut-être, Jairan, poursuivit Bahra. Mais ça, c'était avant…

— Avant quoi, ma bonne Bahra ? demanda Jairan.

Les yeux de Bahra lancèrent des éclairs.

— Avant que tu… – Elle se tut et agita une main. – Je ne peux pas tenir des propos aussi honteux ici.

— Ça n'augure rien de bon. Si tu pouvais nous épargner ça, dame Bahra, intervint Darwésh. Je crois que nous n'avons pas non plus envie de les entendre. – Il baissa la voix. – Jairan est une invitée dans cette maison, aussi mérite-t-elle qu'on la traite avec respect.

— Avec respect, ricana Bahra. Ceci est la maison de mon fils, et il ne doit aucun respect à une traînée.

— De quoi m'as-tu traitée ? s'exclama Jairan, horrifiée. De traînée ?

— Tu as de la chance que ton mari soit sourd et qu'il ne comprenne rien, fulmina Bahra. Car sinon il t'aurait déjà lynchée et lapidée en pleine rue.

Un murmure se répandit et Gawhar posa un bras sur la belle grande femme, tandis que, du regard, elle indiquait à Darwésh qu'il était grand temps qu'il fasse taire Bahra.

— Ma bonne Bahra, dit Darwésh, sur un ton décidé. Je suis certain que tu ne souhaites pas risquer la vie de ta petite-fille en attirant par tes paroles des djinns dans la pièce, alors que nous nous apprêtons à nommer l'enfant ? Cela risquerait de nuire gravement à ta réputation, n'est-ce pas ? – Il jeta un coup d'œil à la ronde. – Il est toujours regrettable qu'une femme respectable soit pointée du doigt et considérée comme responsable du malheur et de la mort d'une personne de son propre sang.

Non seulement ces derniers mots forcèrent Bahra à se rasseoir sur le tapis, mais ils la renvoyèrent aussi à la mort de ses fils, alors qu'ils étaient encore enfants.

Le silence s'abattit sur la pièce, et si Hapsa n'avait pas surgi avec un plateau plein de *naansaji* fumants, l'atmosphère pesante aurait continué de planer au-dessus des têtes baissées des femmes.

Les larmes coulaient sur les joues de Jairan, tandis que Gawhar et Askol la serraient dans leurs bras. Le soleil projetait sa lumière sur leurs robes à motifs.

Rubar changea de position et ressentit immédiatement une douleur dans son périnée. Son regard glissa vers la fillette qu'elle portait dans ses bras. Elle était si fluette et si fragile.

— À quoi penses-tu, ma douce Rubar ? murmura Askol. Aujourd'hui, c'est le jour de la petite, mais tu sembles ailleurs.

Rubar acquiesça lentement, tandis qu'elle s'efforçait de s'arracher aux images qui la rongeaient de l'intérieur. Elle était ailleurs, c'était exact, mais pas non plus là où elle aurait souhaité être.

— Je crains pour la vie de ma fille, chuchota-t-elle en réponse, sans lever les yeux. Mais je suis aussi un peu fatiguée, ma tante, tout simplement.

Askol regarda la jeune maman.

— Je comprends, répondit-elle à voix basse, comme Rubar. Mais tu peux sans crainte lui donner un nom. Elle est forte, cette petite.

Rubar pinça les lèvres. Certes, son bébé était vulnérable et avait des difficultés à s'alimenter, mais ce n'était pas cela qui la préoccupait.

Elle lança un regard furtif à Bahra, qui était étrangement silencieuse et tenait fermement Shno, tandis qu'elle essayait de retrouver la contenance et la dignité dont Darwésh venait de la priver. Rubar savait qu'elle le paierait cher quand Anwar l'apprendrait. Elle redoutait les yeux de Bahra. Mais la vieille femme ne la regardait pas. Elle était trop occupée à fixer Jairan.

Frmesk s'agita et entrouvrit les yeux.

— Nous allons te laver, afin que tu sois propre et prête, murmura-t-elle. Ça va bientôt être l'heure.

— Veux-tu que je t'aide avec la petite ?

Rubar leva le regard. C'était de nouveau Askol.

— Merci, tata, dit-elle, quelque peu gênée d'avoir paru si désemparée que sa vieille tante ait dû lui poser la question.

— Nous ne serons pas trop de deux, et ta mère est occupée en ce moment.

Rubar chercha du regard sa mère, qui discutait à voix basse avec une femme dont elle avait oublié le nom. Elle sentit les mains d'Askol autour de sa taille, tandis qu'elle se levait.

— Laisse-moi juste faire la toilette de la petite, poursuivit Askol, quand elle remarqua à quel point le corps de Rubar était tendu. Toutes ces femmes sont venues pour te voir, alors il vaudrait peut-être mieux que tu restes dans le salon ?

Rubar opina et, d'un geste hésitant, tendit Frmesk à Askol. Les voix bourdonnaient autour d'elle, semblant s'éloigner, puis se rapprocher. Elle avait du mal à se ressaisir dans cette chaleur, et les pensées qui bouillonnaient dans son esprit ne l'aidaient aucunement.

Darwésh était assis auprès de Hawré et parlait avec les mains. Hawré hocha la tête et lui répondit en langue des signes, tandis que Darwésh prenait un gros morceau de melon sur un plat étincelant que Rubar ne se souvenait pas d'avoir déjà vu. Elle fronça les sourcils et tendit l'oreille vers le salon.

— Chère Fatima, dit Manij de sa voix aiguë. Ma Nashmil ne pourrait-elle pas rencontrer ton fils cadet un jour ? Crois-moi, ça pourrait faire des étincelles. Nous pourrions demander à nos maris d'organiser une rencontre ? Elle est bonne à marier et conviendrait à la plupart des hommes.

— Mais, ma bonne Manij, mon fils cadet est depuis toujours promis à la Mina d'Abdul.

— C'est vrai, j'avais oublié, soupira Manij. C'est que j'aimerais tellement voir mes filles se marier avant que je…

— Ça viendra, Manij, ça viendra, dit Fatima sur un ton rassurant. Ce sont de belles filles, et puis tu es encore là.

Rubar repensa aux larmes de sa mère, quand elle leur avait annoncé que son amie avait un cancer.

— Tout va bien, ma fille ?

Rubar leva les yeux et croisa le regard de sa mère.

— Tu fais toute triste et pâlotte.

— Ce n'est rien, maman, chuchota Rubar.

Gawhar acquiesça.

— Je vois ce que je vois, tu le sais bien.

Rubar baissa de nouveau les yeux.

Gawhar se leva du tapis en jonc et remarqua aussitôt qu'un silence était en train de s'installer. Elle était habituée à ce que sa maison soit pleine de femmes de son groupe de prière, mais ici, chez sa fille, les pièces étaient normalement vides. Il ne se passait pas un jour sans qu'elle se blâme d'avoir convaincu Darwésh de consentir à un mariage entre Rubar et Anwar. Si même une famille telle que la leur ne pouvait laisser sa fille cadette se choisir un homme bon, quelle famille dans cette ville sombre et battue par les vents pourrait adoucir le destin d'une jeune fille ? Elle repensa un court instant à l'époque où ils s'étaient choisis, elle et Darwésh.

— Oh, regardez ! s'exclama Gawhar. Allah soit béni. Revoilà Askol avec notre petit ange.

Elle fit glisser tendrement sa main sur la joue de Rubar, puis se tourna vers Darwésh, capta son regard et hocha la tête.

Il serra les lèvres, mais lui confirma des yeux qu'il avait vu ce qu'elle voulait qu'il voie.

9

Darwésh donna une tape amicale sur l'épaule de Hawré avant de se lever et d'aller allumer un magnétophone qui, durant toute la durée de la cérémonie de la nomination, emplirait la pièce avec une voix récitant l'infernale sourate *Al-Nisâ'*, qui faisait de la femme la propriété de l'homme. Il secoua la tête à cette pensée. C'étaient les femmes du groupe de prière de Gawhar qui avaient choisi ce texte. Quelle bande d'idiotes, songea-t-il.

Il aurait bien voulu se réjouir de cette journée, mais dans sa poitrine, il n'y avait que du chagrin. Comment peut-on nommer quelqu'un qu'on aime au nom de quelqu'un auquel on ne croit pas ?

Aussi loin que l'on pût remonter dans le temps, sa famille avait toujours été de confession zoroastrienne. Pour lui et ses ancêtres, les êtres humains étaient sacrés et avaient la responsabilité de faire le bien, tandis que l'islam n'avait qu'un livre, qui était tellement sacré qu'il supplantait le libre arbitre des hommes, dans tous les domaines que ce fût, et dictait même les faits et gestes de chacun, les bons comme les mauvais. Pour l'islam, même le meurtre, le viol et la mutilation constituaient des actes justes, du moment qu'ils étaient commis au nom d'Allah.

Il serra les poings, si bien que ses jointures blanchirent, contrastant avec la peau dorée de ses mains.

— Mon cher mari, lança nerveusement une voix. Nous sommes prêtes pour la prière.

— Bien, dit-il en se plantant devant les femmes, qui s'étaient assises en cercle sur le tapis du salon, autour de sa fille et de sa petite-fille.

Il dissimula sa colère et ses craintes derrière un sourire. C'était la vie, et il ne pouvait rien faire d'autre que de donner au bébé une belle cérémonie de nomination, ne serait-ce que pour prouver à sa fille à quel point il l'aimait.

— Dans ce cas, vous allez pouvoir me confier la petite, ajouta-t-il.

Il savait pertinemment ce qui se cachait derrière les yeux des femmes. Leurs regards lui piquaient la peau du visage.

Gawhar le considéra d'un air implorant, et il lui rendit son regard, comme la première fois qu'il l'avait vue, croulant sous le travail.

— C'est une bénédiction pour moi et pour mon sang que nous puissions donner un nom en ce jour à une fillette aussi magnifique, dit-il.

Il vit alors le visage de Gawhar s'illuminer sous l'effet du soulagement. Il tendit les bras vers l'enfant et sourit tendrement à sa fille.

La petite disparut dans ses bras puissants, et le sourire qu'elle lui fit le toucha au plus profond de son âme et lui donna l'impression de fondre. Les larmes lui montèrent aux yeux, mais il se ressaisit. Il était convaincu que s'il se laissait aller à pleurer, les femmes s'imagineraient que ses larmes étaient dues à la déception que ce ne soit qu'une fille. Mais elles auraient eu tout faux. S'il devait verser des larmes, ce seraient des larmes d'amour. Sur ce, il prit une profonde inspiration, leva les yeux vers le plafond et remua sur le tapis.

Faisant abstraction de tout, il demanda pardon à une ère révolue de devoir vouer à cette foi le petit être innocent qu'il portait dans ses bras.

— *Allahu akbar*, déclara-t-il à l'oreille droite de la fillette, aussi fort que le lui permettait son combat intérieur. *Allahu akbar*... *Allahu akbar*... À présent, tu te prénommes Frmesk. – Il pencha la tête au-dessus de Frmesk. – Tu es née du sang de mon cœur, Frmesk, chuchota-t-il, si près de son oreille qu'il put sentir son propre souffle embrasser le petit crâne de l'enfant. Et jamais tu ne permettras que les paroles d'Allah soient un fardeau pour toi. Car aucun dieu ne possède un tel droit. Ne l'oublie pas.

Plusieurs femmes réagirent à ce chuchotement en remuant nerveusement, et un soupir isolé vint se mêler à la voix qui récitait la sourate sur le magnétophone. Il prit une grande inspiration et rassembla tout son courage avant la pire de toutes les épreuves. La profession de foi, la *shahâda*. Il s'abstint de lever l'index de sa main droite.

— Je reconnais qu'il n'existe d'autre Dieu qu'Allah et je reconnais que Muhammad est Son prophète.

Chaque mot lacérait Darwésh comme une lame émoussée, et dans ses pensées, il répétait l'inverse de ce qu'il venait de dire. Au fond de lui, il n'y avait rien qu'il désirait plus que de brûler chaque mot sombre du Coran, pour délivrer d'un seul coup le monde de son infamie – du moins, son monde à lui.

Son regard rechercha furtivement celui de Gawhar. Il était évident qu'elle savait ce qui était en train de se passer en lui, et il chuchota qu'il faisait cela pour elle et pour ne pas rendre la vie encore plus insupportable à sa fille et au nouveau petit être adoré qu'il portait dans ses bras.

— Je te place sous la protection des paroles divines d'Allah, poursuivit-il en braquant de nouveau son regard sur la petite fille. Protection contre les démons et les yeux coupables. Allah, je prie pour que Tu accordes à cet enfant la santé, la foi et une vie paisible en ce monde. Protège-la des ravages de la parole et de la méchanceté des hommes. Allah, protège-la de droite à gauche.

Il ravala sa salive et la sentit couler dans sa gorge. Son regard dériva parmi l'assistance. Les visages transpirants des femmes, leurs robes longues et épaisses et les voiles autour de leurs têtes. Toutes le fixaient, tandis qu'il vouait sa petite-fille à Allah. Ce n'était pas un jour pour la haine. C'était un jour pour l'amour, et les mots n'étaient rien de plus que des mots pour celui qui savait à la fois réfléchir et lire.

— Je tiens dans mes mains un petit espoir, un bébé, une fillette. Je ne connais rien de plus précieux, et je sais que seulement elle, seulement nous, les humains, avons le pouvoir d'empêcher les anges et les étoiles de pleurer, car ils pleurent quand nous autres, ici-bas, ne nous regardons pas avec notre cœur, mais avec mépris et méfiance. – Il baissa les yeux sur la fillette et se noya dans son regard profond. – Peut-être qu'un jour, tu pleureras avec les larmes d'un ange, mais tu découvriras aussi les ailes qui permettront aux autres de s'élever et, ainsi, de regarder avec leur cœur. Parce que chaque larme que tu verseras au cours de ta vie te renforcera. Tout cela est écrit dans tes yeux, et c'est pourquoi je vais te nommer Frmesk, parce que tu es une larme qui nous est tombée du ciel. – Il observa de nouveau les femmes. – Qu'est-ce qu'une larme, sinon la vie ? Une goutte qui remplit tout. Une pensée qui croît et qui, un jour, peut-être, contiendra la force d'un océan. Un baiser apaisant sur une plaie à vif. Un baiser apaisant sur une cicatrice. Une larme est tout cela et beaucoup plus encore. Frmesk, voilà ce que tu es. – Il ferma les yeux et poursuivit. – Ma fille, tu portes dans ton âme les flammes d'une époque révolue et toujours tu rechercheras les rayons du soleil, comme s'ils étaient la source qui alimente le cœur qui bat dans ta petite poitrine. Je bénis ton cœur pour qu'il batte à jamais au rythme de cette époque solaire révolue, quelles que soient les forces obscures qui tenteront de le briser à travers les ténèbres.

Il leva les yeux et adressa un signe de tête discret à Gawhar, qui semblait ne pas avoir du tout remarqué la part de lui-même qu'il avait mise dans ces paroles.

— Amen, dit-elle en lançant un regard à la ronde.

— Amen, murmurèrent en chœur les autres femmes.

Un léger trouble s'était répandu parmi elles. Gawhar saisit fermement Hapsa par le bras et l'entraîna avec elle dans la cuisine, où attendaient d'autres plats remplis de mets parfumés, et dès qu'elles les posèrent sur le sol, entre les femmes et les enfants, les voix s'élevèrent, comme un vent puissant.

Le nom Frmesk jaillissait de leurs lèvres, tandis que Gawhar leur racontait comment ce prénom leur était venu dans une vision, comme s'il avait été prédéterminé par Allah lui-même. La vérité, c'était que le prénom était venu à Darwésh dans un rêve, qu'il avait ensuite partagé avec Rubar, et Gawhar l'avait soupçonné de vouloir la devancer, car elle aurait souhaité que l'enfant s'appelle Aïcha, comme la fillette qu'avait épousée le Prophète. De toute façon, maintenant, cela n'avait plus d'importance, tant que c'était ce prénom qui était sur toutes les lèvres, et non les paroles de Darwésh à propos du soleil et des flammes du brasier.

10

Rubar contempla la multitude de cadeaux qui étaient étalés sur un drap, à côté d'elle. Elle ne s'attendait pas à en recevoir autant, mais les gens étaient venus en nombre, comme ils l'auraient fait pour un abattage rituel. Elle aurait bien voulu que la vieille climatisation d'Anwar fonctionne, mais le tas de ferraille était resté inactif, tandis que le soleil cuisait les invités, réduits à des ombres de sel.

— Je crois bien que je n'avais encore jamais autant transpiré, déclara Gawhar en attirant l'attention de Rubar.

La vieille femme était assise en tailleur sur le tapis et tripotait deux bracelets de nacre qui réfléchissaient dans la pièce la lumière du soleil.

— Tu vas pouvoir coudre une jolie robe pour la petite, poursuivit Gawhar. C'est un beau cadeau que t'a apporté Fatima. – Elle leva les yeux. – Et c'était une magnifique cérémonie de nomination, même si ton père n'a pas pu s'empêcher de partager ses pensées sur le feu et le soleil.

Elle secoua la tête. Dès qu'elle avait vu Darwésh, elle était tombée amoureuse de lui, et dès qu'elle l'avait entendu parler, elle avait su qu'ils vivaient en même temps dans le même monde et dans deux mondes différents. Mais il lui avait bâti un îlot de paix au milieu d'un monde brutal, ce dont elle lui était reconnaissante, car elle savait mieux que quiconque qu'il était rare de trouver la sécurité auprès d'un homme.

Rubar était assise avec Baban, qui était allongé sur une de ses jambes. Ses cheveux trempés de sueur formaient de longues mèches poisseuses. Et ils ne pourraient rien faire pour se rafraîchir tant que le vent serait aussi chaud que le soleil. Baban s'était emparé d'un petit cahier qu'il agitait devant son visage, vainement, sans aucun doute, tant le garçonnet paraissait aussi amorphe que les deux femmes. Frmesk était emmaillotée dans son berceau, de manière à ce qu'elle ne se blesse pas dans son sommeil. Rubar sourit. Elle trouvait que Frmesk s'en était très bien sortie. Elle en était à la fois réjouie et soulagée, car ainsi sa belle-mère ne pourrait ni se plaindre de ses cris ni leur rabâcher qu'un garçon ne leur aurait jamais autant cassé les oreilles. Frmesk s'était comportée comme un garçon et aucun enfant n'avait jamais eu droit à une cérémonie de nomination aussi touchante.

Le bruit d'un camion se fit entendre.

Son visage se ferma et elle sentit le regard de sa mère. Elle rassembla instinctivement ses cheveux gras d'une main, tandis que, de l'autre, elle les attachait au-dessus de sa nuque avec un élastique.

Baban bondit sur ses jambes.

— C'est papa ?

— Peut-être, mon garçon, répondit Gawhar. Tu n'as qu'à aller à la porte pour vérifier.

Rubar leva les yeux au plafond pour retenir ses larmes. Le moteur du camion gargouilla brièvement dans la rue, puis s'arrêta.

— C'est papa ! Il est là ! cria Baban, dans l'entrée.

Rubar sentit les mains de sa mère sur ses joues.

— Ne pleure pas, ma fille. Il ne mérite ni ton eau, ni ton sel.

À la vue d'Anwar, tout se brouilla dans l'esprit de Rubar. Son uniforme froissé était alourdi par la poussière et la sueur séchée, et sur ses épaules pendait sa veste militaire kaki. Sa barbe était noire et épaisse, et ses chargeurs tintaient dans ses poches à chacun de ses pas. Baban s'accrocha à lui dans une étreinte innocente, si bien que ses pas ralentirent, et Rubar le vit s'arrêter et se pencher sur le garçon, en même temps qu'il essuyait la sueur de son visage avec sa manche sale.

— Est-ce que tu as bien veillé sur les femmes, mon fils ?

— Oui, répondit Baban. J'ai bien veillé sur elles, papa, et aujourd'hui, papi a donné un nom à Frmesk.

Anwar se redressa, tandis que sa main continuait machinalement d'ébouriffer les cheveux de Baban. Son visage se figea lorsqu'il regarda sa femme.

— Alors comme ça, mamie était là ?

— Oui, papa, mamie Barha aussi ; et tata Shno, ajouta Baban.

— C'est bien, mon fils.

Baban se mit à rire.

— *Al-salâmu 'alaykum*, dit Anwar en tournant le regard vers Gawhar.

— La paix soit aussi sur toi, Anwar, répondit Gawhar.

Elle envisagea un instant de dire quelque chose à propos de la cérémonie de nomination, mais s'abstint finalement. Il paraissait fatigué et elle ne tenait pas à être celle qui rouvrirait la blessure de cet homme colérique.

Anwar soupira bruyamment.

— Rubar.

Elle leva les yeux sur lui. Elle avait l'air épuisée, pensa-t-il, mais comment pouvait-il en être autrement après une journée passée à la maison avec toutes ces femmes. Son regard dériva sur sa robe et se glissa entre les plis.

— Je vais aller te chercher de l'eau pour que tu puisses te laver, dit soudainement Rubar en se levant avec peine. Ça a dû être une journée difficile.

Il avait eu chaud, elle avait raison, mais dans ce cas, pourquoi l'eau n'était-elle pas déjà prête ? Il garda cette pensée pour lui-même, tandis qu'il lorgnait vers sa belle-mère, qui avait sorti Frmesk de son berceau pour la prendre dans ses bras. Elle le fixa du regard, si bien qu'il sentit la pression se resserrer sur lui, comme des démangeaisons qui persistent même si on se gratte la peau jusqu'au sang.

Il déglutit.

— Donc, la petite a reçu son prénom, si j'ai bien compris.

— Oui, répondit Gawhar d'un ton sec.

Leurs regards furent brièvement perturbés par le son de l'eau qui coulait dans la cuisine.

— Et tu peux être fier d'elle, poursuivit la vieille femme. Elle n'a pas fait un bruit durant toute la cérémonie de nomination. C'est une fillette très spéciale.

Anwar acquiesça, les mâchoires serrées, tandis qu'il pensait aux grands yeux profonds de sa fille. Un jour, elle lui coûterait cher, c'était l'unique chose dont il était certain. Il s'approcha à contrecœur de

Gawhar et promena un doigt sur le crâne chauve de Frmesk en prenant soin d'éviter sa petite touffe de cheveux blancs.

— Une fille comme ça nous mettra tous en danger, un jour, murmura-t-il.

— Ce n'est pas pire qu'avec toutes les autres, rétorqua Gawhar. Et de toute façon, elle sera protégée, comme Allah l'a souhaité, si bien qu'elle échappera aux yeux mauvais de la ville.

— Dans ce monde, il n'y a pas que les yeux qui soient mauvais, poursuivit Anwar.

Le regard de Gawhar fuit et chercha refuge auprès de la fillette. Elle ne connaissait que trop bien le mal qui se trouvait tout près d'elle.

— L'eau est prête, mon mari, annonça la voix de Rubar.

Gawhar regarda sa fille. Elle en avait profité pour se laver le visage. Anwar se pencha au-dessus des cadeaux et en poussa quelques-uns avant de rassembler tout l'argent dans sa main et de le fourrer dans la poche de sa veste.

— Bien, dit-il. J'ai faim, aussi.

— Allons dans la cuisine, s'empressa de dire Gawhar. Il y a tout un tas de bonnes choses, là-bas. – Elle posa une main sur l'épaule de sa fille en se rendant dans la cuisine. – Ensuite, il faudra que je rentre à la maison retrouver ton père.

Rubar secoua la tête, mais elle savait pertinemment qu'il ne pouvait pas en être autrement. Anwar n'attendait qu'une chose : que sa mère s'en aille pour pouvoir être tranquille chez lui. Elle le savait. Il avait sa petite routine. D'abord, il mangerait, après quoi il rangerait son matériel de chasse et placerait ses cages avec ses perdrix dans la cuisine, sous des couvertures, pour éviter que les volatiles ne restent éveillés et ne fassent trop de bruit.

Il était presque 20 heures quand le calme revint enfin dans la maison. Le crépuscule ne s'était pas encore abattu sur la ville, mais il faisait déjà moins chaud et l'air s'était quelque peu rafraîchi. Rubar regarda la climatisation rouillée fixée au mur, puis son mari, endormi par terre, sur les tapis. Il avait glissé dans un sommeil profond, et elle avait tellement insisté auprès de Baban pour qu'il soit silencieux qu'il n'avait pas osé chuchoter "bonne nuit" à son père, quand elle avait couché le petit garçon. Frmesk dormait aussi, à présent. Quant à Rubar, elle était assise, parfaitement immobile, à côté des cadeaux de la fête. Ou du moins ce qu'il en restait. Elle aurait souhaité utiliser un peu de l'argent qu'ils avaient reçu pour aller chez le médecin, afin qu'ils découvrent pourquoi la petite ne voulait pas manger. Mais Anwar s'était emparé de tout l'argent, et elle ne voyait pas comment elle pourrait lui parler de son intention d'aller chez le médecin car elle était certaine qu'il refuserait de sacrifier la moindre pièce pour sa fille.

Frmesk s'agita dans son berceau. Rubar sursauta, effrayée.

— Il ne faut pas que tu te réveilles maintenant, chuchota-t-elle.

Et elle sentit une vague de soulagement traverser son corps lorsque la petite s'apaisa.

Elle jeta discrètement un coup d'œil à Anwar, allongé par terre tel un cadavre avec ses joues creusées et ses cheveux en bataille. Les pensées se bousculaient dans sa tête. Il se réveillerait bientôt. C'était inévitable. Peut-être qu'il se mettrait en colère quand il s'apercevrait qu'elle ne lui avait rien préparé. Peut-être devrait-elle couper quelques fruits, afin qu'il les voie dès qu'il ouvrirait les yeux. Elle avait tellement envie que cette tranquillité dure.

Elle se mit à frotter ses mains l'une contre l'autre, inconsciemment.

— Qu'est-ce que tu regardes comme ça ?

La voix la transperça comme une dague.

— Rien, mon époux, murmura-t-elle, en baissant le regard sur les motifs du tapis.

Elle n'avait nulle part où se cacher. Nulle part où s'enfuir.

— Tu chiales ?

— Tu m'as fait peur, désolée. – Sa voix se brisa. – Tu as faim ? Je peux te couper des fruits, si tu veux.

— J'ai la bouche sèche, répondit-il. Donne-moi de l'eau.

— Je vais t'en chercher tout de suite, dit-elle en se levant du tapis.

Il la suivit du regard et remarqua qu'elle avait du mal à marcher.

Lorsqu'elle revint avec le verre, il le vida en trois gorgées et le lui rendit, tandis qu'il se levait à son tour.

Rubar sentit qu'il se déployait face à elle.

— Jairan ne doit plus jamais mettre les pieds dans cette maison, dit-il en se penchant vers son oreille.

Son corps se ratatina et elle eut l'impression que tout s'effondrait en elle. C'était reparti.

— C'est une sale pute qui a sali notre réputation.

Il prit plusieurs grandes inspirations, si bien que Rubar sentit son haleine. Elle aurait voulu lui dire qu'il avait raison, mais elle avait la gorge tellement nouée qu'elle serait heureuse si seulement elle pouvait rester debout encore quelques minutes.

Anwar poussa Rubar.

— C'est compris, femme ?

Elle acquiesça, la tête toujours baissée.

— Regarde-moi quand je te parle.

Elle redressa la tête. Des larmes coulaient sur ses joues.

Son regard changea d'expression, et elle vit clairement vers quoi pointait son regard. Elle se referma sur elle-même et se mit à prier pour que les enfants ne se réveillent pas.

Une main puissante lui agrippa le bras et l'entraîna.

— Je n'ai pas encore totalement cicatrisé, sanglota-t-elle à voix basse.

— L'enfant est nommé, gronda-t-il. Et puis tu es ma femme, oui ou non ?

Il la poussa, si bien qu'elle s'écroula sur le lit. Puis il la força à se retourner et retroussa sa robe.

Dans sa précipitation, il tira aussi sur le drap. Soudain, il se figea.

— Vous avez utilisé mon matelas pour l'accouchement ?

— Ce n'est pas moi, dit Rubar, terrifiée. Quand j'ai vu ça, il était déjà trop tard.

— Trop tard, mugit-il. Je vais t'en donner, moi, du trop tard, espèce de vache. Vous avez souillé mon matelas, et tout ça pour une sale gamine !

Il la saisit brutalement.

Elle ne devait pas crier. Il ne fallait pas qu'elle réveille les enfants. Il lui serra la gorge d'une main et pressa ses seins si fort de l'autre que du lait en jaillit.

Elle commença à saigner.

— Ferme-la, siffla-t-il tandis qu'il allait et venait entre ses jambes. Ferme ta grande gueule.

Il enfonça sa main dans la bouche de Rubar. Elle pourrait le mordre, mais alors, il les battrait tous les trois. Elle n'arrivait plus à respirer. Elle tenta de se dégager. Elle sentait ses coups violents entre ses jambes. C'était comme cela qu'il aimait la prendre.

Un voile noir s'abattit devant ses yeux.

Alors, il se raidit dans une série de spasmes accompagnés de râles, avant de la considérer d'un air de dégoût. Puis il se releva.

— Couvre-toi, dit-il. C'est une maison convenable, ici.

Il s'éloigna, en caleçon, et elle se redressa péniblement. Il fallait qu'elle se lave au plus vite, afin que Baban ne la voie pas dans cet état au cas où il se réveillerait.

11

12 AOÛT 2016

HÔPITAL DE SKEJBY, DANEMARK

— Vous êtes assise dans le noir ? dit Darya, dès qu'elle entra dans la chambre d'hôpital.

Frmesk était assise sur son lit et regardait vers les fenêtres. Le temps s'était brusquement dégradé. Il y avait du vent et de la pluie derrière les grandes vitres. Elle pouvait voir les arbres essuyer les bourrasques, au-delà de la prairie. L'ambiance crépusculaire lui procurait une rare sensation de calme qu'elle n'aurait su tout à fait définir. Peut-être étaient-ce les nuages lourds qui couvraient le ciel ou l'air saturé d'humidité. Ou tout simplement le bruit des gouttes de pluie contre les fenêtres.

— Vous ne voulez pas que j'allume la lumière ? poursuivit Darya.

— Je ne préfère pas, dit Frmesk en repoussant son ordinateur. Vous n'allez pas avoir des problèmes avec votre père si vous ne rentrez pas directement chez vous après le travail ?

— Pas plus que d'habitude. Il croit que je fais des heures supplémentaires, et il n'est pas capable de vérifier sur mes fiches de paie.

Darya présenta son sac à bandoulière à Frmesk.

— J'ai apporté des raisins sans pépins et du thé. – Elle sortit un sac en papier et le posa sur la table où se trouvaient déjà une bible et un coran, avec quelques autres livres. – Je voudrais vous remercier. Ça me fait du bien de pouvoir parler avec vous comme ça, de tout et n'importe quoi.

— C'est toujours agréable de discuter avec une personne réfléchie.

— Moi, réfléchie ? sourit Darya. Oui, je le suis sans doute. – Elle eut un instant d'hésitation. – Puis-je vous demander pourquoi vous avez aussi une bible ?

— Je lis toutes sortes de livres, dit Frmesk. Ça m'aide à méditer.

Elle sourit et piocha un grain de raisin dans le sac.

— Quand j'étais petite, j'étais chétive et fragile. Ma grand-mère me donnait toujours des raisins pas encore mûrs avec du sel, car elle croyait que c'était bon pour mon sang. En fait, je pense que j'ai souffert de carence en fer pendant une bonne partie de mon enfance.

— Et maintenant, je vous apporte des raisins, dit Darya en souriant.

— Oui, c'est exactement ce que je me suis dit. C'est gentil de votre part.

— Vous voulez aussi que j'aille vous chercher du sel ?

Darya avait sorti une bouteille thermos et deux verres.

— J'en ai suffisamment ingéré quand j'étais petite. – Frmesk tendit le bras et tourna un des verres. – Comme ils sont beaux. Ça me rappelle le pays.

— C'est ma grand-mère qui me les a offerts, dit Darya en remplissant les deux verres de thé. – Elle reposa la bouteille thermos. – J'adore quand elle me fait des cadeaux. Ils ont un parfum et un goût particuliers. C'est un peu comme si elle m'envoyait un peu d'elle-même et de la chaleur du soleil. – Elle regarda Frmesk d'un air embarrassé. – Vous devez me prendre pour une folle.

— Au contraire. Chez moi, j'ai de la terre du jardin de ma grand-mère dans un saladier kurde. Avec son petit coran et son chapelet.

— Vous habitez seule ? demanda Darya.

Le regard de Frmesk se fit distant.

— Je n'ai pas envie de parler de ça maintenant.

— Je n'aurais jamais le droit de vivre toute seule.

— Non. Je le sais. – Frmesk tapota quelques fois le bord de son verre avec deux doigts avant de le lever et de humer la vapeur qui s'en échappait. – Cardamome, dit-elle.

Darya sembla se détendre.

— Vos grands-parents habitent à Zamua ?

Frmesk hésita.

— Je pose trop de questions, s'empressa de dire Darya.

— Mes grands-parents sont des gens merveilleux, mais il leur arrivait aussi de se disputer, car ils n'avaient pas vraiment la même vision du monde. – Frmesk plaça une main devant sa bouche. – Pas du tout, en fait.

— Je voudrais bien que vous me parliez d'eux, si ça ne vous dérange pas.

— Ma grand-mère s'appelle Gawhar. Elle est musulmane, c'est pourquoi je connais aussi bien le Coran. Mon grand-père, quant à lui, lisait des livres de philosophie et d'histoire et était engagé politiquement. Il était aussi attiré par les anciennes religions.

— C'était un mécréant ? s'exclama Darya. Qu'Allah nous pardonne.

— On ne peut pas être mécréant, dit Frmesk. C'est juste un mot que certains utilisent pour parler des gens qui croient à autre chose qu'eux. C'est comme les païens.

— Peut-être, dit Darya. Vous voulez bien me parler un peu plus de votre grand-père ?

Frmesk sourit et but une gorgée de thé.

— Mon grand-père avait le plus grand respect pour la liberté des individus. Il croyait que les bonnes pensées et les bonnes actions nous permettent de trouver le chemin de la vérité dans la vie. Il croyait en la lumière car la lumière donne la vie.

— Mais Allah est la lumière, rétorqua Darya.

— Pas pour lui. C'était un zoroastrien, dit Frmesk. Dans son monde, ce qu'il y a de beau dans la lumière, c'est qu'elle peut se trouver en chacun et non en une seule personne. Beaucoup croient que sa religion était un culte d'adorateurs du feu, mais en réalité, ils n'adoraient pas le feu. Il disait que le feu symbolisait la sagesse qui donne la vie, la lumière et l'espoir.

— La lumière et l'espoir, répéta Darya. Je n'en continue pas moins de penser qu'on doit les trouver en Allah et dans Ses paroles, et j'ai même l'impression que c'est un peu immoral de tenir de tels propos.

— Ce n'est pas plus immoral de parler de la foi de mon grand-père que d'étudier la médecine, dit Frmesk avec un sourire. Je ne suis pas sûre qu'Allah apprécie particulièrement l'idée qu'une femme médecin tienne le cœur d'un homme dans ses mains et qu'elle ait le pouvoir de le faire battre ou pas.

Darya cacha un sourire derrière son voile.

— Vous avez raison. C'est une idée avec laquelle je lutte un peu moi-même, mais je suis bien décidée à devenir médecin.

— Et vous pouvez être fière d'avoir fait ce choix.

Darya, gênée par le compliment, détourna le regard.

— Personne ne m'avait encore jamais dit une telle chose.

— Mon grand-père pensait qu'en tant qu'être humain, chacun de nous était responsable de ses actes, et qu'on ne pouvait se réfugier derrière quelque texte religieux que ce soit quand on accomplissait quelque chose de bien ou de mal.

Il y eut un moment de silence.

— C'est ça qui est beau, dans la croyance de mon grand-père, poursuivit Frmesk. La lumière est toujours là, mais il appartient à chacun d'en faire le meilleur usage possible.

— Ça me paraît toujours bizarre, dit Darya. Je veux dire, croire en la lumière comme on croit en un dieu. Mais c'est aussi beau, dans un sens.

— La croyance de mon grand-père existait déjà des milliers d'années avant la naissance du judaïsme, du christianisme et de l'islam. Elle date de l'époque des Mèdes, qui sont nos ancêtres, à vous et à moi. Nous, les Kurdes, nous sommes aussi un des plus anciens peuples de la planète. Peut-être le plus ancien qui ait subsisté, répondit Frmesk.

— Ne craint-il pas de finir en enfer avec une religion aussi étrange ?

— La religion est bien trop souvent utilisée pour instaurer la peur, mais si nous devons redouter notre Dieu, comment pouvons-nous en même temps L'aimer ?

— Je ne sais pas, avoua Darya. Mais je ne vois pas vraiment ça comme de la peur.

— La peur est toujours la peur, quoi que vous en pensiez, dit Frmesk.

12

13 AOÛT 2016

HÔPITAL DE SKEJBY, DANEMARK

La télévision de Frmesk était allumée depuis des heures. Elle ne la suivait pas spécialement, mais les images lumineuses qui défilaient à l'écran s'étendaient sur ses pensées tel un voile tranquillisant. Elle se sentait épuisée. Une aide-soignante était passée changer son cathéter. Le taux d'oxygène dans son sang avait aussi été mesuré, et on lui avait prélevé un échantillon de sang pour vérifier son taux de parathormone, car elle s'était plainte d'étourdissements et d'une sensation de picotement dans les extrémités des doigts et dans les lèvres pendant une bonne partie de la nuit.

Elle referma son ordinateur et le rangea dans le tiroir de son chevet. Elle avait suffisamment écrit pour aujourd'hui.

Elle suivait du regard les gouttes de pluie qui dégoulinaient le long de la fenêtre. Elle saisit la télécommande et se mit à zapper jusqu'à ce qu'elle tombe sur une chaîne d'information en continu. Frmesk vit qu'il était question d'un attentat terroriste à Nice. C'était normalement une émission de débat, mais des images du chaos se succédaient sur l'écran. Des images du camion, qui avait été lancé dans la foule au nom d'Allah. Des images d'un mollah haineux.

Tuez-les où vous les trouverez, criait-il. Elle reconnut les paroles du Coran à propos des mécréants. *Ne considérez aucun d'eux comme votre ami.*

Frmesk secoua la tête et soupira. Les bruits du couloir d'hôpital et de la télévision se mêlèrent. La porte de sa chambre s'ouvrit et un homme aux cheveux noirs et à la moustache épaisse entra. Derrière lui apparut Darya. Habillée en civil.

Frmesk se recroquevilla sous sa couette. Elle jeta un coup d'œil rapide vers son chevet pour s'assurer que le tiroir où était rangé son ordinateur était fermé, puis s'empara d'un élastique qui traînait sur la table et noua sa longue chevelure en chignon. Ses doigts refermèrent instinctivement le col de sa chemise d'hôpital et la boutonnèrent jusqu'en haut.

— Est-ce que tout va bien, ici ? dit une voix derrière l'homme et Darya.

L'étranger se retourna vers Lene.

Frmesk regarda Darya dans les yeux et hocha lentement la tête.

— Oui, nous étions convenues que Darya passerait me voir. C'est tout.

— Qui est-ce qui t'accompagne, Darya ? poursuivit l'infirmière.

Elle se dirigea vers le lit et commença à rajuster les oreillers de Frmesk.

— Je suis le père de Darya, dit l'homme.

Lene lui tendit la main.

— Je m'appelle Lene et je suis l'infirmière en chef, et puisque vous êtes là, je profite de l'occasion pour vous inviter à ne pas appeler Darya quand elle est de service.

Le père de Darya considéra sa main et secoua la tête.

— Il faut bien que je sache ce qu'elle fait.

— Elle travaille, dit Lene.

— Vous savez parfaitement de quoi je parle, répliqua le père de Darya sur un ton rude. Nous venons de cultures différentes.

— Oui, je le constate, dit Lene en retirant sa main. Mais je peux toujours faire renvoyer Darya. Pour moi, c'est une étudiante qui ne remplit pas sa mission parce que sa famille la dérange en permanence. Ceci est un hôpital, où chaque employé, quelle que soit sa culture, a le devoir de faire son travail. Des vies sont entre nos mains. – Elle regarda Darya. – Mais ce ne serait pas juste de sanctionner Darya davantage. Apparemment, elle a déjà bien assez de fardeaux à porter.

— Ainsi, vous estimez que je suis un fardeau pour elle ? s'écria le père de Darya.

Lene le regarda et écarta les bras.

Le père se tourna vers Darya, qui fixait ses pieds.

Frmesk sentit la main de Lene sur son bras.

— Vous êtes toute tendue, ma chère, dit-elle. Vous êtes certaine que tout va bien ?

— On doit juste discuter un peu, répondit Frmesk.

Lene acquiesça et se dirigea vers la porte.

— Darya, pourrais-tu venir me voir quand ton père sera reparti ? Il faut qu'on parle des présences et du planning de garde.

— Oui, je passerai.

Darya avait toujours le regard baissé.

— *Lâ tuhinnî amâma al-Danimarkiyyîn*, dit rapidement son père en arabe.

— Non, intervint Frmesk en kurde. Il ne s'agit pas de ramper devant les Danois, mais de s'accrocher à un très bon travail. La seule chose dont Darya soit coupable, c'est d'être une étudiante en médecine consciencieuse.

— Darya dit qu'il vous arrive de parler ensemble. Et aussi que vous venez de Zamua.

Frmesk remarqua que son regard scrutait la couette.

— C'est exact.

— Je n'apprécie pas tellement que vous parliez à ma fille de votre stupide culte du feu, dit-il, furieux.

Frmesk regarda Darya.

— Je suis une bonne musulmane, dit-elle. Ma mère m'a éduquée de manière à ce que je devienne une bonne épouse, depuis mon plus jeune âge.

— Et la parole d'Allah ? la coupa le père.

— Si vous citez un verset, je pourrai vous dire tout de suite quel numéro il porte.

Le père secoua la tête.

— Je n'ai pas envie de parler des versets du Coran avec une femme qui n'est même pas voilée. Mais c'est une bonne chose, que vous connaissiez le Coran. – Il regarda sa fille. – Darya passe bien plus de temps à étudier qu'à lire le livre sacré.

— Si vous le permettez, Darya et moi pourrions parler des messages délivrés par le Coran.

Il haussa les sourcils.

— Une femme qui enseigne le Coran ?

— Mon frère aîné est imam, et si j'avais été un garçon, j'aurais certainement choisi la même voie, dit Frmesk.

Le père de Darya acquiesça.

— Où est votre mari ?

— Mon mari était un combattant de la liberté. Il est mort en luttant contre les forces d'occupation irakiennes.

— N'auriez-vous pas dû vous remarier ? Une jeune femme telle que vous ? Ça ne dérange pas votre père que vous soyez célibataire dans un pays étranger ?

— Mon père aussi est mort, dit Frmesk. Et qui voudrait d'une veuve handicapée incapable d'enfanter ?

Il passa ses doigts dans sa moustache épaisse, tandis qu'il regardait Darya, la tête toujours baissée.

— Je vous autorise à parler avec ma fille, dit-il en opinant.

Sur ce, il tourna les talons et partit sans dire au revoir.

— Il faut que je reste, papa, dit Darya à voix basse. Sinon, je vais me faire renvoyer.

— Je veux que tu sois à la maison avant le dîner.

Darya acquiesça et le suivit dans le couloir.

Frmesk se retrouva seule, dans le silence. Elle bouillonnait intérieurement. Des bribes violentes du passé s'emparaient de ses pensées, l'emportant ailleurs. Peu à peu, l'obscurité l'enveloppa, et seule la faible lueur de la lampe à pétrole, qui était accrochée à un des murs de la cave, perçait les ténèbres autour d'elles. *Vos épouses sont un champ de labour pour vous, alors allez à votre champ comme vous le souhaitez.* Souviens-toi de ces mots, espèce de petite salope. Il posa son coran à l'envers. J'ai quelque chose de secret, caché dans mon pantalon, et *tu dois garder les secrets. Tu dois être obéissante.* Il se prit les parties génitales. Regarde-la, dit-il. Ou faut-il que je t'enlève papa et maman ? C'est ce que tu veux ? Il la força à se pencher sur son sexe dénudé. Sa chair était couverte de poils noirs et fins et des veines saillaient à la surface de sa peau, comme sur les bras de papa quand il soulevait quelque chose de lourd. Il y avait un petit orifice noir au bout. *Les hommes ont autorité sur les femmes*, cria-t-il. Sourate 4 *Al-Nisâ'*, verset 34. Ne l'oublie pas ! Il pressa sa chair contre ses lèvres, si bien que sa bouche s'ouvrit, mais il n'y avait pas assez de place. Sa gorge céda en elle et elle vomit sur le sol, entre ses pieds. Elle essaya de repousser sa tête, mais elle était presque aussi grosse que le haut de son propre corps. Elle inspirait et expirait l'air de la cave par petites bouffées saccadées. Elle avait mal au crâne à cause des coups qu'elle avait reçus et de la pression de sa main. Il se retira. Ses yeux flamboyaient comme ceux d'un animal sauvage. On n'a pas encore fini de jouer, dit-il.

Frmesk ne savait pas combien de temps avait duré son absence. Elle transpirait de partout. Elle tremblait et avait la nausée. Quand elle commença lentement à réintégrer le temps présent, Darya était assise sur une chaise à côté du lit, la tête renversée sur l'épaule. Son voile couvrait la plus grande partie de son visage et de sa poitrine.

Frmesk prit une série de grandes inspirations, tandis qu'elle parcourait la pièce du regard pour s'assurer qu'il n'y avait personne d'autre qu'elles, que la cave sinistre n'était pas apparue autour de son lit d'hôpital.

C'était la première fois qu'elle voyait Darya vêtue d'autre chose que de sa tenue d'infirmière. Elle portait un jean moulant, mais aussi un pull épais qui lui descendait jusqu'aux cuisses. Frmesk pouvait voir qu'elle avait pleuré.

Darya sursauta en remarquant le regard de Frmesk.

— Je suis sincèrement désolée, dit-elle. – De nouveau, des larmes coulèrent sur ses joues. – Vous voulez bien accepter mes excuses ?

— Je ne sais pas, répondit Frmesk. – Elle n'aimait pas être dure, mais elle n'avait pas le choix. – Je n'ai pas envie de discuter avec vous si votre père doit être au courant de tout, ajouta-t-elle, en colère.

— Excusez-moi, sanglota Darya. Je n'ai pas osé mentir.

— Je ne peux pas vous faire confiance. Je ne peux faire confiance à personne.

— Ça ne se reproduira plus, dit Darya, d'une petite voix. Maintenant, il croit que nous parlons du Coran.

— Et la prochaine fois que vous ne pourrez pas tenir votre langue ? Votre père est certainement déjà sur le point de lancer une enquête pour savoir qui je suis et ce que je fais ici. Les gens vont vendre la mèche.

— Je n'ai pas l'habitude de rapporter. C'était la première fois qu'il insistait autant.

— C'est de moi qu'il a peur, dit Frmesk. Qu'est-ce que vous lui avez raconté ?

— Je lui ai parlé de votre grand-père et de la lumière.

— Il ne veut sûrement pas que vous ayez de telles idées en tête si vous devez bientôt être donnée en mariage.

Darya baissa les yeux.

— Vous étiez toute tremblante, tout à l'heure. C'était à cause de mon père ?

Frmesk garda le silence. Dans le couloir, il n'y avait que quelques bruits épars.

— Vous me détestez ?

Frmesk soupira et tapota sur sa couette.

— Ce n'est pas vous, le problème.

— Je n'en peux plus, lâcha Darya. Je ne peux rien faire sans que mon père soit au courant dès le lendemain. Et chaque fois que je vais quelque part, il faut que je me fasse accompagner, soit par lui, soit par un de mes frères.

Frmesk voyait bien que les lèvres de Darya remuaient, mais elle n'entendait plus ce qu'elle disait. Elle était perdue dans ses pensées. Captive de l'enfer mental d'un passé sanglant et paralysant. Il la frappa violemment derrière la tête avec son coran. Il souleva son petit corps et l'emporta vers le fond de la cave.

— Non, chuchota Frmesk.

Elle haletait, comme si elle avait peur de quelque chose.

— Tout va bien ?

Darya posa une main sur la couette de Frmesk. Elle pouvait voir qu'elle était tiraillée. Dans sa tête, dans son corps et derrière ses paupières closes.

Frmesk poussa un gémissement effrayé et lui lança un regard affolé.

— Je voudrais bien rester seule.

13

27 SEPTEMBRE 1986

SHARBAZHER, KURDISTAN

Les muscles apathiques du camion luttaient sous le corps d'Anwar, sur le siège conducteur. Il força la lourde créature en acier à avancer sur la route défoncée. Le camion rendait les coups, le faisant rebondir sur son siège, comme un taureau qui cherchait à l'éjecter. Mais Anwar s'accrochait. Il avait l'impression d'être en plein combat contre les soldats de l'armée gouvernementale irakienne.

Il jeta un regard à Rachid, assis à côté de lui. Sa mère lui avait envoyé ce gros lard pour qu'il lui serve de chien de garde. *Tu as besoin d'un homme fort pour t'aider*, avait-elle déclaré en regardant Fayaq d'un air fier. *Et le fils de mon père est le meilleur.*

Fils ? Anwar ricana en lui-même. Ce vieil imbécile de Tofiq n'avait jamais eu de fils de sa vie. Son grand-père avait juste récupéré Rachid en même temps que la grosse vache avec qui il s'était marié après le décès de sa grand-mère.

— Conduis comme il faut, gamin.

Rachid se balançait d'avant en arrière sur son siège. La route était en mauvais état. Le liquide trouble dans la bouteille qu'il tenait entre ses cuisses clapotait.

— Tu ferais mieux de reboucher cette saleté de vodka, répliqua Anwar, en colère.

Cela faisait seulement quelques minutes qu'il avait quitté sa maison, où la fille qu'il avait obtenue en récompense de ses efforts leur causait déjà du souci parce qu'elle refusait de bouffer.

Son cerveau bouillait. Le soleil lui brûlait la peau à travers les vitres.

— Je dois penser à tout, gronda-t-il. À tout.

— De quoi est-ce que tu parles ? demanda Rachid.

— De la fille, bon sang. – Anwar serra les mâchoires. – Qu'est-ce que je vais bien pouvoir faire de cette sale gamine ? Maman dit que je dois m'en débarrasser pour empêcher qu'elle ne souille notre famille sur plusieurs générations.

Sa mère n'avait peut-être pas tort. Peut-être qu'il devrait emporter ce bébé moribond au crâne chauve et l'enterrer. Dans un trou bien profond. Ainsi, il n'aurait plus à voir sa maudite tache blanche.

— Elle est malade, cette gamine, dit Rachid. – Il rota et baissa à moitié la vitre de sa portière. – Elle ne va pas finir par mourir d'elle-même ?

— Comment je le saurais ?

— Tu n'as qu'à la donner au fils cadet du cousin Kamal. Comme ça, tu en seras débarrassé.

Anwar regarda Rachid. Il avait sans doute raison. De cette façon, elle ne serait plus son problème. Elle serait vivante, certes, mais ne lui causerait plus de souci.

Il fronça les sourcils.

— Il faudrait encore qu'ils acceptent…

— Ils vont se jeter dessus, t'inquiète… La petite-fille de Darwésh et arrière-petite-fille de Tofiq ? C'est comme si elle était déjà vendue. – Il tendit la vodka à Anwar. – On fête ça ?

Anwar s'empara de la bouteille. On aurait dit un mélange de kérosène et d'alcool.

Devant eux, le village s'étendait sur le flanc de la montagne. Une succession de maisons en torchis aux toits plats et poussiéreux. Derrière ces maisons, les montagnes déchiquetées se dressaient vers le ciel. Au-delà, à quelques kilomètres, se trouvaient Zamua et le mont Goyzha.

Le visage d'Anwar se crispait à chaque soubresaut du camion. La voix de Bahra hantait ses pensées. *Elle a sali notre honneur. Fais quelque chose, Anwar. Elle nous couvre de honte. Si tu étais un homme, tu rendrais l'honneur à ta famille.*

Quelle famille ? Il enfonça ses ongles dans le volant, tandis que les reproches de sa mère lui rongeaient la poitrine, comme ils l'avaient rongé et tiraillé depuis que son père était mort et qu'elle avait épousé Fayaq pour le remplacer. Fayaq, qui ne lui avait manifesté que de la haine. La seule évocation de son nom suffisait à réveiller des blessures sanglantes sur son dos. Sa mère ne s'était jamais interposée entre eux. *Tu es un sale bâtard.* C'est ce qu'ils lui disaient tous les deux. Un sale petit bâtard qui avait dû dormir dans la rue quand Fayaq le jetait dehors, dans la solitude noire de la nuit, où seuls les chiens et Jairan, la sœur de Fayaq, se préoccupaient de lui. Jairan. C'était elle, la cause de l'explosion de rage qui avait eu lieu dans la maison de sa mère. C'était à son encontre que le terme de *honte* avait été proféré, dès qu'il avait prononcé le prénom Frmesk. Il avait rendu visite à sa mère, dans l'après-midi, pour crier misère. Frmesk le hantait. Il craignait qu'un enfant aussi étrange ne le couvre un jour de honte.

Faut-il que j'enduise mon visage et mes cheveux de boue pour que tu voies à quel point je souffre dans cet enfer de honte ? avait gémi sa mère. *Ne le vois-tu pas, mon ange ? Les gens parlent dans notre dos courbé par le déshonneur.*

Mon ange. Elle ne l'avait encore jamais appelé comme ça, et ces mots avaient cueilli ses espoirs morts dans sa poitrine. *Tu dois le faire pour moi, pour ta mère. Ne m'aimes-tu pas ? Vais-je aussi devoir subir la honte d'être rejetée par mon dernier fils encore vivant ?*

Ne vois-tu pas comme ta mère souffre sous le poids insupportable de la honte, Anwar ? était intervenu Fayaq. *Comptes-tu laisser cette honte planer au-dessus de notre maison et de notre famille ? Ne nous as-tu pas causé suffisamment de larmes ?*

La voix de Fayaq l'avait assommé.

Écoute ton père, avait dit sa mère.

Anwar se racla le fond de la gorge et cracha.

Fayaq n'était pas son père. Fayaq était une peste qui s'était abattue sur un être déjà souffrant.

Il frappa le plastique dur du volant des deux mains et sentit la douleur remonter dans ses avant-bras.

— Qu'est-ce que tu fous ? s'écria Rachid. Tu veux que je conduise ou quoi ?

Anwar le regarda du coin de l'œil. Il transpirait autant que lui.

Le camion s'agenouilla dans un trou profond, si bien que les deux hommes se cognèrent la tête contre le plafond de la cabine. La vodka de Rachid gicla sur le pare-brise et l'homme en surpoids eut du mal à garder l'équilibre.

— Fait chier, siffla Anwar.

— Décidément, tu conduis comme une tapette, dit Rachid, agacé, avant de lécher de la vodka sur un de ses bras.

Anwar rangea le véhicule surchauffé sur le côté.

J'ai demandé à Jairan de te rencontrer aujourd'hui, avait fini par lui dire sa mère. *Dans la cabane des peshmergas. Elle ne te refuse jamais rien, mon fils.*

Son regard dériva vers la cabane en torchis.

Il appuya son front contre le volant.

— Allez, merde, poursuivit Rachid en tendant la bouteille à Anwar. Reprends-en.

Anwar vida la bouteille. L'alcool lui brûla toute la gorge. Puis il jeta la bouteille dans le fond du camion et se frictionna énergiquement le visage des deux mains.

— Bon, dit Rachid en se donnant une tape sur les cuisses. Ça y est, tu te réveilles.

Il se laissa glisser hors de la cabine. Anwar le suivit.

L'air était chaud. La combinaison d'Anwar lui collait encore plus à la poitrine. Elle le pinçait sous les bras, et les poils rêches et emmêlés de son pubis le démangeaient furieusement. Il se gratta et sortit ensuite de sa poche le petit dictaphone que sa mère lui avait confié. *Je veux tout entendre, mon fils aîné*, avait-elle dit. *Je veux savoir si tu honores ta vieille mère et si tu protèges son* sharaf *et son* namus. *Si tu protèges notre honneur.*

Soudain, il se plia en deux et vomit sur la route en gravier. Son vomi atterrit devant ses pieds. Il se redressa et regarda vers la cabane où ils étaient censés se retrouver.

Rachid lui donna une tape sur l'épaule.

— Je vois que tu n'as pas vraiment vieilli, ces quinze dernières années.

Il éclata de rire, tandis qu'Anwar cambrait le dos. Son visage se déforma sous l'effet de la douleur.

— Cette cabane te rappelle des souvenirs, hein ? dit Rachid en donnant une bourrade vigoureuse dans le dos d'Anwar. Hein ?

— Arrête un peu avec ces conneries ! répondit Anwar en repoussant Rachid.

— Tu te rappelles quand tu avais dégueulé ici ? Tu devais avoir seulement quatorze ans. Tu ne tenais pas beaucoup l'alcool, à l'époque. – Il rit à nouveau. – Mais tu as vite progressé. À seize ans, tu faisais déjà rouler tout le monde sous la table… Enfin, tout le monde sauf tonton Rachid.

Anwar lui adressa un regard farouche. Il avait dépucelé sa première vierge dans cette cabane. Une fille que Rachid avait traînée jusqu'ici. À moitié droguée. Elle avait tout de même crié, mais cela avait seulement rendu la chose encore plus amusante. Quelle pute ! Elle pouvait s'estimer heureuse de ne pas avoir terminé chez la laveuse de mort. À la base, c'était une cabane où les peshmergas venaient se reposer après s'être battus contre les forces irakiennes pour un Kurdistan libre. Mais ils y avaient fait tellement d'autres choses.

L'herbe craquait sous leurs bottes, tandis qu'ils approchaient de la cabane. La porte était constituée de deux plaques de tôle ondulée.

Rachid agrippa une des plaques et l'écarta. Ils furent accueillis par l'obscurité et une odeur nauséabonde. Anwar se rappela qu'il n'avait pas vidé la marmite, la dernière fois qu'il était venu.

Un essaim de mouches luisantes décolla de la marmite. Anwar pouvait les entendre bourdonner et les voir tournoyer dans la lumière poussiéreuse qui se déversait par la porte.

Il envoya un coup de pied dans une grosse branche qui traînait et la vit éclater sous la violence de l'impact.

— La voilà, cette pute ! lança Rachid.

Anwar se retourna. Quelque chose s'effondra en lui. Elle lui fit signe de loin.

— Cette truie, poursuivit Rachid. Elle m'a repoussé, il y a quelques années, alors qu'elle m'avait chauffé en remuant sa chatte sous mon nez. Elle m'a repoussé. J'aurais dû la baiser quand même, cette pute. De toute façon, elle baise avec tout le monde.

Anwar fronça les sourcils et regarda Rachid, mais avant qu'il ait eu le temps de dire quoi que ce soit, une voix les interrompit.

— Anwar.

La lumière de la voix pénétra dans ses pensées.

Jairan était en train de gravir la pente avec son mari sourd et muet. Anwar leva une main au-dessus de sa tête et l'agita machinalement. Le petit garçon de cinq ans qui vivait au fond de lui eut envie de courir à la rencontre de sa tante pour se faire câliner dans ses bras, comme il le faisait chaque fois qu'il la voyait quand il était enfant.

Elle couche avec Allah sait combien de peshmergas. Elle les laisse tous baiser honteusement son corps de pécheresse, avait ajouté Fayaq. *Ce n'est rien d'autre qu'une sale pute qui pue comme la merde qui sort de tous les trous par lesquels elle se fait baiser.*

— Tata, dit Anwar, d'une voix enrouée. Quel bonheur de te revoir, toi qui t'es toujours montrée si bonne envers moi.

Comme toujours, son sourire irradiait dans un rayon de plusieurs mètres autour d'elle, et sa silhouette élancée et droite était comme un faisceau de lumière chaleureux et plein de vie. Derrière elle, on pouvait voir son mari trottiner avec un panier à pique-nique en osier dans les bras.

— Content de te voir, Hawré.

Rachid salua Hawré et Jairan. Il donna une tape sur l'épaule de Hawré et hocha la tête de manière amicale.

— Tu as ramené de la compagnie, remarqua Jairan en regardant Anwar droit dans les yeux.

— Oui, oncle Rachid voulait venir voir la cabane.

Il regarda d'un air maussade le panier dans les bras de Hawré et il eut l'estomac retourné à la pensée que Jairan avait eu la prévenance de leur préparer à manger et à boire.

Hawré acquiesça avec un sourire muet et leur serra la main pour les saluer. Son sourire était si large qu'il s'étendait d'une oreille à l'autre, et Anwar se demanda une fois de plus comment un tel idiot avait pu convaincre une étoile radieuse comme Jairan de l'épouser.

— Oh, mon cher neveu, dit Jairan. Le soleil est impitoyable, aujourd'hui, mais rien au monde n'aurait pu nous empêcher de venir te voir.

— On transpire comme des bêtes qu'on conduit à l'abattoir, dit Rachid en tirant sur sa chemise.

Anwar lorgna la poitrine de Jairan, mais ne fit aucun commentaire.

— Tu veux dire bonjour à Hanar ? poursuivit Jairan en écartant un pan d'étoffe pour découvrir le visage de sa petite fille.

Anwar sourit, le cœur serré, et se pencha légèrement en avant.

— Moi aussi, j'ai une fille, maintenant… Frmesk, c'est comme ça que sa mère l'appelle.

— Oui, nous étions à la cérémonie de nomination, c'était vraiment réussi, dit Jairan. C'est un prénom magnifique, mon cher neveu. Larme.

Le regard d'Anwar s'attarda sur Hanar, dans les bras de Jairan. C'était la faute de ce mioche. C'était une bâtarde, disait-on en ville. Une bâtarde que Jairan avait eue avec un peshmerga. C'était la raison pour laquelle la fillette n'était pas sourde et muette comme son père.

— Je vois que vous avez apporté de la nourriture, dit Rachid. Je mangerais bien un morceau.

Jairan se gratta le nez. L'homme corpulent empestait la sueur et l'alcool.

Anwar serra les poings.

— La cabane est dégoûtante… Si on allait plutôt dans la vieille étable, là-bas ?

Jairan regarda vers la cabane, qui ne se trouvait pas à plus d'une vingtaine de mètres.

— Tu es sûr que ce sera mieux ?

— Oui, répondit Anwar en haussant les sourcils. En tout cas, ça ne pourra pas être pire.

Jairan rit et se couvrit la bouche.

— Le plus important, c'est qu'il y ait de l'ombre.

— Et qu'on puisse boire et manger, ajouta Rachid. Je meurs de soif, ici.

Anwar posa une main sur l'épaule de Hawré et lui fit signe de la tête.

L'homme le gratifia à nouveau d'un grand sourire jusqu'aux oreilles.

— Tu sembles nerveux, Anwar, reprit Jairan, tandis qu'ils se dirigeaient vers l'étable. Quelque chose te tracasse, mon cher neveu ?

— Non, dit Anwar, sans regarder sa tante.

La petite commençait à gigoter dans les bras de Jairan, et il était déconcerté par la présence de la fillette.

— Tu es sûr ? insista-t-elle en essayant de capter son regard.

Il esquiva et acquiesça.

— Oui, oui, poursuivit-elle. Tu m'en diras davantage tout à l'heure.

Anwar ouvrit la porte de l'étable. Des ânes s'agitèrent dans leurs harnachements.

— Ça ne sent pas très bon ici non plus, s'exclama Jairan en haussant les sourcils, tandis qu'elle se pinçait le nez à l'intention de son mari.

— Ce sera toujours mieux que dans la cabane, grogna Anwar à voix basse.

— Je te taquine, répondit Jairan avec un sourire triste. Tu aimais bien ça quand tu étais petit.

Anwar sentait le pistolet contre son ventre, sous sa ceinture. Il lui collait à la peau. Et l'idée qu'un coup pourrait partir tout seul et lui déchirer la cuisse et le sexe se mêla à la voix de sa mère. *Je te demande de mettre un terme à ces outrages permanents*, avait-elle dit, comme pour allumer sa propre haine en lui. *Elle outrage aussi ton sang, mon fils*. La haine était déjà là. Elle avait toujours été en lui.

Rachid sortit une bouteille d'eau du panier de Hawré et la vida.

— Tu as l'air tout triste, Anwar, dit Jairan en s'asseyant sur un tonneau vide, tandis qu'elle désemmaillotait sa fille. Raconte-moi, qu'est-ce qui ne va pas ? Je t'ai toujours écouté et pris dans mes bras quand tu étais malheureux… Je t'écoute aussi maintenant, mon chéri.

Ses paroles lui ébouillantèrent le corps.

— Tu ne pourrais pas envoyer Hawré chercher un seau d'eau froide au puits ? demanda alors Anwar en essayant de toutes ses forces de sourire.

Jairan tourna le regard vers son mari et lui fit des signes avec les mains.

Il acquiesça et disparut.

Le pistolet brûlait la peau d'Anwar.

— Tu es comme un fils pour moi, Anwar, poursuivit-elle en posant une main sur son bras.

Rachid se racla la gorge pour attirer l'attention d'Anwar.

Anwar s'arracha à Jairan et se mit à fixer le bout de ses bottes.

— Les gens parlent de toi, tata, maugréa-t-il, se recroquevillant sous le poids de ses mots.

— Ils parlent de moi ? répéta-t-elle, tandis que ses pensées la ramenaient avec inquiétude à la colère de Bahra pendant la cérémonie de nomination.

Il s'éclaircit la gorge, comme s'il devait aller chercher chaque syllabe si loin au fond de lui qu'elle appartenait à une langue qui n'existait pas encore.

— Ils parlent de l'enfant.

Jairan baissa les yeux, d'un air absent, puis regarda à nouveau la petite vie qu'elle tenait dans ses bras. Les deux yeux ronds la fixaient. Cela ne faisait que quelques semaines qu'elle marchait à quatre pattes, et maintenant, ils attendaient qu'elle dise ses premiers mots.

Comme si elle ressentait l'angoisse soudaine de sa mère, Hanar commença à pleurnicher.

— Elle a faim, dit Jairan. Il faut que je lui donne à manger tout de suite ou on ne va plus s'entendre.

Anwar passa derrière sa tante et fit glisser sa main jusqu'à la crosse du pistolet. Jairan desserra sa robe et plaqua Hanar contre son corps. Elle couvrit son sein avec une serviette d'allaitement. Elle était contrariée par l'attitude étrange d'Anwar.

— Tu te rappelles quand tu étais petit, dit-elle en s'efforçant de capter son regard, et que j'allais te chercher dans la rue ? Tu étais si fragile… Et regarde, te voilà maintenant devenu un grand et bel homme.

— Assez bavassé, l'interrompit Rachid en faisant un pas vers elle. Tu es décidément une mauviette, Anwar. Je comprends pourquoi papa a honte de toi.

Tofiq n'est pas ton père, bordel ! hurla Anwar, mais seulement dans ses pensées. En réalité, il garda le silence et empoigna le pistolet sous ses vêtements.

— Pourquoi avoir demandé à Hawré de quitter l'étable ? dit Jairan.

— Tu es une pute ! cria Rachid. C'est ça qu'Anwar veut te dire.

— Reste poli, s'il te plaît, dit Jairan sans lever les yeux. Anwar ? Tu le laisses parler comme ça ? C'est vrai ? C'est pour ça que tu es ici ?

Anwar raffermit sa prise sur la crosse du pistolet.

— Tu ris trop quand tu es chez les autres, grommela-t-il, laissant les mots venimeux de sa mère s'écouler aux coins de ses lèvres. Tu ne sais donc pas te tenir, femme ?

— Femme ? s'écria-t-elle, abasourdie. Anwar… N'ai-je pas le droit de rire un peu, moi aussi ?

— Même maintenant… – Il se tut et regarda fixement son dos. – Pourquoi est-ce que tu ne peux pas la fermer ?

— Non, mais… Est-ce ainsi que tu me rends tout l'amour que je t'ai donné ?

— Tu es une pute. Tout le monde le dit. Une vraie salope qui baise avec tout ce qui bouge.

Ses paroles s'abattirent sur le dos de la femme en train d'allaiter.

Rachid acquiesça, ravi.

Les épaules de Jairan s'affaissèrent.

— Anwar, dit-elle, d'une voix rauque. Tu me brises le cœur.

Anwar porta une main à son visage. Il pinça l'arête de son nez entre son pouce et son index et souffla dans la paume de sa main. Un silence pesant s'installa entre eux.

— Je ne suis pas… commença Jairan, hésitante. Je ne suis pas une pute, mon cher neveu. Je suis juste comme je suis. Je souris à tout le monde, mais je connais mes limites.

Anwar plongea la main dans sa poche et appuya sur le bouton du petit dictaphone afin de pouvoir tout enregistrer pour sa mère. Il se mordit la lèvre inférieure. Si fort qu'il la perça presque. Les pensées fusaient désespérément dans sa tête. Son sang bouillait dans ses veines, au point qu'il avait l'impression de saigner des oreilles et des yeux. La sueur bouillonnait sur sa peau, et tout ce qu'il entendait, c'était le bourdonnement infernal de ces voix entremêlées, qui étaient si pleines de mots fielleux qu'il ne savait pas lui-même d'où elles provenaient.

— Je t'ai toujours aimé comme mon propre fils, Anwar, pleura Jairan. Ta mère a empoisonné ton esprit. Tu ne dois pas la croire, car rien de ce qu'elle t'a dit n'est vrai. – Elle prit une grande inspiration entre deux sanglots. – Tu es le fils de mon frère…

— Je ne suis pas le fils de ce salaud, éructa Anwar, tandis que des larmes jaillissaient de ses yeux, l'aveuglant et se mêlant au poison qui coulait de sa bouche. Je ne suis le fils de personne… De personne !

— Tu ne te rappelles donc pas quand je te serrais contre moi, ma vie, tu ne…

— La ferme, hurla-t-il en tirant son pistolet dans le dos de Jairan. La ferme. La ferme. La ferme, sale pute !

— A n w a r… ! cria-t-elle. Ne fais pas ça… Tu vois à travers les yeux de Bahra. – Elle serra contre sa poitrine sa fille, qui était en pleurs. – Ne nous fais pas de mal… – Ses mots se transformèrent en un geignement. – Mon bébé… mes petits. Anwar, je t'en supplie… Ne fais pas ça… Tu m'as aimée… Allah ne te le pardonnera pas, si tu prives mes enfants de leur mère…

Le bras d'Anwar retomba. Il haletait. Il était sur le point de vomir.

— Putain de merde ! cria Rachid en allant se placer près d'Anwar. – Il prit sa main qui tenait le pistolet et la releva. – Espèce de minable.

Anwar gémit. Pas à voix haute, mais au fond de sa gorge.

Jairan tourna le regard vers le visage de sa fille. Des larmes coulaient sur sa peau délicate. Elle entendit le déclic d'un ressort lorsque la sécurité de l'arme fut ôtée, et elle cria à pleins poumons, tandis que le coup partait et qu'une morsure effroyable lui déchirait le dos, comme si une force inconnue s'était enfoncée dans sa chair afin de l'étreindre pour la vider de son sang. La main serra de plus en plus fort et sa chair s'embrasa, comme si l'enfer s'était ouvert et que des milliers de bouches enflammées avaient planté leurs crocs dans son corps pour le déchiqueter et le tailler en pièces encore plus nombreuses que les étoiles dans le ciel nocturne.

Elle rassembla les ultimes forces de son bras presque paralysé pour caresser sa fille qui hurlait. Ses doigts se hissèrent jusqu'à sa bouche, puis elle glissa son index entre ses lèvres pour la réconforter. Le sang qui dégoulinait le long de sa main se mêla à la salive et aux larmes de la petite et forma comme un voile épais et rose sur le menton et les joues rondes de l'enfant.

Anwar s'écroula derrière le corps de Jairan secoué de légers tremblements. Elle avait été propulsée en avant sous la violence du coup de feu, qui avait emporté une grande partie de son épaule, dévoilant son omoplate brisée et sanguinolente. Sa tête reposait presque sur l'enfant couvert de sang.

Le doigt de Jairan glissa hors de la bouche de Hanar, laissant dans son sillage une trace d'adieu, comme une ombre lourde et sombre d'où rien ne pourrait jamais renaître.

L'enfant poussa un hurlement.

Le sang qui s'écoulait du corps sans vie de Jairan enveloppa bientôt toute la fillette. C'est ainsi qu'elle sentit pour la dernière fois la chaleur de sa mère.

14

30 SEPTEMBRE 1986

ZAMUA, KURDISTAN

Deux femmes avançaient péniblement. L'une avec une volonté de fer. L'autre toute déformée par l'arthrose et soufflant comme un petit reptile avec un bandeau devant les yeux et une chaîne invisible autour du cou. Elle avait des motifs bleus tatoués sur le menton. Ses yeux étaient petits et avaient presque succombé aux attaques de la tempête et du sable.

— Nous sommes presque arrivées, cria la bouche tordue. C'était la même chose le jour où elle est née. Un temps épouvantable. Je te le dis, cette fillette est maudite de la tête aux pieds. Je l'ai perçu au premier regard. Je vois ce genre de choses. Les gens le savent. Ses yeux… et puis sa tête chauve avec cette mèche blanche. Cette enfant pue le malheur.

Bahra s'ébroua et sentit le sable lui gratter les narines.

Mahsum s'accrochait comme un vautour à une vieille serviette de toilette, qui était enroulée autour de quelques lames de rasoir piquetées de rouille et d'une poignée d'éclats de verre tranchants. C'était son gagne-pain qu'elle cachait là. C'était tout ce qui comptait pour elle. Ce que Bahra pensait de la fillette, elle s'en moquait royalement, mais cela pourrait bien lui faire une bonne histoire à raconter quand elle boirait le thé avec ses voisines.

La route gravillonnée sur laquelle elles marchaient n'était pas droite, mais légèrement en pente en son centre, et le vent chantait dans les câbles électriques, tout autour d'elles. La plupart des bâtiments qui bordaient la route étaient dissimulés derrière de hauts murets en pierre et en torchis et des portes peintes en bois et en acier. Rares étaient les bâtisses dont les portes et les fenêtres donnaient directement dans la rue.

Mahsum se tenait près de Bahra, qui connaissait le chemin. Elle regarda du coin de l'œil l'*abaya* de Bahra, qui était bien trop belle pour être portée par un temps pareil. Son propre tchador était élimé et décoloré au niveau des manches et de la capuche par les rayons implacables du soleil.

— Tu es toujours là ? bougonna Bahra.

Mahsum se redressa dans son tchador usé et la rattrapa avec peine.

— Mes vieilles jambes ont du mal à suivre.

— On vieillit tous, dit Bahra. C'est pour ça qu'on doit rester actifs. C'est quand on est assis à ne rien faire que la vieillesse s'insinue en nous.

Bahra brossa de la main son élégante *abaya*. Ce satané vent avait réduit à néant ses efforts pour avoir des plis parfaits. Elle observa Mahsum, tandis qu'elle remerciait Allah pour leur avoir envoyé ce vent. Ainsi, au moins, les rues étaient vides. Il y avait en effet certaines personnes avec qui elle n'avait guère envie d'être vue.

— Décidément, qu'est-ce que je ne ferais pas pour mon fils, marmonna-t-elle, agacée.

— Que dis-tu ? Le vent emporte tes paroles.

— Je dis que je paie le prix fort pour le bonheur de mon fils.

— Mais il a été béni de deux enfants, ma chère Bahra.

— Il a un fils, oui. En revanche, la fille m'inquiète, tu le comprends sûrement ?

Mahsum serra le poing et sentit les ustensiles pointus à travers la serviette.

— Nous allons régler ça aujourd'hui, madame Bahra. Nous allons faire en sorte que la fille soit protégée.

— Ce n'est pas trop tôt.

Bahra accéléra encore au moment de tourner à un coin de rue d'un pas ferme. Les quelques portes devant lesquelles elles passèrent se dressaient face à la route, telles des paumes de mains vigilantes.

— C'est ici, dit Bahra en grimaçant. – Elle se mit aussitôt à balayer le sable sur son *abaya* et à repousser les mèches de cheveux qui dépassaient de son foulard blanc. – *Yâ Allâh.* Quel vent !

Mahsum se gratta le menton avant de lever une main pour y vider la morve de son nez. Bahra dut fermer les yeux et remercier Allah de ne pas l'avoir créée à l'image de sa compagne de route.

Mahsum essuya sa main dans sa serviette et s'approcha de la porte. À présent, il ne lui restait plus qu'à libérer la fillette de la tentation diabolique de la chair, et elle pourrait enfin rentrer chez elle.

15

Rubar et Gawhar étaient assises par terre dans la cuisine, en train d'émincer des légumes. Les flammes du réchaud à gaz léchaient le fond de la fine plaque en acier qui était placée dessus, et des naans odorants étaient empilés à côté, sur un plat. Derrière, il y avait aussi des bouquets d'herbes aromatiques, ainsi que des casseroles et des pots rangés le long du mur de pierres. Gawhar retira de la plaque le dernier pain large et fin comme du papier. De la farine brûlée en tomba et atterrit dans des bacs en plastique posés à même le sol. L'un était rempli de fèves, l'autre de riz.

Gawhar rejeta son foulard blanc sur son épaule.

— Comment mange Frmesk ?

Rubar, surprise par la question, balaya avec sa main des épluchures d'aubergines devant elle. La fillette dormait à côté des deux femmes, dans un couffin fait de branches de saule tressées. Elle était enveloppée dans une tenue bleue, luisante comme un ciel vespéral.

— Je ne sais plus quoi faire, dit-elle doucement. J'aurais bien voulu l'emmener chez le médecin.

— Tu ne dois pas t'inquiéter, dit Gawhar en posant une main sur le bras de sa fille. Ces dernières semaines ont été éprouvantes. Tu as l'air fatiguée. Est-ce que tu dors suffisamment ?

— Je n'ose même pas dormir, lâcha Rubar. J'ai trop peur de ce qu'il pourrait faire.

Gawhar sentit son cœur sombrer dans sa poitrine.

Rubar dissimula son visage derrière ses mains.

— Un jour, ça ira trop loin. Tu sais bien qu'il a des armes partout dans la maison.

Gawhar fit signe à sa fille de se taire.

— Pas devant les enfants, ma fille.

Rubar regarda Frmesk, qui dormait à poings fermés, puis Baban, qui jouait avec les deux aînés de Hawré, dans l'angle opposé de la cuisine. Sa mère gardait les garçons depuis plusieurs jours. La petite était chez la sœur de Jairan, qui avait elle-même un bébé et pouvait les nourrir tous les deux.

— On va tous mourir, sanglota Rubar en silence.

Elle ne pouvait pas raconter à sa mère ce qu'elle avait entendu. Elle redoutait sa réaction. Anwar n'hésiterait pas à tous les tuer si elle lui faisait la moindre remarque. Elle n'osait pas poser les yeux sur lui. Elle n'osait pas dormir. Chaque son qui sortait de sa bouche ou que produisait son corps lui faisait l'effet d'une décharge électrique.

Les deux femmes sursautèrent quand on frappa à la porte d'entrée.

Rubar lança un regard terrorisé vers l'entrée.

— Je viens avec toi, mon enfant, dit immédiatement Gawhar.

— Je crois que c'est Bahra, chuchota Rubar.

Gawhar acquiesça. C'était aussi ce qu'elle pensait. Le son le trahissait. C'était hostile. Si cela avait été Anwar, il serait entré, tout simplement.

— Qu'est-ce qu'elle veut, encore ? – La voix de Rubar se brisa. Elle regarda Baban. – Surveille ta sœur pendant qu'on va à la porte. Sois aussi silencieux qu'une petite souris, mon fils.

Baban acquiesça et alla s'asseoir à côté de sa sœur endormie, tandis que les fils de Hawré restèrent près des jouets. Ils observèrent les femmes, immobiles et inquiets. Le plus jeune se rapprocha de son frère.

Baban savait qu'il ne devait pas toucher Frmesk, mais il glissa tout de même une main dans le couffin. Les fils dorés qui étaient cousus dans l'étoffe bleue scintillaient comme des étoiles. Son regard fut attiré par les bruits dans l'entrée.

— Alors, où est l'enfant ? – Bahra arriva dans le séjour. – J'ai amené Mahsum, aujourd'hui. Comme ça, on va pouvoir exciser la petite, poursuivit-elle en écartant un pan de son *abaya* afin que l'on voie la robe en soie blanche brillante qu'elle portait en dessous. Cette enfant attire les démons comme la viande avariée attire les mouches.

Gawhar fusilla du regard son amie d'enfance et maudit comme elle l'avait fait tant de fois auparavant le jour où elle s'était laissé convaincre de donner sa fille en mariage à son djinn de fils.

Mahsum posa sa serviette de toilette sur une étagère et la déplia, dévoilant ses lames de rasoir rouillées et ses tessons de verre.

La panique s'empara de Rubar et des gouttes de sueur perlèrent aussitôt sur son front.

Mahsum saisit un bout de verre et regarda autour d'elle en plissant les yeux.

Bahra était sur le point de dire à la vieille femme de se laver les mains, afin qu'elle ne soit pas impure, mais elle avait déjà remarqué la colère et le désespoir de Gawhar et Rubar, aussi préférait-elle les prendre de court. Si cette gamine ne survivait pas à un peu de morve, alors elle ne valait pas la peine qu'on la garde en vie.

Rubar tomba à genoux devant sa belle-mère et lui prit la main.

— Pour l'amour d'Allah. Ne mutilez pas ma fille. Elle est tellement petite. Elle est malade et faible. Tu le sais.

Bahra se libéra et passa sa main sur sa robe.

— Ce n'est pas une excuse. Rien ne justifie qu'on s'expose à Satan de cette manière. Si elle est suffisamment forte pour vivre, alors elle survivra aussi à une excision. Ça se passe comme ça, dans ma famille. Nous devons l'exciser afin d'empêcher Satan de se reproduire dans son corps lubrique comme il l'a fait avec cette…

Elle s'interrompit et regarda avec colère les petits garçons de Jairan et Hawré.

— Mais elle peut mourir, belle-mère. Je t'en prie. Je te prie à genoux. Elle ne le supportera pas. Elle ne s'alimente presque pas.

— Allah épargne ceux qui méritent de vivre, grogna Bahra. Et si vous jetez le déshonneur sur ma famille, vous subirez le même sort que…

Elle s'interrompit à nouveau et jeta un regard dégoûté en direction des deux garçons assis près des jouets.

Le plus jeune s'était mis à pleurer.

Rubar s'effondra sur le sol en tremblant.

— Maintenant, ça suffit ! cria Gawhar en pointant Mahsum du doigt. Fais sortir tout de suite cette femme de cette maison, ou je vais devoir la raccompagner en enfer.

— Tu n'as pas d'ordres à me donner dans la maison de mon fils, siffla Bahra. C'est un homme.

— C'est aussi la maison de ma fille, répliqua Gawhar. D'où viennent tous les tapis et les meubles qui sont ici ? Et qui met de la viande dans les gamelles ?

— Il faut que je parle à Anwar, dit Rubar, toujours au sol. Elle avait soudainement repris espoir. Il faut que j'en parle à mon mari. C'est quelque chose qu'un mari doit savoir.

Gawhar regarda fixement Bahra, et elle devina qu'elle n'en avait pas parlé à Anwar. Elle savait qu'elles avaient gagné la partie pour l'instant. Mais le répit serait de courte durée, car Bahra reviendrait bientôt, et cette fois encore elle serait accompagnée de Mahsum.

— Ça fait plusieurs jours que mon mari n'est pas rentré à la maison, murmura Rubar.

Elle pouvait voir dépasser un bout du pantalon en tissu léger que Bahra portait sous sa robe et son *abaya*.

— Il est certainement dans les montagnes en train de se battre pour la liberté de son pays, dit Bahra sur un ton sévère. Tu devrais lui montrer davantage de respect en laissant ta fille se faire exciser et en t'occupant de ta maison comme une bonne épouse, au lieu de tout le temps pleurnicher comme une gamine. Nous sommes en guerre, tu comprends ça ? Les soldats de Saddam fondent sur nous comme des faucons féroces. Si tu ne respectes pas Allah, il déchaînera toute sa colère contre ma famille.

Gawhar redressa le dos et resserra son foulard blanc.

— Tu n'en as pas parlé à Anwar, et guerre ou pas guerre, cette enfant ne sera pas excisée.

— Je raconterai tout à Anwar, crois-moi. – Elle baissa les yeux sur Rubar. – Tu vas le payer cher, tu le sais. Vous jetez la honte sur mon père et sur toute ma famille.

— J'ai du mal à voir en quoi l'excision a été bénéfique aux filles de Tofiq, dit Gawhar.

— Allah te pardonne ! s'exclama Bahra.

— Toi qui connais si bien Allah, explique-moi un peu ce que dit le Coran à propos de l'excision.

— Tu n'as rien à m'apprendre sur Allah, la laveuse de mort !

— Ce sont les analphabètes comme toi qui voient la culpabilité et la honte partout. Allah nous a créés dans la forme la plus parfaite, est-il écrit dans la sourate 95, versets 3 et 4.

— Ton impie de mari a corrompu ton esprit, répondit Bahra en agitant la main pour indiquer à Mahsum qu'elles s'en allaient. C'est vraiment dégoûtant, ici, dit-elle sèchement en s'enroulant de nouveau dans son *abaya*, si bien que la lumière blanche de sa robe disparut sous l'étoffe noire. Il va falloir que je dise à Anwar qu'on ne peut pas accueillir des visiteurs distingués dans une maison aussi sale. Mais il va certainement rentrer bientôt.

16

Dès qu'elle eut refermé la porte derrière les deux femmes, Gawhar tira sa fille à elle.

— Tu ne dois rien quémander auprès de cette vipère.

Le corps de Rubar fut pris de convulsions. Elle pleurait comme un petit enfant qui avait besoin d'être consolé. Le regard de Gawhar glissa des cheveux de Rubar vers les poutres en bois qui supportaient la toiture. L'humidité et la chaleur de la cuisine provoquaient souvent la chute de petits fragments de torchis.

— Ils vont la tuer, maman, chuchota Rubar. – Son voile avait glissé et pendait autour de son cou. – Frmesk est tellement petite et faible. – Ses yeux étaient embués. – Je ne sais plus quoi faire. Et si Anwar le prenait mal ? S'il devenait fou furieux ?

Gawhar serra sa fille contre elle avant de s'adresser aux enfants.

— Ne faites pas attention à ces querelles de vieilles dames, dit-elle en embrassant tendrement le fils cadet de Hawré dans les cheveux. Il arrive parfois que les adultes se disputent. – Puis elle regarda Baban. – Va chercher des bonbons dans le pot. Ensuite, vous pourrez sortir jouer dans la cour, d'accord ?

Elle suivit les garçons du regard et posa une main sur l'épaule de Rubar.

— L'autre jour, Anwar est passé à la maison avec Rachid et le cousin Kamal, celui qui a un fils de cinq ans. Ils avaient amené trois témoins. Anwar m'a envoyée dans la cuisine, tandis qu'il présentait Frmesk à son cousin. Puis ils ont conclu un marché. – Rubar frissonna. – J'aurais dû faire quelque chose pour ma fille, mais je me suis cachée dans la cuisine, comme on me l'avait ordonné... Tout est ma faute.

Quelque chose se brisa en Gawhar.

— Tu n'es absolument pas responsable de cette folie, chuchota-t-elle à l'oreille de sa fille. Mais tu dois être forte pour tes enfants. – Elle renifla Rubar. – Ils ont besoin de leur mère.

Rubar s'écarta de Gawhar et sortit Frmesk de son couffin. La fillette se réveilla et cligna des yeux, tout ensommeillée.

Rubar découvrit un de ses seins et essaya de faire boire la fillette, en vain. Elle avait beau s'appliquer pour placer son téton dans la bouche du bébé, le lait avait beau couler abondamment, Frmesk refusait de le prendre. Il rejaillissait au coin de sa bouche et dégoulinait le long de son menton. Le sein de Rubar était gonflé et douloureux.

— Elle ne veut toujours pas boire mon lait, sanglota-t-elle.

Ses yeux étaient boursouflés et injectés de sang à force de pleurer. Si seulement elle pouvait aller chez sa mère, tout s'arrangerait, mais elle n'avait rien à faire là-bas d'après Anwar. *Tu as ta propre famille, maintenant*, lui disait-il, chaque fois qu'elle voulait rendre visite à ses parents. Il n'y avait que quand elle rapportait de la viande de chez elle qu'il se montrait relativement conciliant.

Rubar regarda sa mère, qui était en train de préparer un bol de lait de chèvre. Elles s'étaient aperçues que Frmesk voulait bien boire du lait de chèvre quand elles le lui donnaient à travers un torchon doublé de coton. Rubar trouvait cela étrange, mais Gawhar avait déjà vu cela de nombreuses fois. L'essentiel, c'était que la fillette avale quelque chose. Elle refusait tout simplement le lait de sa mère. Que ce soit à son sein ou à travers le torchon. Rubar était certaine que Frmesk pouvait voir au fond de son âme malheureuse et que c'était pour cette raison qu'elle ne voulait pas de son lait.

— Je suis prête, dit Gawhar d'une voix douce en tendant les bras.

Rubar lui confia sa fille. Elle aurait voulu disparaître. Mourir. Se trancher la gorge avec un couteau. Sa vie ne valait pas plus. Mais cela exposerait aussi les gorges de ses enfants, car ils se retrouveraient alors à la merci d'Anwar et de sa mère. Elle ne pouvait pas leur faire ça, même si cela aurait été tellement plus simple.

— Si tu nous préparais un peu de thé, ma fille ?

Gawhar avait installé Frmesk confortablement dans ses bras.

Rubar regarda Frmesk, qui suçait le lait de chèvre dans les bras de sa grand-mère.

— Je voudrais qu'on aille habiter chez vous.

— Anwar ne le permettra jamais, ma fille.

Elle le savait. Elle savait qu'aucun de ses rêves ne se réaliserait jamais. Mais elle rêvait quand même, parce que cela lui permettait de s'évader, au moins l'espace d'un instant. Anwar était un résistant kurde, et il n'y avait rien de plus prestigieux. Se battre pour la liberté des Kurdes contre les régimes qui leur avaient tout pris, c'était sa raison de vivre. Il portait souvent des armes, même quand il était à la maison. Et ses armes empestaient la poudre et la mort.

— C'est ma faute, si elle ne se nourrit pas, soupira Rubar.

— Ce n'est pas vrai, mon enfant.

— Bien sûr que si. Tu vois bien qu'elle boit quand elle est avec toi… Et la sœur de Jairan, elle en allaite deux !

— Frmesk n'est pas en bonne santé, dit Gawhar. Elle n'arrive pas à boire comme les autres enfants, et si le goût de ton lait ne lui convient pas, ce n'est absolument pas ta faute… – Elle s'interrompit et dut se ressaisir pour ne pas laisser éclater sa colère. – Ce n'est pas ta faute. – Gawhar remua sur place. – Ce n'est pas facile pour moi de passer autant de temps ici, dit-elle à voix basse. J'ai une maison à tenir, moi aussi.

Rubar lui lança un regard horrifié.

— Papa n'a qu'à t'accompagner. – Si sa mère n'était plus là pour nourrir Frmesk, que deviendrait-elle ? – Vous pouvez venir tous les deux.

— Tu sais bien que ce n'est pas possible. Si ton père était ici… – Elle secoua la tête. – Cela ne nous apporterait que des ennuis.

— Mais… Et Frmesk ? Elle refuse de s'alimenter. Elle hurle de faim. Qu'est-ce que je dois faire ? Et Anwar… S'il l'entend crier tout le temps…

Frmesk ne passerait pas l'année si elle restait là. Gawhar le savait pertinemment.

— Je ne peux pas faire grand-chose, ici, dit Gawhar. À la maison, c'est différent.

— Mais on ne peut pas aller habiter chez vous, sanglota Rubar. Anwar me tuerait si je lui faisais un tel affront.

— Non, mais Frmesk pourrait habiter chez nous, poursuivit Gawhar.

Rubar regarda sa mère avec de grands yeux.

— Tu veux me prendre ma fille ?

— Qu'Allah maudisse ce jour, dit Gawhar, qui s'était attendue à plus de sagesse de la part de sa fille. Elle ne resterait pas chez nous pour toujours. Juste le temps qu'elle prenne des forces et qu'elle guérisse.

— Il vaudrait mieux qu'elle ne revienne jamais, lâcha Rubar avant de porter aussitôt sa main à sa bouche.

— Je ne peux pas annuler ton mariage, mais laisse-moi m'occuper de la petite. – Gawhar secoua la tête et sécha ses larmes. – Comme ça, au moins, tu n'auras pas à te mettre entre elle et Anwar. Tu es au bout du rouleau… J'ai vu tellement de choses… Tu le sais. Je reconnais tes blessures…

— Maman… – La voix de Rubar resta coincée dans sa gorge. Les muscles de son cou étaient tendus et douloureux. – S'il frappe ou jette ma fille, elle mourra.

— Il n'ira jamais aussi loin, dit Gawhar.

— Il me bat déjà. Baban aussi, s'il s'approche trop. Et il a menacé d'enterrer Frmesk vivante.

Gawhar s'approcha de sa fille.

— Qu'est-ce que tu dis ?

— Il veut l'enterrer vivante. Et il est sérieux, maman. – Son corps tout entier tremblait, et elle se prit le visage à deux mains. Elle était de nouveau en proie à la panique. Elle se leva. – Il le fera, maman. C'est lui qui a abattu Jairan. Anwar a tué Jairan.

Gawhar la prit dans ses bras.

— Je l'ai entendu. Je l'entends toujours. Rachid est là aussi.

— Qu'est-ce que tu entends ?

— Ils crient tous les deux sur Jairan, et Rachid crie sur Anwar, et soudain, il y a un coup de feu.

— Je ne comprends pas. Où as-tu entendu ça ?

— J'ai trouvé un dictaphone. Il le cherche tout le temps.

Rubar secoua la tête.

— Est-ce qu'il le sait ? Il sait que tu as écouté l'enregistrement ?

— Non, il ne s'est aperçu de rien.

Gawhar ferma les yeux et ses épaules s'affaissèrent.

— Mais tu ne sais pas avec certitude qui a tiré ?

Un son arracha les deux femmes à leur étreinte.

Baban et les fils de Hawré débarquèrent dans la cuisine et s'assirent près d'elles.

— Anwar ne doit jamais apprendre que tu es au courant, tu m'entends ? Aucun d'eux ne doit le savoir. Jamais ! chuchota Gawhar.

— Mais Jairan, maman… J'ai tellement honte.

Gawhar acquiesça, les mâchoires serrées.

— Ne parle jamais de ça à personne, dit-elle au bout d'un moment. Tu n'as pas le choix, si tu veux vivre. – Gawhar se releva avec peine. – Si tu dis à Anwar que la petite doit suivre tout un tas de traitements à l'hôpital et que papa et moi proposons de payer, il acceptera qu'on la prenne chez nous, j'en suis certaine.

Rubar opina. Sa gorge était en feu et elle avait du mal à déglutir, mais elle se forçait quand même à inspirer des bouffées d'air trop sec.

Gawhar regarda Baban et lui pinça affectueusement la joue.

— Tu veux bien que mamie emmène Frmesk chez elle, le temps qu'elle guérisse ?

Le garçon hocha la tête.

— Moi aussi, je veux venir.

— Tu pourras venir un autre jour. – Gawhar lui caressa les cheveux et se tourna vers Rubar qui serrait Frmesk contre elle. – Il faut qu'on y aille, mon enfant. – Elle reprit tendrement la petite vie des bras de Rubar. – Tu veux bien préparer un sac pour Frmesk ?

Rubar tremblait de partout, sa bouche et son menton frémissaient. Sa respiration était courte et saccadée. Gawhar posa son front contre celui de sa fille.

— Je suis avec toi. Ne l'oublie jamais. Personne ne doit l'apprendre. Pas même ton père.

17

2 OCTOBRE 1986

ZAMUA, KURDISTAN

Gawhar palpa légèrement une grappe de raisin, tandis qu'elle cueillait un grain avec précaution. Elle le fit tourner entre ses doigts. C'était une bonne année. Certainement une des meilleures depuis qu'ils avaient ce petit vignoble. Elle le fourra dans sa bouche puis le sentit éclater sous ses dents et libérer son jus sucré.

Cela faisait bien onze ans que Darwésh était revenu à la maison avec ses pieds de vigne. Lors d'une chaude journée de printemps. *Il n'y a aucune raison qu'on s'embête à aller chercher tout ce raisin au marché si c'est pour ensuite rapporter là-bas le vinaigre qu'on fait avec*, avait-il déclaré. *Maintenant, on va pouvoir cultiver nos propres raisins, et ça te fera gagner un voyage*. Elle l'avait embrassé, un peu plus longtemps qu'elle n'aurait dû, là, dehors, au soleil, mais son visage était tellement chaud qu'elle n'avait pas pu s'en empêcher. Elle se dit qu'Allah lui pardonnerait sans doute son comportement, étant donné que c'était au cou de son mari qu'elle s'était jetée dans un mouvement de joie spontané.

Deux ans plus tard, leurs vignes lui fournissaient déjà tout ce dont elle avait besoin pour produire son vinaigre et son vin. Et à présent, elles étaient tellement prolifiques qu'elle arrivait à peine à suivre.

Elle sourit à Frmesk, qu'elle portait dans ses bras, contre sa poitrine.

— Tu veux goûter une boule sucrée, ma fille ? murmura-t-elle à l'enfant en cueillant un autre grain. Elle le coupa en deux avec ses dents et l'approcha des lèvres de la fillette. Frmesk fit des mouvements de succion avec sa bouche et cligna des yeux.

Gawhar trempa le raisin dans le sel qu'elle avait toujours dans la poche de son tablier et le porta de nouveau aux lèvres de la fillette.

Frmesk grimaça, si bien que sa bouche ressembla à un cul de perdrix, mais elle se lécha quand même le tour de la bouche.

— Voilà, ma douce, chuchota Gawhar. Ce sel ne te fera pas de mal.

Frmesk émit une série de petits sons. Gawhar tira son foulard sur le visage de la fillette afin de le protéger du soleil. Elle promena son regard sur les nombreuses plantes de leur jardin. Il y avait des tomates, des concombres, des aubergines et des melons. Chaque soir, après que le soleil avait disparu derrière les montagnes, Darwésh les arrosait. Et quand il faisait vraiment très chaud, il pouvait aussi arriver qu'il leur apporte de l'eau avant le lever du soleil.

— Et maintenant, si on rentrait s'occuper du vin, mon petit ange ? dit Gawhar en posant un doigt sur le bout de son nez.

Entre la maison et un arbre était tendue une longue corde chargée de linge qui se balançait légèrement dans la brise. Elle était soutenue en son milieu par un poteau en bois qui empêchait le linge de pendouiller comme le ventre d'une chèvre enceinte et de racler le sol.

Cela faisait plus de trente ans que Darwésh l'avait rencontrée et sortie de la pauvreté dans laquelle elle était née. Cela avait été difficile pour les deux familles, mais Darwésh n'avait pas cédé. Ce n'était pas son choix, se plaisait-il à dire, mais quelque chose qui avait été décidé bien avant leur naissance. Il avait expliqué que son âme avait erré sur la Terre pendant plusieurs siècles uniquement dans le but de trouver la sienne. Réincarnée dans différents corps. Sa conception du destin ne s'accordait guère avec la foi de Gawhar, mais elle n'avait eu aucun mal à le lui pardonner, car cela faisait bien longtemps qu'elle avait accepté leurs divergences sur la question. Ce qui la perturbait, c'était moins le fait qu'il mette en doute l'islam avec ses propos que les doutes qu'elle-même ressentait parfois au fond d'elle. Elle était profondément convaincue que, en mourant, l'être humain disparaissait pour toujours et qu'il n'en restait rien après la mort. Malgré tout, elle était rongée par le doute, au point que, parfois, elle avait l'impression de sentir des coups de fouet sur son dos. Elle offensait Allah chaque fois qu'elle envisageait la possibilité que les âmes puissent voyager, mais ce fouet planait au-dessus d'elle depuis qu'elle avait accordé son amour à une âme vagabonde.

Elle n'avait aucune raison de douter d'Allah, et elle était persuadée qu'on ne vivait qu'une fois, pour ressusciter seulement le jour du Jugement dernier. Mais au fond de son cœur, elle doutait. Elle côtoyait les morts, les touchait, faisait du vin, et elle avait même recueilli un enfant abandonné et illégitime. Darwésh déteignait sur elle. Pas par ses paroles, mais plutôt par sa façon d'être. Et elle s'accommodait volontiers de cette situation, même si elle redoutait le châtiment d'Allah. Cela ne pouvait pas être autrement. En tant que laveuse de mort, elle rencontrait régulièrement le monde qui se trouvait à la lisière de la vie, et elle savait que peu de gens auraient accepté de toucher les cadavres comme elle le faisait. C'était un acte impur. C'était un péché. C'est pourquoi elle ne pouvait en vouloir à ceux qui ne partageaient pas sa vision du monde. Elle ne pouvait pas en vouloir à ceux qui la regardaient de travers quand elle lavait les corps qu'on avait abandonnés. C'était impur, voilà ce que pensaient tous les autres, mais elle ne pouvait ignorer ces diamants bruts. Elle ne pouvait ignorer leurs voix silencieuses. Elle se sentait parfois seule, mais c'était justement dans ces moments de solitude qu'elle pouvait faire une place à Darwésh et à ses dieux solaires éteints. Il croyait. Tandis qu'elle savait. Elle entendait les prières des morts. Il priait le feu et le soleil. Personne n'entendait ses prières. Elle le savait. Tout comme elle savait que ses prières à elle étaient entendues, mais rarement exaucées. Elle n'était qu'une femme qui priait pour d'autres femmes dans un marécage sans fond d'hommes sombres. Mais elle savait qu'Allah existait et qu'Il l'écoutait. Elle le savait parce que le jour du Jugement dernier viendrait. C'était pour cela qu'elle n'osait rien faire d'autre qu'honorer Allah, qui n'écoutait pas. Car même s'Il n'écoutait pas, Il pouvait la punir, et elle avait chaque jour l'occasion de constater la sévérité avec laquelle Il châtiait les filles et les femmes qui bafouaient son message. Elle essuya une larme au coin de son œil. Des femmes comme Jairan.

Gawhar ouvrit la porte de son atelier. Au centre de la pièce, il y avait trois grandes cuves en bois. Si grandes qu'elle pouvait s'y allonger. Elle le savait parce que, l'année de leur première récolte, elle s'était couchée parmi les grains de raisin. Bien qu'elle fût seule, elle avait éprouvé une certaine gêne. Elle ne pouvait pas s'en empêcher. Il y avait tellement de raisins et, de toute façon, il fallait bien les écraser pour en extraire le jus. Après cela, ses vêtements étaient couverts de grains de raisin et elle avait dû s'employer à les détacher. Mais cela en avait valu la peine. Tout ce jus, tout ce raisin qui l'avait enveloppée. C'était une sensation merveilleuse.

— Ta grand-mère est vraiment dingue, si tu savais, murmura-t-elle avec un sourire à la fillette qu'elle tenait dans ses bras.

Les cuves étaient vides, en ce moment, mais d'ici quelques semaines, elles accueilleraient la nouvelle récolte.

Le long des murs étaient rangées des bouteilles en verre non étiquetées. Il y en avait des vertes et des transparentes. La plupart contenaient du vinaigre de l'année précédente, mais il y avait aussi des bouteilles de vin. Ce n'était pas le meilleur vin du monde, mais elle s'améliorait d'année en année et aucun de ses clients ne s'était jamais plaint. Peut-être n'osaient-ils pas le faire, tout simplement, car personne n'avait envie de se mettre Darwésh à dos. Et puis il fallait dire aussi qu'ils lui achetaient son vin en secret.

Gawhar s'empara de deux bouteilles de vin rouge et d'une bouteille de vinaigre, les enroula dans un linge et les emporta dans la cuisine. Il y avait un homme qui voulait lui acheter deux bouteilles de son vinaigre fort. C'était ainsi qu'ils appelaient son vin, notamment quand ils en vendaient sur le marché.

Avez-vous encore de votre vinaigre fort ? Elle utilisait des bouteilles transparentes pour le vinaigre et des bouteilles vertes avec des bouchons en liège pour son vin. Le parfum n'était guère différent. La couleur non plus. Mais le goût était un peu plus doux dans les bouteilles de vin.

Elle ne vendait jamais de vin chez elle, à moins que Darwésh ne soit présent. C'était trop risqué, sans lui. En tant que femme, elle préférait éviter d'être seule avec des hommes qui venaient chercher du vin en cachette, même s'ils auraient été aussi responsables qu'elle. Car ce serait toujours sa parole qui perdrait s'il venait l'idée à un homme de l'accuser. Une laveuse de mort productrice de vin. Elle secoua la tête. Personne n'oserait s'opposer à Darwésh.

Dès que son acheteur serait reparti avec ses bouteilles, il lui faudrait préparer le repas. Ce soir-là, Rubar, Anwar et Baban venaient manger chez eux. Anwar leur rendait rarement visite, et elle aurait souhaité ne jamais revoir cet homme en vie, mais elle avait tout de même convaincu Darwésh de tous les inviter afin qu'ils puissent parler du cas de Frmesk. Elle aurait volontiers brûlé les liens qui unissaient encore la fillette à Anwar.

Plus tôt dans la journée, elle avait participé à une réunion de son groupe de prière. Elle voulait prier pour l'âme de Jairan. Frmesk était tellement faible qu'elle ne l'avait pas emmenée, mais elle n'avait cessé de penser à elle durant toute la séance, si bien qu'elle aurait mieux fait de rester chez elle. Et sur le chemin du retour, elle était tellement inquiète pour la vie de la petite qu'elle avait failli se prendre les pieds plusieurs fois dans son tchador. Ses pensées tournaient en permanence autour de Jairan, de

Rubar, de Frmesk et d'Anwar. Elle voulait qu'Anwar renonce une fois pour toutes à récupérer Frmesk.

Quelqu'un frappa à la porte, l'arrachant à ses pensées chaotiques. Elle posa délicatement Frmesk dans un panier.

— Reste tranquillement ici un instant, mon petit ange.

Puis elle prit ses bouteilles et se dirigea aussitôt vers la porte d'entrée, où Darwésh l'avait précédée.

— M. Shahab est venu chercher son vinaigre fort, annonça Darwésh dès qu'elle arriva dans l'entrée.

— Les deux avec des bouchons en liège, c'est le vin, dit-elle brièvement. Et la bouteille transparente, c'est le vinaigre.

Shahab acquiesça, faisant apparaître plusieurs bourrelets sous son menton, et s'empara du sac.

— Si vous croisez en chemin quelqu'un qui vous demande ce que c'est, vous n'aurez qu'à dire que c'est un délicieux vinaigre et leur en faire goûter à la bouteille transparente, dit Darwésh avant de refermer la porte.

— Merci pour ton aide, mon amour, dit Gawhar en lui serrant le bras. Ça s'est bien passé pendant que j'étais sortie ?

— Avec Frmesk ?

Elle acquiesça. Même si elle n'avait pas pu raconter à Darwésh ce qu'avait menacé de faire Anwar, il avait bien compris qu'elle n'aurait jamais privé leur fille de son enfant sans une bonne raison. Maintenant, il ne restait plus qu'à faire en sorte que le dîner se passe sans incident, sans que Darwésh se rende compte à quel point Rubar allait mal, ni qu'Anwar était un homme dangereux, ou l'enfer se déchaînerait sur eux.

— Oui, poursuivit son mari en se grattant le menton. Je lui ai parlé un peu de ce que vous faisiez à ces réunions de prière, et je suis presque certain qu'elle a ri quand je lui ai raconté que vous passiez votre temps à nouer vos capes *kolwana* pendant que le son des *dafs* vous excitait et vous rendait folles.

Elle lui donna un petit coup de coude.

— Tu n'as tout de même pas raconté ça à une petite fille, espèce d'impie.

— Elle me regardait avec de grands yeux. Ce bébé n'avale pas beaucoup de nourriture, mais il s'abreuve de paroles. Parle-lui, tu verras.

— Qu'est-ce que je fais, d'après toi, quand je la promène ? grogna Gawhar, quelque peu irritée.

— Il faut bien que je la prépare, si un jour tu l'emballes dans un *kolwana* et que tu l'embarques à une de tes réunions.

— Tu sais très bien qu'on prie. – Gawhar regarda autour d'elle, comme si elle craignait que quelqu'un n'entende les propos blasphématoires de son époux. – Nous partageons nos pensées les plus profondes et prions avec Allah le Miséricordieux.

Son regard se fit distant. Allah ne l'entendait jamais quand elle priait pour les morts.

— C'est ça, mon diamant, dit Darwésh en lui donnant un baiser sur la joue. Rubar et Anwar ne vont pas tarder. Vous vous occupez du repas, Frmesk et toi ?

18

Même s'il était 18 heures passées, une lumière radieuse et aveuglante se déversait par la fenêtre, au fond du séjour, comme si le soleil était dans la rue et brûlait tout. La pièce était tout en longueur et divisée en deux parties, délimitées par la frontière floue entre la lumière et la pénombre. Dans l'une des moitiés de la pièce, les couleurs des nombreux tapis persans étaient vives et ressortaient clairement, tandis que dans l'autre elles étaient plus profondes et ternes. Les tapis recouvraient le sol d'un mur à l'autre, se chevauchant par endroits. Les couleurs dominantes étaient le rouge, le doré et l'orange, et elles s'entortillaient dans des motifs symétriques.

Au fond de la pièce, il y avait deux étagères en bois couvertes de nappes fleuries. Dessus étaient empilés des tapis turcs repliés et des coussins dans des nuances de vert et de jaune.

À côté des étagères était suspendue une tenture couleur ocre décorée à la manière d'un vieux coran. Une odeur d'encens flottait dans la pièce.

Les murs étaient blanchis à la chaux et, en plusieurs endroits, l'enduit crayeux était fissuré. Contre le mur opposé à la fenêtre était installé un petit poêle à bois rond, près duquel Gawhar et Darwésh étaient assis avec leurs invités. Baban était collé à sa grand-mère, tandis que Rubar avait les yeux gonflés et les mains croisées sur ses cuisses. Anwar semblait surtout intéressé par la nourriture. S'il avait accepté de mettre les pieds dans cette maison, c'était uniquement pour les talents culinaires de sa belle-mère.

Gawhar s'était surpassée et les parfums de nourriture s'étaient répandus dans chaque recoin de la maison. C'était un subtil numéro d'équilibriste auquel elle allait devoir se livrer, entre l'esprit étriqué d'Anwar, l'âme meurtrie de Rubar et son époux, qui devait à tout prix rester dans l'ignorance. Mais le plus important de tout, c'était Frmesk, qu'elle avait confiée à Askol le temps du repas.

Une rangée de plats et de saladiers était disposée sur le sol, au milieu de la petite assemblée. Des naans frais. Du poulet accompagné de riz au safran. Une soupe à la courge rouge orangé avec du céleri et de la viande de bœuf, qu'elle avait fait longuement mijoter, si bien qu'elle s'effilochait. Une soupe de haricots *fasoulia*. Une salade d'aubergines, de poivrons, de piments et d'oignons verts émincés et grillés. Des plats avec du persil, des tomates et des oignons fraîchement coupés ainsi que du *tourchiya* rouge et jaune mariné dans du vinaigre.

La pièce maîtresse du jour, c'était ce plat ovale rempli de *dolma* de feuilles de bette et de vigne farcies avec un mélange de riz et de viande d'agneau hachée. Sans oublier le grand plat en métal avec les baklavas à la pâte feuilletée. Tout cela devait contribuer à détourner l'attention des hommes et à remplir les silences qui surviendraient au cours de la conversation.

Rubar sentit le regard de sa mère et leva les yeux. Elle tenta de sourire, mais n'y parvint pas. Elle aurait tant voulu le faire, mais n'en avait plus la force. Anwar était rentré la veille et, depuis, il ne lui avait pas laissé une minute de répit. La colère bouillait en lui. Et sa rage se cachait dans chacune de ses paroles et chacun de ses gestes. Elle ne pouvait rien faire sans qu'il soit sur son dos et elle avait tellement peur de finir comme Jairan.

S'il l'avait tabassée, c'était parce qu'elle avait confié Frmesk à sa mère, pas à cause de la petite. Ce n'était qu'une excuse pour laisser parler ses poings.

Elle-même était anéantie par l'absence de sa fille. Ses seins étaient douloureux et remplis de lait, et il n'y avait rien qu'elle souhaitait plus que d'allaiter la petite, mais Gawhar pensait préférable qu'elle n'essaie pas de nourrir Frmesk dans la mesure où elle ne pourrait de toute façon pas passer tous les jours.

— Tu es allé loin, avec ton camion, cette fois ? demanda Darwésh en faisant un signe de tête en direction des plats, tandis qu'il regardait Anwar.

— Près de la frontière iranienne, marmonna le jeune homme en saisissant un *dolma* à mains nues.

Rubar s'empressa de poser des serviettes sur son pantalon.

Il la regarda fixement et essuya sa main sur la jambe de son pantalon.

— On a livré de l'huile et de l'eau, poursuivit-il.

— À l'armée ?

Anwar acquiesça.

— Ce sont eux qui paient.

— De l'huile et de l'eau, gronda Darwésh en versant une portion de riz et de poulet dans son assiette.

Il savait très bien qu'Anwar gagnait surtout son argent en collectant auprès de l'armée des informations qu'il revendait ensuite aux peshmergas. Mais cela ne le regardait pas et il n'avait aucune raison de s'en mêler. S'il avait apprécié cet homme, il lui aurait au moins conseillé de se méfier.

Gawhar était écœurée au moindre mot que prononçait l'homme mince à la barbe noire. Et chaque fois qu'elle le voyait s'empiffrer avec ses doigts graisseux, elle aurait voulu que la nourriture fût empoisonnée, même si cette simple pensée était un péché et que, pour cette raison, elle devait prier Allah de lui pardonner.

— Tu n'as pas encore demandé comment se portait ta fille, dit-elle sans être capable de regarder Anwar.

Elle proposa un *dolma* à son mari et en profita pour lui donner un petit coup avec la main.

Anwar leva le regard. Il ne s'habituerait jamais à la manière qu'avait cette femme de s'adresser aux hommes. Et sa mère avait certainement raison, quand elle disait savoir de qui son incapable d'épouse tenait sa sottise. Il enfourna un morceau de poulet dans sa bouche et sentit la peau croustillante céder sous ses dents et libérer une agréable sensation salée. Mais elle savait cuisiner. Si seulement elle avait transmis ce don à sa fille.

— Frmesk, marmonna-t-il, la bouche pleine. Je ferais mieux de la prendre avec moi. Sa place est sous mon toit.

Gawhar porta la main à sa bouche.

— C'est vrai, dit Darwésh. Mais la fillette est très malade.

Anwar engloutit un autre *dolma*.

— C'est sans doute parce que sa mère ne s'en est pas suffisamment bien occupée.

— C'est plutôt dû au fait qu'elle refuse de s'alimenter, intervint Gawhar.

Darwésh posa doucement une main sur son bras.

Anwar observa le geste de son beau-père. Cette femme ne recevait pas les coups qu'elle aurait mérités.

— J'ai des relations haut placées à l'hôpital, poursuivit Darwésh. On pourrait en profiter. – Il hésita. – Mais ce serait plus simple si la petite restait chez nous.

— Je ne peux tout de même pas abandonner mes enfants comme ça, dit Anwar. Tout irait mieux si sa mère n'avait pas la poitrine pleine de lait aigre.

Gawhar bouillonnait intérieurement, mais s'efforça de garder son calme.

— Si elle n'était pas aussi malheureuse, peut-être que son lait ne serait pas aigre.

Anwar la regarda.

Gawhar baissa aussitôt les yeux. Il empestait la mort.

Darwésh essaya de capter le regard de Rubar pour voir ses yeux. En vain. La jeune fille qui, pendant tant d'années, avait habité sous son toit et partagé ses sourires s'en était allée.

— Nous souhaiterions te soulager du fardeau que c'est d'avoir chez soi une petite fille compliquée, dit-il. Ici, nous n'avons plus qu'Aso et, comme je l'ai dit, j'ai de bons amis qui travaillent à l'hôpital, ce qui fait que tu n'aurais pas à mettre la main à la pâte ni au portefeuille.

— Je vais y réfléchir, grommela Anwar en regardant sa femme du coin de l'œil.

— Papa, dit Baban, avec de grands yeux. Ils vont garder Frmesk ?

— On te fera un petit frère à la place, répondit Anwar en tendant le bras au-dessus de la nourriture pour lui tirer l'oreille.

Rubar était tellement avachie qu'elle tenait à peine assise. Sa peau avait pris une teinte grisâtre.

— Elle aura aussi besoin de voir sa mère, mon fils.

Ce dernier mot laissa un goût nauséabond dans la bouche de Darwésh.

Anwar lança un regard triomphant à Gawhar, qui avait les yeux rivés sur Rubar. C'était lui qui décidait. Il le sentait. Les autres ne faisaient que danser au son de sa flûte.

— Sa mère n'est pas capable de s'occuper correctement d'elle, mais nous verrons si la tailleuse de diamants fait mieux, même si elle est plus habituée à prendre soin des morts.

Darwésh fronça les sourcils.

— Dans cette maison, nous respectons à la fois les vivants et les morts.

Anwar s'empara d'un *dolma* et le rejeta dans le plat juste pour en prendre un autre. Il voyait bien à quel point cela heurtait Gawhar qu'il traite sa nourriture avec autant de dédain.

— Bien. J'accepte de la laisser ici. On verra bien si vous parvenez à la revigorer. De toute façon, pour une gamine de deux ou trois semaines, quelle différence ça fait qu'elle habite ici ou ailleurs ? Elle n'en a pas vraiment conscience.

— Elle a plus de quarante jours, rectifia Darwésh.

Un filet de graisse jaillit du *dolma* et gicla sur la barbe d'Anwar. Il s'essuya la bouche avec sa manche.

— Vous pouvez la garder pendant quelque temps.

Rubar plaqua ses mains devant sa bouche et ressentit l'envie de se trancher la gorge, tandis qu'elle cherchait dans ses ténèbres intérieures quelque chose à quoi se raccrocher.

— C'est une sage décision, mon gendre, dit Darwésh. Nous prendrons bien soin d'elle.

Anwar acquiesça lentement.

— Elle devra revenir à la maison si un jour elle devient d'une quelconque utilité.

19

14 AOÛT 2016

HÔPITAL DE SKEJBY, DANEMARK

— Je vois que vous n'avez pas touché à votre dîner, dit Lene en entrant dans la pièce.

— J'en ai assez de manger de la soupe, dit Frmesk. Ça va bientôt faire un an que je ne me nourris plus que de ça.

— Ça va s'arranger, dit Lene. C'est juste que votre estomac et vos intestins ne sont pas encore en état de supporter de la nourriture solide. Vous le savez bien.

Elle rajusta la couette autour des jambes de Frmesk.

En début de journée, on avait déjà augmenté sa dose de morphine pour qu'elle puisse se reposer. Elle avait été déconnectée du monde qui l'entourait pendant toute la matinée et tout l'après-midi, et ce n'était qu'au cours de la soirée qu'elle avait peu à peu recouvré ses esprits.

— Vous voulez qu'on réchauffe votre soupe ? demanda Lene. Je peux la passer quelques minutes au micro-ondes dans notre salle de pause.

Frmesk contempla sa soupe déprimante.

— Quand pourrai-je rentrer chez moi, d'après vous ?

— Je dirais que vous en avez encore pour quelques semaines. Mais ça arrivera. – Lene sourit. – Je reviens dans un instant avec votre soupe.

Frmesk tira sur sa couette et la remonta jusque sous son menton. Elle ferma les yeux. Ce n'était pas seulement à cause de la soupe. Si le père de Darya découvrait qu'elle lui avait menti à propos de son mari et de son père, il lui faudrait s'enfuir de cet hôpital le plus vite possible. Et s'il découvrait où elle habitait, elle n'aurait plus qu'à déménager aussitôt. Il n'y avait pas d'échappatoire. Et ce ne serait pas la première fois. Ils étaient nombreux, là, dehors, à souhaiter sa mort. Certains plus que d'autres, et elle s'était plusieurs fois fait tabasser si violemment qu'elle n'aurait jamais cru pouvoir revenir à la vie.

— J'ai croisé Darya dans le couloir, dit Lene en entrant dans la pièce avec la jeune femme dans son sillage.

Darya l'avait appelée sur le téléphone de sa chambre une heure plus tôt pour lui demander timidement si elle pouvait passer la voir dans la soirée, après son service.

— Je vous apporte aussi de l'eau fraîche, poursuivit Lene en posant le plateau sur la table de nuit. Vous n'avez rien contre cette petite visite ?

— Non, répondit Frmesk.

Lene vérifia le goutte-à-goutte suspendu près du lit de Frmesk.

— On va devoir changer vos poches afin que vous soyez en forme, demain, pour votre opération.

Frmesk acquiesça et suivit Lene du regard, tandis qu'elle quittait la pièce.

— Ça ne vous dérange pas, si je reste pendant que vous mangez ?

Darya eut un sourire prudent.

Frmesk regarda sa soupe. Quand elle était enfant, elle avait souvent été frappée pour avoir mangé bruyamment ou pour s'être servie toute seule dans le réfrigérateur. Pendant de longues périodes, elle s'était abstenue de manger parce que, de bien des manières, c'était moins douloureux pour elle.

Darya s'assit sans regarder directement Frmesk.

Frmesk tourna la tête vers elle.

— Il y a quelque chose qui vous tourmente ?

— Mon père parle de plus en plus de mon cousin, dit Darya. Je n'ai pas du tout envie de me marier avec un homme du pays, mais je sens bien à son comportement que je n'ai pas mon mot à dire.

— Hélas, c'est souvent ainsi. Mais je ne veux pas m'en mêler.

— J'aurais bien aimé avoir votre avis, dit Darya.

— Peut-être un autre jour.

Darya se pinça les lèvres.

— C'est une soupe à quoi ?

— Je n'en sais rien, répondit Frmesk en prenant son assiette. Mais je ferais mieux de manger un peu. Sinon, Lene va encore la réchauffer et son goût ne va pas en s'améliorant.

C'était calme, dehors. Quelque part derrière la fine bande boisée, les derniers rayons de soleil de la journée étaient en train de se désintégrer dans une lueur orange vif. Les lamelles de nuages qui dominaient l'horizon étaient en flammes.

— Regardez, dit Frmesk. Regardez ces nuages. Je n'arrive pas croire qu'il existe de si belles couleurs.

Darya se leva et se dirigea vers la fenêtre.

— Vous pouvez ouvrir la fenêtre un instant ? dit Frmesk.

Darya acquiesça et ouvrit la fenêtre en grand pour laisser entrer l'air frais du soir.

— Vous sentez cette humidité ? demanda Frmesk en prenant une grande inspiration. C'est la rosée du soir qui s'est déposée sur l'herbe et la terre. J'adore cette odeur. Elle est tellement vivifiante. – Elle regarda Darya, qui lui tournait le dos. – De quelle couleur est le ciel, d'après vous ?

— Le ciel ? répéta Darya. Orange. Je ne sais pas.

Elle hésita.

— Le véritable talent d'un peintre, dit Frmesk, tandis qu'elle regardait le dos mince de Darya… c'est de savoir mêler les couleurs. Évidemment, c'est aussi un avantage de savoir dessiner et d'avoir une bonne vision de l'espace et des mouvements. Mais le vrai art se situe dans les couleurs. Si vous vous approchez au plus près des toiles de Van Gogh, de Rembrandt, de Krøyer ou de Vermeer, vous ne verrez rien d'autre que des coups de pinceau désordonnés, mais à mesure que vous vous reculerez, les couleurs se mêleront pour former un motif fantastique. Voilà ce qu'il faudrait faire si on voulait reproduire ce ciel. Utiliser du jaune, du rouge, de l'orange et aussi une pointe de bleu et de vert.

Darya se retourna vers Frmesk.

— Vous semblez aimer profondément l'art.

— Ça procure un sentiment de contrôle. Choisir soi-même ses motifs, ses couleurs, sa composition…

— Vous peignez ?

Frmesk secoua la tête.

— Je ne peins plus depuis des années. Et mes peintures n'ont pas survécu à l'incendie.

— L'incendie ? demanda Darya, interloquée.

Frmesk baissa les yeux sur sa couette.

— Je n'ai pas envie d'en parler maintenant.

— Est-ce que vous écrivez aussi pour éprouver ce sentiment de contrôle ?

— Plutôt pour avoir l'impression d'exister en tant qu'être humain. – Elle regarda Darya droit dans les yeux. – Mais de ça non plus, je ne veux pas parler.

— Je comprends qu'il y ait certains sujets que vous ne souhaitiez pas aborder.

— Je n'en doute pas, dit Frmesk. J'ai fait la connaissance de votre père.

Darya se mit à fixer le sol.

— J'en suis infiniment navrée.

— Ce genre de choses ne doit absolument pas se produire tant que je suis ici, Darya. Il faut que vous le compreniez.

— Je le sais. – Darya commença à se ronger un ongle. – J'ai aussi pu constater à quel point vous alliez mal, la dernière fois que je vous ai rendu visite. Vous ne devez pas hésiter à me dire si je peux faire quelque chose.

— Vous pourriez faire en sorte que votre père ne m'approche plus, dit Frmesk d'une voix lasse.

20

23 FÉVRIER 1988

HALABJA, KURDISTAN

Un avion traversa le ciel au-dessus des toits bigarrés de Halabja. Le bruit était si assourdissant que Frmesk enfonça ses doigts dans ses oreilles.

— Maman, appela-t-elle.

— Occupe-toi de ta sœur, Aso, dit Gawhar, assise sur un tapis, à quelque distance, en compagnie de Darwésh, du vieil ami de celui-ci et de son épouse.

— On compte les avions, maman, s'écria le garçon tout mince.

— Ils effraient ta sœur, poursuivit Gawhar. De toute façon, elle ne sait pas encore compter.

— Papa ? – Aso se tourna vers Darwésh. – Ce sont des chasseurs MIG ?

— D'après le bruit, je dirais que ce sont des MIG-29, répondit Darwésh.

Sirwan acquiesça et gratta sa barbe grise taillée court.

— On ne peut pas oublier ce son, une fois qu'il est inscrit en vous. – Il désigna la nourriture qui fumait dans les plats, entre eux, sur le tapis. – Ressers-toi.

Darwésh sourit et prit un naan *hawrami*, qui se trouvait dans son assiette. Quelques gouttes de gras dégoulinèrent au bout du rouleau et tombèrent sur son pantalon marron, dans lequel ses genoux flottaient.

— Ils lâchent des bombes, cria Aso.

Sa voix se brisa.

— Seulement dans les montagnes derrière nous, s'empressa de répondre Sirwan en souriant à ses invités d'un air embarrassé.

— J'ai l'impression qu'ils sont tout près, dit Aso.

Il plaqua son visage contre la fenêtre, tandis qu'il suivait du regard les trois chasseurs qui filèrent devant eux.

Frmesk se laissa tomber de sa chaise près de la fenêtre et courut jusqu'à Gawhar.

— Allons, ma fille, chuchota Gawhar en la prenant dans ses bras. – Les yeux de la petite étaient remplis de terreur. – Allah nous protège.

— Je crois qu'Allah est déçu, commenta Aso, qui était toujours collé à la vitre.

— Quelle drôle d'idée, mon garçon, dit Gawhar. Pourquoi Allah devrait-Il être déçu ?

— Je crois qu'Il est déçu d'avoir créé les hommes à Son image.

— Aso ! s'écria Gawhar, épouvantée. Allah me pardonne. Tu écoutes trop ton père. – Elle regarda Sirwan et secoua la tête. – Aso, personne n'a été créé à l'image d'Allah. Allah est seul et n'a pas d'enfants, pas de forme, tu le sais bien… Darwésh, qui lui a mis ces idées dans le crâne ?

Darwésh haussa les épaules.

— Pas Allah, en tout cas.

Gawhar leva les yeux au ciel.

— Allah, aie pitié de nous.

— Ce ne sont que des paroles d'enfant, dit Sirwan, d'une voix douce.

Soudain, une violente secousse traversa la maison, faisant sursauter tout le monde.

La femme de Sirwan s'empara d'un plateau et regarda autour d'elle, désorientée, tandis que son mari posait une main sur son bras.

— Laisse la nourriture à sa place, dit-il en se levant.

Gawhar se leva à son tour, péniblement, avec Frmesk agrippée à elle. Elle sentait battre le cœur de la petite.

Aso avait bondi loin de la fenêtre et trouvé refuge auprès de Sirwan, qui avait ouvert une porte.

— Nous ferions mieux de nous abriter dans la cave, dit Sirwan en donnant une tape dans le dos d'Aso. Dépêchez-vous de descendre.

— Chez nous aussi, on se cache dans la cave, cria Aso en dévalant l'escalier.

— Il n'y a pourtant pas tellement de bombardements par chez vous, fit remarquer Sirwan à l'enfant.

Aso secoua la tête et se retourna.

— Non, mais on se cache pour échapper aux soldats.

— Ils enrôlent de force de nombreux jeunes, à Zamua, ajouta Darwésh en poussant Gawhar et Frmesk vers la porte. Je ne veux pas que mes fils se fassent tuer dans une guerre où ils se battent entre eux.

— Ici, c'est déjà trop tard, dit Sirwan. Les jeunes garçons qui ne sont pas morts se sont enfuis ou servent dans une armée ou dans l'autre. Quant aux filles…

Il secoua la tête en silence.

La cave était humide.

Frmesk et Aso se blottirent contre Gawhar, qui s'était installée sur un banc, le long d'un des murs de la petite cave obscure. Elle tenait dans sa main un chapelet et un petit coran.

Aso était trop grand pour se cacher complètement, aussi était-il couché contre la poitrine de sa mère, tandis que Frmesk était entièrement enfouie, enveloppée dans l'étoffe douce de ses vêtements et son parfum rassurant. Elle n'aimait pas l'odeur de la pièce. Ça sentait l'eau croupie qu'il ne fallait pas boire.

Gawhar serra les deux enfants contre elle.

Il y eut une nouvelle déflagration, dont l'onde de choc se propagea à travers les murs de la cave, secouant le banc en bois sur lequel ils étaient assis. La respiration des enfants se fit haletante. Gawhar pouvait détecter l'angoisse dans leur haleine. Comme une maladie, comme une fièvre.

Ils tremblèrent sous les secousses de plusieurs explosions successives. Un gros morceau de plâtre se détacha du plafond et s'écrasa sur le sol, générant un nuage de poussière. Frmesk poussa un cri et se recroquevilla sur elle-même, avant d'être prise d'une quinte de toux.

Sirwan et Darwésh les rejoignirent dans la cave avec des serviettes mouillées dans les mains.

— Cachez vos visages là-dedans, dit Darwésh en les tendant à Gawhar. Il y a des bruits qui courent, poursuivit-il. L'air serait contaminé.

— Des gaz toxiques, dit Sirwan en aidant sa femme à envelopper le bas de son visage dans une serviette. On doit se protéger la bouche et le nez. Il paraît que le gaz a une odeur sucrée.

— Est-ce qu'ils essaient de nous gazer ? chuchota Aso en plaquant la serviette humide contre sa bouche et son nez.

— Je n'y crois pas, mon fils, répondit Darwésh. Ce sont juste des rumeurs. Qui gazerait son propre peuple ? – Il leva sa serviette en l'air. – Mais au moins, avec ça, on ne respire pas la poussière.

Au-dessus d'eux était suspendue une ampoule nue dont la lumière était étouffée par l'air opaque de la cave. C'était à peine si leurs visages étaient éclairés.

— On a l'impression de vivre en prison, ici, dit Sirwan, qui s'était assis à côté de sa femme, dont seuls les yeux étaient encore visibles.

Elle acquiesça.

— Personne ne peut se déplacer librement, poursuivit Sirwan. C'est l'enfer. – Il se mit à gesticuler fébrilement. – On a de moins en moins de répit entre chaque attaque. Beaucoup d'habitants de la ville ont été capturés.

— Des gens disparaissent, intervint sa femme. Principalement des jeunes filles et des femmes. Et on raconte qu'elles seraient vendues et violées, ou tout simplement exécutées…

L'angoisse enflamma son regard.

— Ce sont ces maudits Iraniens, lança Gawhar en posant un bras protecteur autour de la tête des enfants, de manière à couvrir leurs oreilles.

— Les Iraniens ? dit Sirwan en secouant la tête. Non, c'est Saddam qui cherche à nous briser. Il veut briser les Kurdes.

Darwésh émit un grognement et fit claquer les coins de ses lèvres, comme s'il écrasait des poux.

— C'est notre destin au cœur de l'islam.

— Darwésh ! gronda Gawhar, terrifiée, en serrant son petit coran dans sa main. Tu vas attirer les bombes sur le toit de Sirwan avec tes pensées.

— C'est pourtant vrai, dit Sirwan. Vers qui allons-nous nous tourner ? Les Iraniens et les Irakiens veulent nous exterminer, et en Turquie, on n'a même pas le droit de lire ou de parler notre propre langue.

— Le bain de sang ne cessera qu'une fois qu'ils auront effacé notre identité, ajouta Darwésh.

Une nouvelle déflagration secoua la maison au-dessus de leurs têtes, faisant pleuvoir encore plus de plâtre. L'ampoule frémit et s'éteignit le temps d'un instant oppressant, avant de se rallumer et d'émettre à nouveau sa lumière faussement rassurante sur les corps tendus de la petite assemblée.

— Combien de temps allons-nous devoir rester là ? glissa Aso, dans les bras de sa mère.

Gawhar resserra son étreinte.

— *Inchallah*. Plus très longtemps, mon fils. Si Allah le veut.

— Il nous est déjà arrivé de passer plusieurs jours ici, dit l'épouse de Sirwan, sans oser remonter chercher à boire ou à manger.

— On est obligés de se terrer dans des caves et des grottes, ajouta Sirwan. Comme des rats.

Gawhar regarda Darwésh. Le poids des années se lisait sur son front et on aurait dit que ses yeux s'étaient enfoncés dans son crâne. Il avait passé une grande partie de sa vie au service de l'armée irakienne de Saddam Hussein.

— Quel est ce mal ? dit-il à voix basse en regardant le sol sablonneux sous ses pieds.

Ses genoux saillaient sous le tissu fin de son pantalon.

— Ça ne va faire qu'empirer, poursuivit Sirwan. Ça ne va faire qu'empirer. On ferait mieux de parler d'autre chose. – Il s'avança et posa une main sur les poings serrés de sa femme.

— Ce ne sont que des rumeurs, mais il paraît qu'ils sont prêts à employer tous les moyens possibles pour détruire tout ce qui est kurde. Les écoles, les hôpitaux, nos villages. Même nos mosquées seraient en danger tant que nous nous y réfugierons, dit cette dernière.

— *Auzubillah.* Ce n'est pas possible ! s'exclama Gawhar. Il n'y a donc personne qui veuille nous venir en aide ?

— On dit qu'ils ont invoqué l'*Al-Anfâl* contre nous.

— L'*Al-Anfâl* ? s'interrogea Gawhar.

L'épouse de Sirwan opina.

— Comme dans la huitième sourate.

— La victoire des musulmans sur les mécréants, chuchota Gawhar.

— Le butin de guerre, ajouta Darwésh. Voilà ce que nous sommes. Un butin de guerre. Avec la bénédiction de ce satané Coran.

— Les pays occidentaux soutiennent tout ça et ferment les yeux sur ces agissements, dit Sirwan.

— Évidemment. Ils font ça pour s'assurer le pétrole que renferme notre sous-sol. Maudit soit le traité de Lausanne qui a offert le Kurdistan aux hyènes sur un plateau, dit Darwésh. Je ne serais pas étonné si Saddam parvenait à convaincre l'ensemble du monde musulman que tout ça n'est qu'une guerre contre les infidèles.

— On n'est pas des infidèles, protesta Gawhar.

— Mais on est des Kurdes, dit Darwésh.

— Proclamés infidèles et qu'il faut donc exterminer, ajouta Sirwan.

— Il y a bien quelqu'un à qui vous pourriez parler, dit doucement Gawhar. Dans l'armée, je veux dire. On ne sait même pas si c'est vrai.

— Plus personne n'écoute, dit Sirwan, qui avait enfoui son visage dans ses mains. On est des Kurdes, c'est tout ce qui compte.

Aso regarda son père.

— Quand est-ce qu'on va pouvoir rentrer chez nous ?

— Je n'en sais rien, mon fils, répondit Darwésh en se tournant vers sa femme.

Ils pourraient sans doute bientôt quitter Halabja, mais pour Sirwan et sa famille, c'était une autre histoire. Les habitants de Zamua avaient interdiction formelle d'abriter des Kurdes de la province. Si vous désobéissiez, vous étiez considéré comme rebelle et les soldats pouvaient vous arrêter ou vous abattre sans autre forme de procès.

21

La nuit avait commencé à tomber sur les maisons de Halabja quand la famille quitta la ville et ses nombreux regards silencieux. À plusieurs endroits, les bombes avaient soufflé des toits ou éventré des bâtiments. Des débris de murs encombraient les rues et ils virent même des cadavres ensanglantés et mutilés. Certaines habitations étaient abandonnées. Sur d'autres, des bâches avaient été tendues sur les toits détruits pour protéger du vent, du soleil et de la pluie.

Gawhar embrassa les cadavres du regard et, dans ses pensées, elle les lava avant de les envoyer dans le royaume des morts. Ils n'auraient pas dû reposer comme ça, à la vue de tous, dans la poussière et leur propre sang coagulé. Ce n'était pas bien et cela blessait son âme.

Elle remarqua que Darwésh la regardait.

— Ce serait trop dangereux de s'arrêter ici. Les enfants…

— Concentre-toi sur ton volant, gronda-t-elle, légèrement contrariée.

— D'autres personnes s'occuperont d'eux, poursuivit-il doucement. Ce n'est pas à toi de laver toutes les victimes de la guerre.

Elle acquiesça. Personne ne pouvait le voir. Mais elle acquiesça. Ils avaient dû laisser Sirwan et sa famille. Il aurait été trop risqué de les emmener, cela ne faisait aucun doute. Mais combien de temps se passerait-il avant que ce soient leurs corps qui gisent dans la rue, déchiquetés et sanguinolents ?

— Les soldats de Saddam les auraient certainement découverts chez nous, dit Darwésh.

— Arrête de lire dans mes pensées.

Il la regarda.

— Je ne peux pas lire dans tes pensées, ma chérie.

— Alors, arrête de le faire.

Des bombes explosèrent à proximité, dans un fracas épouvantable, et une série d'ondes de choc secouèrent la voiture.

Frmesk se colla à Aso, sur la banquette arrière. Le garçon prit ses deux petites mains et les serra bien fort, mais lui-même tremblait de tout son corps.

À l'avant, Gawhar se mit à murmurer une sourate.

— Tu récites une prière, maman ? demanda Aso.

Gawhar acquiesça et continua de prier.

Darwésh freina brusquement, si bien que tous furent projetés en avant.

— *Bismillâh*, que fais-tu ? cria Gawhar, effrayée.

Un peu plus loin, un vieux camion militaire était garé en travers de la route, entouré de plusieurs groupes de soldats en uniforme et les armes à la main.

Les soldats se dispersèrent comme une nuée de moineaux pris pour cible par un faucon, lorsqu'un nouveau groupe d'hommes apparut.

— C'est Ali Hassan al-Majid, chuchota Darwésh. Le cousin de Saddam.

— Le ministre ? lâcha Gawhar avant de plaquer une main devant sa bouche.

Darwésh hocha la tête.

Il y avait deux voitures devant eux, et ils purent voir un des soldats s'approcher de la première. Il cogna plusieurs fois sur le toit du véhicule.

— Sortez. Venez saluer le ministre ! hurla-t-il en donnant un coup de pied dans la portière de la voiture.

Les portières s'ouvrirent des deux côtés, et un couple sortit prudemment dans la rue. Ils s'immobilisèrent, le dos courbé et le regard rivé sur le gravier devant leurs pieds.

— Pourquoi cet homme en bonne santé ne sert-il pas dans l'armée ? cria al-Majid tout en se dirigeant avec deux autres soldats vers l'homme courbé.

Darwésh pouvait voir qu'il tremblait. Il avait les épaules rentrées et piétinait.

— C'est peut-être un Kurde de Halabja ? – Al-Majid éclata de rire et invita ses soldats à l'imiter en agitant les bras au-dessus de sa tête. – De la progéniture de Kurde. C'est tout juste bon à servir de cible. – Il savoura les acclamations de ses soldats, comme un chat savoure l'instant où la souris se retrouve prise au piège sous sa patte. – Vous vous êtes exercés au tir, aujourd'hui ? lança-t-il par-dessus son épaule en direction du camion. On pourrait peut-être avoir besoin de celui-là. Certes, il est un peu maigrichon, mais peut-être qu'on pourrait quand même le cribler de balles si on l'attachait à un poteau ?

— Pitié, cria la femme, de l'autre côté de la voiture, avant de se jeter à terre et de ramper devant les pieds d'al-Majid. Pitié, Excellence… Ne faites pas de mal à mon mari. Je vous en supplie. Ne faites pas de moi une veuve ni de ses enfants des orphelins.

— Mais qu'est-ce que… ? s'exclama al-Majid en arabe en tirant son pistolet de l'étui qui pendait à sa ceinture. C'est à moi que s'adresse la femelle kurde ?

— Prenez-moi, cria la femme.

— Ces Kurdes sont complètement cinglés, poursuivit al-Majid en pointant son arme sur la nuque de la femme.

L'homme tomba à genoux à côté de son épouse et leva ses mains jointes vers le ministre, comme si c'était Allah en personne.

Darwésh donna un coup de klaxon et attira aussitôt sur lui l'attention de tous.

Deux soldats coururent jusqu'à leur voiture et ouvrirent brusquement sa portière.

Frmesk poussa un hurlement et se blottit contre Aso.

— Tu klaxonnes le ministre ? cria un des soldats en essayant de sortir Darwésh de sa voiture, mais celui-ci repoussa sa main et le regarda droit dans ses yeux noirs.

— J'ai appuyé involontairement sur le klaxon, dit-il alors sans détourner le regard du visage du jeune soldat.

— Dehors, cria l'autre soldat en arabe. Tout le monde, dehors !

— Ce n'est pas la peine d'effrayer les enfants, dit Darwésh d'une voix posée. Ils sont l'avenir de l'Irak.

Les deux soldats regardèrent en direction de la banquette arrière. Ils tenaient fermement leurs armes devant eux. Prêts à engager un combat rapproché.

— *Yâ Allâh*, dit Darwésh en sortant un papier de la boîte à gants de la voiture. Mon épouse connaît le Coran par cœur et je suis un ancien colonel de l'armée irakienne.

Un des soldats s'empara du document et le déplia en hochant lentement la tête.

— Il dit vrai. C'est un ancien colonel de chez nous.

L'autre soldat se pencha pour scruter l'habitacle de la voiture.

— Vous n'avez rien à faire ici. C'est une zone interdite.

— Nous sommes venus chercher du tissu pour une robe, dit Darwésh en récupérant son document. Pour ma fille aînée, qui doit se marier, mais figurez-vous qu'on n'a rien trouvé de la qualité souhaitée.

— Vous auriez pu vous épargner le déplacement, gronda le soldat. Ici, il n'y a rien d'autre que de la vermine kurde et des brigands.

— Mais on aura bientôt tout nettoyé, ajouta l'autre soldat en donnant un coup de pied dans un caillou, qui fusa sur la route, derrière eux.

— Ça, je n'en doute pas, dit Darwésh en baissant les yeux sur les bottes des soldats. Et maintenant, on aimerait bien pouvoir repartir. On a encore beaucoup de route à faire. – Il leva le regard et haussa les sourcils. – Je suis désolé pour le coup de klaxon. Comme je vous l'ai expliqué, c'était involontaire. Je suis prêt à m'excuser personnellement auprès du ministre.

Un des soldats secoua la tête.

— Ce ne sera pas nécessaire. Vous n'avez qu'à dépasser les véhicules par la droite. – Il donna une légère tape sur le toit de la voiture et regarda Darwésh d'un air embarrassé. – Mon colonel…

— Oui ?

— Pour votre bien… Vous feriez mieux de ne jamais revenir dans cette ville.

Darwésh acquiesça et laissa son regard dériver vers la voiture de tête. Al-Majid avait rangé son pistolet dans son étui.

— Lui, là-bas, dit Darwésh en désignant l'homme qui était toujours à genoux avec sa femme. Je ne le connais pas personnellement, mais je l'ai vu quelques fois, et il me semble qu'il fournit des cigarettes aux soldats irakiens. – Il tourna son visage vers les soldats. – Il ne reste plus beaucoup de commerçants honnêtes dans cette partie du pays. Ne faites pas attention à sa femme. D'après ce que je sais, elle a la réputation d'être hystérique. Je l'ai déjà vue intégralement voilée, alors ça ne m'étonnerait pas qu'elle reçoive ce qu'elle mérite quand ils seront de retour à la maison.

Sur ce, les soldats lui firent signe de circuler.

Les amortisseurs de la voiture émirent un grincement lorsque Darwésh appuya sur l'accélérateur et passa devant le lieu de l'incident. Ils purent voir que l'homme et la femme avaient reçu l'ordre de remonter dans leur voiture.

Darwésh gigota sur son siège. Il avait l'impression d'être assis sur un brasier.

— *Al-hamdu lillâh*, chuchota Gawhar. Si tu n'avais pas été un si bon comédien, nous serions tous morts, à l'heure qu'il est.

— Mes ancêtres ont dû se retourner dans leur tombe, marmonna Darwésh. Ça m'a blessé jusqu'au fond de l'âme. – Il se redressa pour décoller son dos du siège poisseux. – C'est une partie de moi qui s'en va chaque fois que je mens en me faisant passer pour un musulman… C'est incroyable que je n'aie pas encore complètement disparu. Je déteste trahir ma propre religion.

Gawhar regarda droit devant elle. Elle eut un léger sourire, à peine perceptible. Darwésh était en colère, elle le savait, et elle avait de la peine à l'idée qu'il lui fût si douloureux de mentir. Mais c'était pour elle qu'il mentait, et cela lui réchauffait le cœur plus que toute autre chose. Elle tourna la tête pour le regarder.

— D'après toi, de quoi parlait le soldat quand il a dit qu'on ferait mieux de ne pas revenir ?

22

16 MARS 1988

ZAMUA, KURDISTAN

Ses petits orteils s'enfonçaient dans le gravier entre les rangs de plants de tomates, si bien qu'une petite cuvette s'était formée sous son pied. Frmesk leva les mains pour toucher la couronne de fleurs qui enserrait ses cheveux bouclés. C'était un cadeau de Darwésh. Il l'avait confectionnée avec un narcisse et des anémones bleues qu'il avait cueillis dans le jardin plus tôt dans la journée.

— Que fais-tu, Frmesk ?

Frmesk leva les yeux et regarda Gawhar.

— Orteils…

— Où as-tu abandonné tes chaussures, fillette ?

Frmesk fit la grimace et demi-tour, tandis qu'elle scrutait les plantes.

— Chaussures ? répéta-t-elle.

Dans une de ses mains, elle tenait l'anse d'un petit seau rose que Darwésh lui avait acheté et sur lequel il avait peint des papillons verts. Elle avait rempli son seau de petites tomates du jardin.

— Oui, tes chaussures jaunes, dit Gawhar.

Une tomate tomba du seau de Frmesk et roula dans l'allée.

— Oh ! s'écria-t-elle, lorsque, dans une tentative pour la ramasser, elle en fit tomber d'autres.

Gawhar secoua la tête et s'empara de son seau.

— Allez, rentrons. Le repas ne va pas se faire tout seul. – Elle s'arrêta, fouilla dans le seau et sélectionna une tomate extra-mûre parmi celles qui restaient. – Tiens, goûte, dit-elle avant de croquer une bouchée qu'elle trempa dans le sel qu'il y avait au fond de la poche de son tablier.

Frmesk tendit la main et fourra aussitôt le morceau de tomate salé dans sa bouche. Son visage se crispa.

— C'est bon pour toi, assura Gawhar avec un hochement de tête. Tu as besoin de sel, ma petite.

— Sel, fit Frmesk en riant et en se léchant autour de la bouche. Encore tomate.

— Tu en auras d'autres dans la cuisine, dit Gawhar en prenant la main de la fillette. – Elle jeta un regard par-dessus son épaule. – On enverra ton père chercher tes chaussures tout à l'heure.

L'air, dans la maison, était irrespirable. Sept femmes du groupe de prière de Gawhar étaient restées après la séance. Elles étaient rassemblées dans le salon, mais on pouvait entendre leurs voix jusque dans la cuisine, où Rubar était en train de préparer à manger dans des cocottes. C'était une des règles de vie de Gawhar : qu'il y ait toujours suffisamment à manger à la maison pour les invités, même si, aux yeux des habitants de la ville, elle assumait la tâche honteuse de laver les jeunes filles et les femmes décédées dont les corps n'avaient pas été réclamés. Et il était rare qu'ils n'aient pas d'invités, car beaucoup de ceux qui ne les méprisaient pas avaient l'habitude de venir chercher conseil auprès de Gawhar et de Darwésh.

Rubar était assise, occupée à désosser des poulets cuits.

— Peux-tu donner les tomates à ta sœur ? dit Gawhar. Elles seront à mettre dans la soupe, une fois coupées en quatre… Es-tu sûre qu'elles soient suffisamment savoureuses ?

Frmesk tendit les tomates à Rubar, et elles disparurent une à une dans la grande marmite après être passées entre les mains de Rubar.

Frmesk était accroupie à côté d'elle et observait chaque morceau de tomate. Ses coudes étaient appuyés sur ses genoux, tandis que son menton et ses joues reposaient dans les paumes de ses mains.

— Il n'y en a pas assez, soupira Rubar à voix basse.

— Quoi ?

Gawhar retourna un naan *hawrami*.

— Les tomates. Il n'y a pas assez de tomates pour une si grande quantité.

— Dans ce cas, tu n'as qu'à aller en chercher d'autres dans le jardin, murmura la vieille femme. Il faut que je retire tout de suite ces pains de la plaque.

Rubar frotta ses mains l'une contre l'autre pour se débarrasser des pépins de tomates qui lui collaient aux doigts et se leva.

— Emmène Frmesk avec toi.

La fillette gratifia sa sœur d'un sourire radieux.

Rubar la prit par la main.

— Baban a peut-être envie de nous accompagner ? fit Rubar.

— Non, répondit Gawhar. Il est avec ton père dans la bibliothèque. Ces deux-là sont certainement plongés dans un livre.

— Chaussures ! s'écria Frmesk.

— Tu veux qu'on aille chercher tes chaussures ? demanda Rubar en regardant les pieds de la petite.

Frmesk acquiesça.

— Le jardin.
— Tes chaussures sont dans le jardin ?
— Dans le jardin, répéta Frmesk en hochant la tête.
— Tu te rappelles où tu les as laissées ? poursuivit Rubar.
— Tomates.
— Alors, c'est par là qu'on va commencer à les chercher.

La main de Rubar s'était refermée sur celle de la fillette et elle pouvait sentir ses petits doigts remuer doucement contre sa paume.

Les plantes étaient tellement hautes qu'elles dépassaient Rubar.

— Elles sont comment, ces chaussures ?
— Jaunes…

Rubar opina du chef.

— J'aperçois quelque chose de jaune, là-bas, devant les concombres. Tu penses que ça pourrait être tes chaussures ?
— Oui, dit Frmesk avec un petit rire, avant de se libérer.

Elle s'agenouilla près des plants de concombres et ramassa ses chaussures.

Rubar la rejoignit et, avec la main, lui brossa la plante des pieds avant qu'elle ne se rechausse.

— Voilà c'est tout bon, maintenant.

Frmesk sourit, faisant apparaître deux petites fossettes sur ses joues.

— Viens, dit Rubar, en aidant la fillette à se relever. Laisse-moi brosser aussi ta robe. – Ses mains glissèrent délicatement sur la robe courte. – Tu es une si belle petite fille, poursuivit-elle, tandis que les larmes lui montaient aux yeux.

Elle regarda vers le ciel, au-dessus du toit. La guerre grondait comme le tonnerre à proximité de la ville. On pouvait même entendre des gens appeler et crier.

— Ramassons quelques tomates et rentrons, chuchota Rubar.

— Revenez ! cria Darwésh depuis la porte qui donnait sur le jardin.

— Oui, papa, répondit Rubar. Que se passe-t-il ?

— Je ne sais pas.

L'homme âgé posa une main sur la tête de Frmesk lorsqu'elles se faufilèrent devant lui en rentrant dans la maison. Il resta là un instant. Il n'avait pas plu depuis plusieurs semaines, et non seulement l'air, mais aussi les murs sablonneux et friables de la maison étaient secs, comme s'ils avaient cuit à basse température pendant des années dans un four en terre. Quelque part dans la ville, des voix s'élevèrent. Par-ci, par-là, des vagues de cris se faisaient entendre. Des sanglots hystériques. Des gémissements plaintifs.

Soudain, la porte d'entrée s'ouvrit et Aso se précipita dans la maison.

— Papa, appela-t-il. Papa, il faut que tu viennes.

Darwésh s'empressa de rejoindre le garçon dans l'entrée et le saisit par les épaules.

— Du calme, mon fils. Qu'y a-t-il ?

Aso haletait.

— Ils disent qu'il s'est passé quelque chose d'horrible à Halabja.

— Quelque chose d'horrible ?

Derrière eux, dans le séjour, l'affolement s'empara des femmes du groupe de prière.

— Quoi ? Qu'est-ce qui s'est passé à Halabja ? cria l'une d'elles.

— Mon fils ! hurla une autre. Mon fils habite à Halabja. Allah ait pitié de moi, pauvre femme.

Gawhar débarqua à son tour, regardant autour d'elle, comme égarée.

— Que se passe-t-il ? – Elle s'essuya les mains dans son tablier. – Pourquoi toute cette agitation ?

— Il est arrivé quelque chose à Halabja, répondit Darwésh. Aso l'a entendu dire dans la rue.

Le regard de Gawhar oscilla entre Darwésh et Aso.

— Je dois sortir, dit Darwésh.

— Allah ait pitié de nous, s'écria une femme du groupe de prière en récupérant son tchador, qui était accroché dans l'entrée. Les autres femmes l'imitèrent et ce fut bientôt l'effervescence dans l'entrée. Darwésh aida la première à enfiler son tchador et ouvrit la porte.

— Aso, aide les femmes à se rhabiller. Je sors. Toi, tu restes avec tes sœurs.

— Mais, papa…

— Reste avec tes sœurs, Aso.

— *Lâ ilâha illallâh !* brailla une petite femme potelée. Il n'est d'autre dieu qu'Allah. Allah ait pitié de nous.

— Mon fils ! Mon fils !

Des voix se joignaient de tous côtés. La panique se répandait des rues vers les maisons et des maisons vers les rues. Quelque part dans le voisinage retentit une rafale de kalachnikov. Les cris allaient et venaient, tantôt éplorés, tantôt hystériques. La rue devant la maison grouillait de monde. Une femme s'était laissée tomber à genoux et implorait la clémence d'Allah, les bras tendus vers le ciel.

— Ce sont des gaz toxiques, criait un homme, encore et encore. Ils ont tué tout le monde à Halabja avec des gaz toxiques.

— La prochaine fois, ce sera notre tour, hurla une voix stridente de femme.

— Mon Dieu, s'écria Gawhar en se précipitant dans la rue avec les dernières femmes de son groupe de prière. – Aso était sur ses talons. – Reste avec les petits, lança-t-elle par-dessus son épaule à Rubar. Reste avec Baban et Frmesk, on revient tout de suite… Il faut qu'on retrouve papa…

Rubar se recroquevilla sur elle-même, elle avait pris Frmesk dans ses bras et serrait contre elle le corps chaud de la fillette. Puis elle repensa à la nourriture, qui cuisait peut-être encore à feu vif sur le réchaud à gaz de la cuisine.

— Baban, tu vas devoir surveiller ta sœur pendant que je m'occupe de la cuisine.

— Mais j'ai envie de faire pipi… Je peux faire pipi ?

— Oui, bien sûr que tu peux, mon fils. Ensuite, quand ce sera un peu plus calme, tu pourras aller dans le jardin chercher des feuilles de vigne pour le *dolma*, d'accord ?

Le garçon acquiesça avec un sourire.

— Mais tu n'as pas le droit de sortir du jardin… tu comprends ?

Il lui avait déjà tourné le dos et filait vers les toilettes.

— Tu peux rester assise ici quelques instants ? poursuivit-elle en posant Frmesk sur un des beaux tapis persans du séjour, près des étagères sur lesquelles étaient rangées les nappes chamarrées.

Les femmes avaient déserté la pièce dans une telle hâte que le sol était jonché de tapis turcs et de coussins. Personne n'avait pris le temps de ranger.

— Je ferai le ménage tout à l'heure, marmonna-t-elle avant de se retourner vers Frmesk. Tu es bien assise ?

Frmesk hocha la tête. Rubar courut dans la cuisine où, comme elle le redoutait, la nourriture bouillonnait dans les marmites. Elle prit deux poires et les coupa en quartiers, puis retourna voir Frmesk avec les fruits et un morceau de naan.

— Tu peux manger ça ?

Frmesk fit oui de la tête et tendit les bras en l'air.

— Poire.

Son regard s'illumina.

— De la poire, c'est bien ça, mon ange. – Rubar eut de nouveau les larmes aux yeux. – Il faut que je finisse de préparer le repas, sinon tout va être perdu.

Du jus de poire coula sur le menton de Frmesk, et Rubar s'empressa de l'essuyer avec un torchon. Elle aurait dû lui donner une assiette, mais pour l'instant, elle avait autre chose à faire.

— Reste ici, ma chérie, et mange tes poires. Je… Grande sœur est juste à côté, dans la cuisine.

La fillette acquiesça, si bien que ses boucles noires dansèrent autour de sa tête, tels des papillons.

Dans la cuisine, Rubar s'agenouilla devant les cocottes. Des larmes coulaient le long de ses joues. Elle remua énergiquement le riz avec une cuiller. La couche inférieure était collée à l'émail, mais cela ne sentait pas le brûlé, aussi était-ce rattrapable.

Elle bondit sur ses jambes et courut jusqu'à la porte du jardin. Baban déambulait entre les rangs de vignes et cueillait des feuilles. Les plus grosses, apparemment. Elle fit volte-face et s'empara du reste des tomates, qu'elle trancha et versa dans le ragoût, où mijotaient de longues bandes de viande de mouton. Le parfum était à la fois intense et délicat. Elle tourna la cuiller dans la cocotte et vit les morceaux de tomates ramollir et fondre peu à peu. Ses pensées étaient tiraillées entre le repas, les enfants et les cris dans la ville. Elle pouvait entendre d'effroyables hurlements de femmes jusque dans la maison, ainsi que des tirs sporadiques.

Rubar baissa le feu du réchaud à gaz. La cocotte devrait continuer de chauffer à feu doux en attendant le repas.

Elle redressa la tête. Si un drame avait eu lieu, les autres ne rentreraient peut-être que bien plus tard et sans les femmes du groupe de prière, qui étaient généralement affamées. S'il y avait des morts. Si sa mère était obligée de s'occuper des défunts. Elle se leva et rassembla les nombreux naans, qu'elle emballa dans un linge. Soigneusement. Elle attendait avec impatience le jour où l'on descendrait le corps d'Anwar de la montagne, mais elle n'osait y penser. Pourtant, elle ne pouvait s'en empêcher. Cette idée était bien là, en elle. Elle l'habitait. Elle regarda ses mains. Elles s'étaient enfoncées dans les pains. Elle les reposa. Elle se demanda si les pleurs donnaient à la nourriture un goût plus doux ou plus amer. S'il était déjà arrivé que quelqu'un sente ses larmes en mangeant les plats qu'elle avait préparés. Elle n'aurait qu'à dire qu'elle avait fait tomber les pains. Son cœur pleurait. À côté, dans le salon, Frmesk mangeait des poires.

Des vagues de cris continuaient de parcourir la ville, mais il y avait plus de sanglots dans l'air, à présent. *Des gaz toxiques à Halabja.* C'étaient les mots qu'elle avait entendus. Cela semblait presque impossible. Il n'existait rien de plus horrible. Et si les gaz dérivaient jusqu'à Zamua ? Est-ce qu'eux aussi mourraient ?

Elle se précipita dans le couloir. Si les gaz venaient, elle voulait mourir avec sa fille dans les bras. Elle l'embrasserait, la serrerait contre elle et l'appellerait *ma fille*. Et Baban pourrait l'appeler *ma sœur*.

— Baban ! appela-t-elle. Baban, viens ici avec nous.

Elle se figea sur le pas de la porte du séjour. Elle se pétrifia comme un gibier à l'instant précis où la balle perce sa peau et déchire sa chair.

— Que fais-tu, Tofiq ?

Frmesk avait disparu sous le vieil homme. Il tenait un coussin sur son visage. Il appuyait tellement fort que ses poings s'enfonçaient presque dans le tapis.

— Que fais-tu, Tofiq ? cria-t-elle.

Tofiq lâcha le coussin en entendant sa voix et ramassa sa canne pour pouvoir se relever.

— Va-t'en ! siffla Rubar.

— Détends-toi, dit Tofiq d'une voix rauque en remuant Frmesk du bout du pied, si bien qu'elle prit une grande inspiration et se mit à pleurer. Je jouais juste un peu avec elle. Elle avait été abandonnée dans ce chaos.

Il suivit Rubar du regard, tandis qu'elle se laissait tomber à genoux près de sa fille.

Elle prit Frmesk dans ses bras.

— Respire, oui, voilà, respire.

— Que va penser Anwar quand il apprendra comment tu traites son grand-père ? poursuivit Tofiq. Ça risque de ne pas lui plaire.

— Oui, oui, je sais, tonton Tofiq est bête, chuchota Rubar.

— Tonton Tofiq, gronda le vieillard ? Tu n'as donc aucun respect pour son arrière-grand-père ? C'est comme ça que tu éduques ta fille, Rubar ?

Mais Rubar l'ignora.

— On aurait dû l'enterrer vivante, cette sale gamine. Cette maudite gamine n'est pas de ma famille.

Rubar le regarda droit dans ses yeux bleu pâle.

— Anwar a fait en sorte que ni toi ni Bahra n'ayez plus à la voir, dit-elle.

— Il y a déjà bien assez de femmes dans ma famille, grogna le vieillard.

— Ce n'est pas la faute de ma fille si tu n'as pas réussi à avoir des fils, et je ne veux plus jamais que tu l'approches… espèce d'assassin. – Elle regretta aussitôt ces dernières paroles. – Excuse-moi.

— Je vais veiller à ce qu'Anwar apprenne ce que tu viens de me dire. – Le visage de Tofiq s'empourpra. – Par la bouche de Bahra, comme ça tu sais que les coups pleuvront deux fois plus.

— Donc, tu vas tout raconter à la mère de mon mari ?

Elle baissa la tête avant même qu'il ait achevé sa phrase. Bahra serait éternellement couverte de sang, pensa-t-elle.

— Ça, tu peux me croire ! cria le vieil homme.

— Tofiq, fit une voix puissante.

À ce bruit, le vieillard se tourna vers la porte.

— On se calme.

Darwésh entra dans le salon avec Baban. Une des mains du garçon était pleine de feuilles de vigne.

Tofiq s'inclina légèrement.

— Bien sûr.

— Monsieur Tofiq, s'exclama Gawhar en arrivant. Vous êtes là ? Vous voulez manger avec nous ?

D'après les bonnes odeurs que je sens, il semblerait que mon ingénieuse fille soit parvenue à sauver le repas que j'avais commencé à préparer pour les femmes de mon groupe de prière.

— Non merci, ronchonna Tofiq en se faufilant devant les nouveaux arrivants. Je suis attendu chez ma fille.

— Dans ce cas, tu ferais mieux d'y aller, dit Darwésh. Elle ne se soumet à aucun homme.

Tofiq plissa les paupières, si bien que ses yeux ne formèrent plus que deux petites fentes, puis il secoua la tête.

— Je vous souhaite un bon appétit… Rien d'autre.

Rubar était toujours assise sur les tapis, serrant Frmesk contre sa poitrine.

Gawhar entreprit de ramasser les coussins éparpillés sur le sol.

— C'est un monstre, sanglota Rubar. Il s'est introduit ici, comme une hyène, en profitant du bruit qu'il y avait dans la rue. – Son corps tremblait. – Maman, il a essayé d'étouffer Frmesk.

— Que dis-tu ? s'écria Gawhar. Tu es sûre ?

— C'est une accusation grave, ma fille, ajouta Darwésh.

— Mais c'est la vérité, dit Rubar en les regardant, les yeux écarquillés. Là, sur ce tapis… avec un coussin… Elle était toute molle. C'est Bahra, maman, tu la connais, tu sais de quoi elle est capable…

— Ce démon, l'interrompit Gawhar en fixant Rubar. Ton père va régler cette affaire, n'est-ce pas, Darwésh ? – Elle s'assit par terre à côté de sa fille et de sa petite-fille. – Tu vas bien, ma fleur ?

Frmesk rampa jusqu'à elle.

— Si cet homme croit qu'il peut s'introduire chez moi comme ça et agresser mes filles, dit Darwésh.

Gawhar poussa un long soupir.

— Nous ferions mieux d'oublier cette histoire pour l'instant, même si nous voudrions tous que cet homme et sa descendance nous fichent la paix. Il y a eu suffisamment de morts et de haine pour aujourd'hui. Seul Allah sait combien de cadavres gisent dans les rues de Halabja et si ce ne sera pas notre tour, la prochaine fois.

— Tu vas effrayer les filles, dit Darwésh. Zamua est une ville bien trop grande pour ce genre d'attaque.

— Peut-être, dit Gawhar en se pelotonnant contre Frmesk. Ils le savaient sûrement déjà quand on y était… C'est pour ça que le soldat a dit qu'il ne fallait pas qu'on revienne.

— Et M. Sirwan et sa famille ? Est-ce qu'ils sont… ? demanda Rubar.

— Je ne sais pas, répondit Darwésh en lui caressant tendrement les cheveux. Je n'arrive pas à les joindre.

23

21 MARS 1988

ZAMUA, KURDISTAN

Gawhar sortit du four une plaque couverte de *koulitchs* dorés. La vapeur s'éleva comme une brume épaisse à travers la pièce avant d'atteindre le plafond et de refluer vers le sol.

— Bas les pattes, dit-elle en donnant une légère tape sur les doigts de Baban. Ils sont trop chauds, gros bêta.

— Mais Frmesk veut les goûter, dit-il d'un air maussade en adressant à sa grand-mère un regard où se lisaient à la fois de la gourmandise et de la colère pour le coup qu'il venait de recevoir.

Gawhar posa le plat sur la table en acier, près de la fenêtre donnant sur le jardin.

— Darwésh, appela-t-elle. Tu ne viens pas ?

— J'arrive, répondit son mari en passant la porte.

— Tu veux bien emmener Baban dans le jardin avec les autres ? Il ne peut pas s'empêcher de toucher aux gâteaux.

Darwésh tendit la main à Baban.

— Frmesk vient aussi avec nous, dit le garçon en regardant les gâteaux avec avidité.

Le parfum des noix grillées et du sucre avait sur lui un effet irrésistible.

— J'ai besoin d'elle dans la cuisine, dit Gawhar.

— Elle est trop petite pour t'aider, rétorqua Darwésh. Elle est juste assise là, à sourire.

— Elle surveille les dattes pour moi, répondit Gawhar, agacée. La cuisine est un langage, et les filles apprennent mieux les mots si on commence à les leur enseigner dès le plus jeune âge.

— Mais on a un jardin plein d'enfants. Est-ce qu'elle ne pourrait pas apprendre à surveiller la nourriture une autre fois ? gronda Darwésh.

— Une fille doit savoir gérer une cuisine dès dix ans, tu le sais bien.

— J'imagine qu'on survivra, rétorqua Darwésh avec un petit sourire, même si elle ne devient une véritable femme au foyer qu'à dix ans et un jour.

Gawhar lui tourna le dos et tripota les gâteaux sur la plaque.

— On n'aurait pas pu les sauver, dit Darwésh.

— Mais on n'a pas non plus essayé…

— Je sais bien que ce n'est pas facile de célébrer Newroz dans ces conditions, mais on a dit qu'on le ferait pour les enfants. – Il s'approcha de Gawhar. – J'ai toujours connu Sirwan, d'aussi loin que je me souvienne.

Elle répartit les gâteaux sur la plaque.

— On les connaissait tous les deux depuis longtemps. Et qui te dit qu'on n'aurait pas pu les aider ?

— Tu as vu toi-même comment les soldats contrôlaient tout à Halabja. – Il soupira. – Est-ce qu'on pourrait arrêter de tout le temps nous sentir coupables de tout ce qui arrive ?

— Imagine… Mourir de cette manière, poursuivit-elle doucement, en le regardant. Abandonnés de tous.

Il la tira doucement à lui et l'embrassa sur le front.

— Merci pour la belle cérémonie que tu as donnée pour leurs âmes.

— Leurs âmes… Muhammad a dit des prières pour les morts. Il m'émeut chaque fois qu'il récite une sourate du Coran.

— C'était formidable, quoi qu'il en soit. Et ça m'a réchauffé le cœur dans un moment sombre. On doit rester forts. Pour les petits.

Elle prit une profonde inspiration.

— J'emmène Baban. Tu n'auras qu'à nous rejoindre avec Frmesk quand tu auras terminé.

Dans le jardin, tous les enfants couraient, les grands comme les petits, en se jetant de petits sacs remplis de haricots secs. C'était un jeu qui se pratiquait souvent dans le jardin de Gawhar et de Darwésh, et nulle part ailleurs de la même manière, car c'était un des rares endroits où les garçons et les filles étaient autorisés à jouer ensemble. Il y avait des hourras et des cris, et ces voix joyeuses dansaient partout parmi les arbres. Hanar courait avec ses grands frères, Baban et les autres petits-enfants de la famille. Aso était là aussi.

Darwésh se dirigea vers Hawré et tapa doucement sur l'épaule de l'homme sourd et muet pour avoir son attention. Il pointa du doigt Hanar et sourit. Hawré acquiesça et dit en langage des signes : *Oui, elle est devenue grande*. Ses mains continuèrent de parler.

— Gawhar ressent la même chose, répondit Darwésh. – Il regarda en direction des montagnes et de la colline de Mamayara où, en plusieurs endroits, s'élevaient des colonnes de fumée produites par des bûchers et des flambeaux. – Mais nous avons quand même préparé un bûcher pour les enfants. Ceux qui sont vivants et ceux qui sont morts. Ces gens, là-haut, et ceux qui sont dans les rues, doivent être des *jahsh**. Qui d'autre pourrait avoir l'idée de faire ainsi la fête en pleine période de deuil après ce qu'il s'est passé à Halabja ? Cinq mille morts et au moins dix mille blessés. Ils ne s'en remettront jamais. Et ça continuera pendant plusieurs générations. Quand je pense que j'ai servi ce gouvernement. – Il scruta le visage de l'homme sourd. Puis il leva les mains et forma des mots muets. – Comment te sens-tu, Hawré ? Vous vous en sortez, à la maison ?

Hawré hocha la tête et répondit.

— Ils ont l'air heureux quand ils sont de sortie, mais à la maison, c'est bien sûr autre chose. Ça a été une perte terrible. – Ses mains se turent un instant. – J'ai honte qu'on n'ait jamais découvert ce qu'il s'est passé.

Le regard de Hawré se perdit dans le vide. Darwésh lui prit le bras.

— Je suis vraiment désolé. Il n'y a pas beaucoup de femmes comme elle. – Il marqua une pause. – Tu as songé à te trouver une nouvelle femme ? Une mère pour tes enfants ?

Hawré secoua la tête. Un sourire illumina son visage. Ses mains remuaient à toute vitesse et Darwésh dut plisser les yeux pour le suivre. Puis il éclata de rire.

— Ta sœur a voulu te caser avec une aveugle ? – Il secoua la tête. – Et vous auriez fait comment pour communiquer ?

* Surnom peu flatteur ("ânon") donné par la population aux miliciens kurdes des bataillons de Défense nationale. *(Note de la traductrice.)*

Hawré se frotta le visage d'une main. Personne ne voulait d'un handicapé, et encore moins d'un homme sourd et muet avec quatre enfants. Il donna à Hawré une tape sur l'épaule et désigna le bûcher puis fit un geste dans l'air, comme s'il craquait une allumette.

Hawré acquiesça.

Au même moment, Frmesk accourut, habillée d'une robe violette qui lui descendait seulement jusqu'aux genoux. Elle était si petite que ses longs cheveux bouclés dansaient autour d'elle.

— Voilà des fruits, les enfants ! cria Gawhar en emboîtant le pas de la petite fille sautillante, un grand plat dans les mains.

— Venez et asseyez-vous près du bûcher, les enfants, dit Darwésh. – Il sourit à Hawré, qui avait allumé le feu, et fit bouger ses doigts pour mimer des flammes. – Plus de feu, mon ami… Plus de feu !

Hawré sourit et jeta du bois dans le feu pour l'attiser.

Les enfants s'assirent en demi-cercle autour du bûcher. De la poussière s'éleva brièvement, puis retomba. Les regards des enfants, en revanche, continuèrent de se promener entre le feu et Darwésh, mais seulement jusqu'au moment où Gawhar posa le plat de fruits sur le gravier, à côté d'eux.

— Vous voulez que je vous raconte comment on fêtait Newroz, autrefois ? demanda Darwésh.

— Oh là là ! s'exclama Gawhar. Il faut que j'aille faire un tour à la mosquée… Ne fais pas d'eux des mécréants.

— Mécréant, ce n'est qu'un mot employé par ceux qui craignent les autres religions plus qu'ils n'ont foi en la leur, dit Darwésh.

Gawhar secoua la tête et disparut dans la maison, tandis que Darwésh s'asseyait en tailleur.

— Hanar et Frmesk, venez vous asseoir avec moi. Les autres, ouvrez bien grandes vos oreilles.

— Mes oreilles sont ouvertes, cria Baban en tirant sur ses lobes, qui devinrent tout blancs.

— Chut, fit Aso en lui donnant un coup de coude. Papa va commencer.

— Papi, grogna Baban.

— Chut.

Darwésh passa ses bras autour des deux fillettes, qui avaient pris place sur ses cuisses.

— Raconte-nous l'histoire de celui qui mange les cervelles, papi, lança l'aîné de Muhammad.

— Le roi Dehak ? Non, je ne crois pas que ces petites chéries soient en âge d'entendre une histoire pareille. Nous n'allons tout de même pas terrifier les filles.

— Pourquoi pas ? cria Baban.

D'autres l'imitèrent.

— Vous voulez vraiment que je vous parle de ce méchant roi qui mange des cerveaux humains ? Certains d'entre vous ont déjà entendu son histoire plusieurs fois. D'un autre côté, il me rappelle Saddam Hussein et ses atrocités, alors ce n'est peut-être pas une si mauvaise idée, en fin de compte.

Le fils aîné de Muhammad regarda son grand-père.

— Est-ce que Saddam mange des cervelles ?

— Non. Saddam ne mange pas de cerveaux, et Dehak non plus, en réalité. Les cerveaux étaient pour ses serpents. – Darwésh leva les yeux et tendit une main vers le ciel. Puis il la déplaça, comme pour décrire la course du soleil. – Il y a deux mille six cents ans vivait un roi assyrien du nom de Dehak.

Et c'était un tyran cruel, vous pouvez me croire. Un jour, le roi Dehak tomba malade, et deux serpents surgirent de ses épaules. Un de chaque côté. Quand les serpents avaient faim, Dehak souffrait terriblement, et ses médecins lui dirent que le seul moyen d'échapper à ces douleurs serait de nourrir les serpents avec des cerveaux de petits garçons.

Darwésh regarda vers le ciel.

— Continue, papi, murmura Baban d'une voix enrouée.

Les autres fixaient Darwésh avec de grands yeux. On n'entendait que le crépitement des flammes dans le bûcher.

— Son peuple avait déjà consenti beaucoup de sacrifices, si bien que le bourreau qui était censé fournir des cerveaux à Dehak eut l'idée d'abattre des agneaux, de sorte qu'il y eût à chaque repas un cerveau d'agneau et un cerveau humain. Tous les jeunes gens qui furent ainsi sauvés partirent se réfugier dans les montagnes. Leur nombre ne cessait de croître. En ville vivait un forgeron kurde nommé Kawa, et il avait sacrifié six de ses sept fils aux serpents de Dehak. Lorsque le septième et dernier fut à son tour désigné pour être abattu, c'en fut trop pour Kawa. Et avec les habitants de la ville et tous les jeunes des montagnes, il déclencha une révolte. Ensemble, ils combattirent le roi et ses soldats, et ils célébrèrent leur victoire sur le vilain dictateur en allumant des feux sur la montagne.

— Et c'est pour ça qu'aujourd'hui encore, on allume des feux de Newroz, conclut Aso.

— En effet, et aussi parce que Newroz est notre fête de Nouvel An et de printemps. – Darwésh tapa dans ses mains. – Bien, maintenant, il est temps que vous dansiez tous autour du bûcher que Hawré a allumé. Ainsi, vous ressentirez la vie qu'il y a dans ces flammes. Ensuite, j'irai chercher du pain qu'on fera griller sur le feu.

Du bûcher dans le jardin, il ne restait plus que des braises. Les enfants de Muhammad avaient été récupérés par leur mère, Sabri. Hawré et ses enfants avaient profité de leur présence en ville pour aller rendre visite à une vieille cousine qui habitait à quelques rues de là, pour lui témoigner leur respect.

Aso allait devoir raccompagner Baban. Le garçon protesta vivement, mais Darwésh savait qu'il fallait le renvoyer chez lui, car Anwar était rentré. Celui-ci s'était déjà plaint et avait même accusé Darwésh d'être un traître parce qu'il avait décidé de célébrer Newroz, malgré le récent massacre de Halabja.

Darwésh se pencha en avant et caressa les cheveux de Frmesk.

— On va veiller sur toi, marmonna-t-il.

— Aïe, feu, dit Frmesk en le regardant, tandis qu'elle pointait du doigt les restes incandescents du bûcher.

Elle avait joué dehors et son visage était sale.

— Oui, le feu brûle, dit-il avec un sourire. – Il prit Frmesk dans ses bras et chuchota à son oreille. – Tu es la petite étoile tombée du ciel à son papa.

— Étoile, bredouilla la fillette.

Tout à coup, le monde parut paisible et sûr, mais ce silence avait quelque chose d'étrange, et Darwésh ne put s'empêcher de se demander si ce calme n'était pas de ceux qui précèdent la tempête.

24

L'air dans la salle était lourd. Gawhar balaya du regard l'assistance, composée de centaines de femmes. Elles paraissaient toutes marquées par la prière qu'elles venaient de dire pour les innombrables victimes de Halabja.

La voix de Muhammad se déversait à travers un petit haut-parleur noir placé dans un angle. Elle était déterminée. Légèrement sévère. Gawhar se dit qu'elle devait sonner mieux dans la salle des hommes, où il se trouvait en personne. Elle aurait tellement aimé pouvoir le voir, mais c'était impossible. Surtout pour elle. Car les hommes qui y étaient rassemblés n'étaient pas ses *mahrams*, mais des étrangers. *Avec tout le respect que je te dois, maman*, lui disait Muhammad chaque fois qu'elle abordait le sujet. *Ce n'est pas* jâ'iz *de laisser des femmes entrer dans la salle des hommes, c'est interdit, ça l'est d'autant plus que tu es laveuse de mort et que tu produis du vin. Qu'est-ce que les gens penseraient de moi ? Tu sais bien qu'il m'a fallu travailler encore plus dur pour devenir imam avec une laveuse de mort comme mère et un impie comme père.* Gawhar ne savait que trop bien ce que pensaient les gens. Elle serra son petit coran et son chapelet dans ses mains. Mais un jour,

Darwésh l'avait trouvée, et avant qu'elle ait eu le temps de comprendre ce qui se passait, ils étaient tombés amoureux.

— Soyez généreux envers vos parents et vos proches, envers les orphelins et les nécessiteux, envers les voyageurs.

La voix de Muhammad arracha Gawhar à ses réflexions.

— Le Coran vous invite ainsi à faire le bien autour de vous, poursuivit-il. La *zakât* appelle les musulmans à la générosité. À partager leurs biens avec les miséreux. Comme il est écrit dans notre livre sacré, sourate 4, verset 36, vous devez donner à vos parents et à votre famille proche, ainsi qu'aux orphelins et aux pauvres.

— Ton fils est très bon, aujourd'hui, lui glissa Hapsa.

Gawhar sourit et ferma les yeux. Hapsa était l'une des seules personnes qui savaient d'où venait Muhammad. Elle était avec eux, le jour où ils l'avaient découvert. Il était couché par terre, en pleurs. Il n'avait que quelques semaines et sa vie ne tenait déjà plus qu'à un fil. Sa mère avait été tuée parce que l'enfant était illégitime. Ils avaient dit aux gens de la ville que Gawhar avait bien dissimulé sa grossesse.

— On peut dire beaucoup de choses à propos de mes fils, poursuivit Hapsa. Mais ils sont en train d'oublier leur vieille mère, alors je ne reçois pas beaucoup de dons.

— Moi, je n'ai que des filles, intervint Manij. Et aucune d'elles n'est encore mariée. Parfois, j'ai même l'impression que Latif n'a pas du tout l'intention de s'en séparer, quand je vois comment il repousse tous les prétendants.

— Elles finiront bien par y arriver, dit Gawhar en regardant son amie décharnée. C'est tellement facile de mal les marier, alors mieux vaut être patient. – Son regard se posa sur Bahra, de l'autre côté de la salle. – Les célibataires sont souvent les plus chanceuses.

— Ceux qui croient aux bonnes actions et qui les accomplissent, ceux qui font preuve d'humilité à l'égard de leur Maître, déclara la voix de Muhammad, entrecoupée de grésillements. Ceux-là accéderont au jardin.

— J'aurai passé suffisamment de temps dans mon jardin de mon vivant, marmonna Hapsa. Ne pourrais-je pas au moins dans la mort avoir droit à un canapé et un tapis près d'une cheminée.

Gawhar se couvrit la bouche, tandis que Manij laissait échapper un ricanement.

— Tu as tellement raison, ma chère Hapsa, dit Manij. Nous les femmes, nous aspirons plus à du repos qu'à de grands jardins. – Soudain, son regard se figea. – Je ne vais pas tarder à y aller, de toute façon. Alors je verrai bien si c'est un canapé ou un jardin qui m'attend, dit-elle d'une voix triste.

Gawhar enlaça son amie et la serra contre elle. Une femme qui se tenait près d'elles leur demanda de se taire.

— Tu es éternelle, dit Hapsa. Ça fait quatre ans que tu es mourante. Pourtant, tu es toujours là.

Manij acquiesça.

— Tout ira bien, dit Gawhar doucement. Avec les filles et tout le reste.

— Mais ça peut aller très vite, ma bonne Gawhar. – Manij la regarda droit dans les yeux. – Rappelle-toi Jairan. Elle était en pleine santé et pétillante comme une source de vie, et puis… – Elle secoua la tête. – Et je suis malade. Il suffirait de pas grand-chose pour m'achever.

Gawhar se tut.

— On peut toutes mourir d'un instant à l'autre, murmura Hapsa. – Elle baissa les yeux. – Comme ceux de Halabja.

Manij opina et inclina la tête.

— Que leurs âmes reposent en paix.

— J'ai entendu dire, poursuivit Hapsa, que le ciel était tout jaune au-dessus de la ville, ce jour-là.

— Chut… On prie, fit une vieille dame derrière elles.

— Oui, oui, dit Hapsa. Mais c'est la vérité. Jaune et toxique et chargé de poussière, comme le souffle d'un démon.

Des murmures et des *chut* se firent entendre autour d'elles.

— On arrête de parler de démons, maintenant, Hapsa, dit Manij d'une petite voix effrayée. Ma santé. Pense à ma santé.

— Un homme aisé a le devoir de faire don d'une partie de sa richesse, tonna l'imam. Tandis que les femmes peuvent légitimement en bénéficier comme s'en acquitter.

— Gawhar ? Quelque chose ne va pas ? C'est à cause des histoires de démons de Hapsa ?

Gawhar secoua la tête et ne pipa mot.

— Des histoires de démons… bougonna Hapsa. Je répète juste ce que j'ai entendu, et des milliers de personnes ont été tuées par ce ciel jaune. Je l'ai entendu dire de la bouche même de l'âne. – Elle se redressa. – Le beau-frère du mari de ma sœur est mort là-bas. Dans un escalier. On a retrouvé son cadavre étendu sur celui de son petit garçon, comme s'il avait tenté de le protéger contre le gaz toxique. Il s'appelait Omari Khawar. Ils sont morts tous les deux. Le père et le fils enlacés.

— C'est tellement atroce, s'exclama Manij. Mais qu'est-ce qui est en train d'arriver à notre monde ?

— Nous devons nous purifier, pour permettre à notre âme de grandir, dit la voix de Muhammad. Bénis soient les purs. C'est le principe de la *zakât*. Donner, honorer, s'élever humblement vers son Dieu, Allah.

Le prêche de l'imam n'était pas terminé, mais une certaine agitation s'empara tout de même de l'assistance. Des voix d'hommes se firent entendre dans le haut-parleur de l'imam. L'une d'elles criait. Muhammad appela au calme.

— Attaque aérienne.

Les femmes perçurent distinctement ces mots. Aussitôt, ce fut la panique. Quelques-unes se levèrent, puis d'autres les imitèrent.

Gawhar resta figée sur place et regarda autour d'elle. Son corps était lourd comme une montagne. Un bruit assourdissant retentit. La terre trembla sous leurs pieds. Des morceaux de plâtre se détachèrent du plafond. Plusieurs femmes furent blessées. La panique se répandit. Dans leur empressement à quitter la mosquée, plusieurs femmes se télescopèrent. Au milieu de ce chaos, Gawhar repéra Bahra, qui se précipitait vers la porte sans regarder derrière elle. Le haut-parleur tomba et se tut. Les cris des femmes prirent le relais. Leurs cœurs battaient à tout rompre.

— Hapsa ? appela Gawhar. Manij ? Où êtes-vous ?

La lumière s'était éteinte et tout était sombre, désormais. Les piliers de la salle de prière cédèrent sous l'effet des secousses et l'air se chargea de poussière, si bien qu'on n'y voyait plus rien.

— Ceci est la maison d'Allah ! hurla une voix perçante de femme.

— Si nous ne sommes même plus en sécurité dans la maison d'Allah, où pouvons-nous l'être ? sanglota Gawhar. Où est Muhammad ? Où est mon fils ? poursuivit-elle. Manij ? Hapsa ? Dépêchez-vous de sortir !

Une nouvelle explosion secoua la mosquée. Gawhar s'écroula sur le sol. Au milieu de la salle et des cris.

25

Une série de détonations assourdissantes firent sursauter Frmesk. Elle se jeta sur son père.

Darwésh leva les yeux au-dessus des toits.

— C'est beaucoup trop près, murmura-t-il en prenant la fillette dans ses bras avant de se précipiter en direction de la maison. Il tendit l'oreille. Le ciel était silencieux. Mais il avait parfaitement reconnu ce bruit. C'était celui d'un missile scud. Bientôt, un nuage de poussière et de fumée noire indiquerait à quel endroit il s'était abattu.

Les premiers cris parvinrent jusqu'à eux alors que Darwésh et Frmesk traversaient la maison. Il accéléra.

— Aso ? cria-t-il.

Mais la maison était vide. Il regarda dans l'entrée. Gawhar était allée à la prière. Aso pouvait être n'importe où, maintenant qu'il avait ramené Baban à Anwar. Ce n'était pas la première fois que le garçon se retrouvait dehors pendant une attaque aérienne et, heureusement, il savait que dans un tel cas il devait se réfugier dans la cave d'une maison basse.

— Mets ça, dit Darwésh en enroulant un foulard autour du visage de Frmesk. Ça protégera tes yeux de la poussière. Il faut qu'on sorte chercher maman.

Dans la rue, c'était l'affolement.

— La mosquée ! cria quelqu'un.

— Il y a du sang partout ! hurla une femme.

Des gens se déversaient des maisons. Tous avaient l'air angoissé. Tous se dirigeaient vers la mosquée.

— Que s'est-il passé ? cria Darwésh à un homme qui arrivait au pas de course.

— Des missiles irakiens, répondit l'homme.

— Ils ont détruit la mosquée, cria un autre.

Un troisième homme s'effondra.

— Ma femme. Elle était à la prière. Aide-nous, Allah le Miséricordieux.

Un groupe de gamins tout sales débarqua. Leurs yeux étaient écarquillés, leurs lèvres retroussées. L'un d'eux avait du sang sur son tee-shirt.

Darwésh partit en courant avec Frmesk dans les bras. Le corps de la fillette bondissait chaque fois qu'il posait un pied sur le sol gravillonné et sec.

— Cache tes yeux derrière ton foulard, s'ébroua-t-il. Tu m'entends ? Je veux que tu mettes ton foulard devant tes yeux quand on arrivera à la mosquée.

Frmesk ne comprenait pas ce qu'il disait, mais elle avait commencé à pleurer.

— Je sais, fit Darwésh. Je vais veiller sur toi. Je te le promets. Il faut juste qu'on retrouve maman.

Il pouvait sentir la fillette s'agripper à lui tandis qu'ils couraient.

Un chaos indescriptible régnait sur la place, au milieu duquel la mosquée n'était plus qu'une ruine fumante. Le missile qui l'avait frappée avait détruit la moitié du bâtiment consacré, et toute la lourde toiture s'était écroulée, occasionnant des dégâts tels qu'il était impossible d'imaginer que les murs qui subsistaient avaient fait partie d'un édifice majestueux.

Seule la moitié du mur qui séparait la salle de prière des hommes de celle des femmes était encore debout, hurlant en direction du ciel avec une rangée de piliers brisés et le minaret.

Darwésh s'arrêta et tenta de se procurer une vue d'ensemble de la situation. Juste à côté de lui, un homme couvert de sang était assis, les yeux grands ouverts. Il tenait dans ses bras un demi-corps. Celui d'une femme. Un de ses bras avait été arraché. Le bas de son corps avait disparu. Ses intestins pendaient là où, quelques minutes plus tôt, son bassin et ses jambes l'avaient maintenue entière et vivante.

Le sang de Darwésh se figea. Un froid glacial l'envahit si profondément que tout mouvement lui parut impossible. Frmesk pleurait dans ses bras, et il la tenait fermement contre lui, avec une main sur sa tête. Une odeur de métal et de poudre emplissait l'atmosphère. La fumée était épaisse et suffocante. Darwésh se remit en marche. Lentement. Bouillant de colère. Ses pieds se frayèrent un passage parmi les décombres et les morceaux de corps sanguinolents. Des cerveaux et des intestins. Les hurlements des blessés lui déchiraient le cœur, mais il ne pouvait rien faire pour eux. Frmesk pleurait et son petit corps était secoué de spasmes.

— C'est ce que je n'arrête pas de répéter à cette femme. – Les larmes coulaient le long de ses joues. – Allah n'existe pas. Car si Allah existait, jamais il ne laisserait le mal entrer dans sa propre maison.

— G a w h a r ? rugit-il. – Frmesk sursauta. – Gawhar ?

Ils passèrent devant une femme qui avait rampé sur plusieurs mètres avant de renoncer. Elle avait laissé dans son sillage une traînée de sang. À partir de ses genoux, ses jambes n'étaient plus que des lambeaux ensanglantés. Peut-être était-elle encore vivante. Le reste de son corps paraissait intact. Il se pencha sur elle. Comme il ne pouvait pas lâcher Frmesk, il poussa la femme du bout du pied.

— Hé ? dit-il. Vous m'entendez ?

Son corps presque sans vie fut pris de convulsions, mais elle n'était pas en état de réagir.

— G a w h a r ? cria-t-il encore, à pleins poumons.

Il était parvenu jusqu'à ce qui avait été, encore quelques minutes plus tôt, l'entrée principale. Il y avait partout des cris. Des gens fouillaient les décombres, aidaient les blessés ou se lamentaient à genoux auprès d'un mort. Il tourna sur lui-même plusieurs fois en scrutant les corps mutilés.

— P a p a !

Darwésh entendit une voix, puis vit un bras s'agiter. Il reprit sa progression à travers le champ de gravats et rejoignit son fils.

— Tu n'as rien ?

Le *qamis* de Muhammad était plein de sang. Il se protégeait la bouche avec sa manche.

— Tu n'as rien, mon fils ?

— Ce n'est pas mon sang, papa, dit Muhammad. – On pouvait lire l'angoisse dans ses yeux. – Je voudrais aider les blessés, mais il y en a tellement. Nous étions nombreux à la prière, aujourd'hui.

Darwésh accéléra l'allure. Muhammad lui emboîta le pas.

— Et ta mère ? Tu as vu ta mère ?

— C'est un foutu chaos… – Muhammad se frotta les paupières. – Le missile est tombé au fond de la salle de prière des femmes.

— Et le groupe de prière de ta mère ? Tu as vu l'une d'elles ?

— Peut-être là-bas, du côté du minaret… Je ne sais pas.

Un homme cria et leur fit signe. Il se tenait près du mur effondré où se trouvait l'entrée de la salle de prière des femmes.

Darwésh se mit à courir. Il faillit trébucher plusieurs fois en enjambant des gravats. Il avait reconnu ces couleurs. Cette manière particulière de courber le dos. Ce foulard blanc.

— G a w h a r ! hurla-t-il.

Muhammad suivait, juste derrière lui.

Frmesk tira sur son foulard pour découvrir son visage. Elle sentit que son père se laissait tomber à genoux.

— Tout ce sang… Tu es blessée ?

Gawhar tendit les bras vers Darwésh et Frmesk et regarda Muhammad.

— J'ai bien cru que je t'avais perdu.

— Je suis là, maman. Je suis là.

Gawhar regarda autour d'elle.

— Aso n'est pas avec vous ? Où est-il ? Où est mon garçon ?

— Il a raccompagné Baban chez lui, dit Darwésh. Je suis certain qu'il nous attend à la maison, maintenant. Ou alors, il se cache dans un endroit sûr. Je vais le retrouver, sois sans crainte, ma chérie. Ne pense pas à ça. – Il tira délicatement Gawhar à lui. – Viens, rentrons chez nous. On ne peut pas rester ici. Surtout pas avec la petite.

— Je ne peux pas, Darwésh. Je dois laver leurs corps. Il faut que je les débarrasse de la mort.

Ils pleuraient tous les quatre.

— Ce doit être moi, poursuivit Gawhar. Allah me méprise, c'est pour ça qu'il tue les gens qui m'entourent.

Soudain, Darwésh reconnut la femme morte auprès de laquelle son épouse s'était effondrée.

— Non, tu es une âme belle et pure, dit-il. Si quelque chose ne tourne pas rond dans ce pays, c'est Allah Lui-même qui en est la cause, car c'est Lui qui a créé tout ce qui est vivant, pas vrai ?

— Tu vois bien que c'est la maison d'Allah qui est en ruine. Comment cela pourrait-il être Sa faute ? dit Muhammad, indigné, en se levant. – Il regarda sa mère. – Tu veux que je t'aide à te relever ?

— Je vais me débrouiller pour ramener ta mère à la maison, Muhammad, dit Darwésh. Va plutôt aider les autres. Concentre-toi d'abord sur les personnes qui ne crient pas. Ce sont en général celles-là qui ont le plus besoin d'aide.

Gawhar baissa le regard sur ses mains.

— Je ne peux pas être pure, chuchota-t-elle. Tous ces morts… Vous savez ce que pensent les gens. Tout ceci est ma faute. Je vais rester.

— Comment est-ce que ça pourrait être ta faute. Pour les morts, tu es un ange, ma femme adorée, je peux te l'assurer.

Gawhar regarda la morte à côté d'elle. On aurait dit que leurs robes s'entremêlaient dans une longue étreinte. C'était une des femmes qui auraient dû dîner chez eux après la prière. Darwésh connaissait son mari depuis l'enfance.

— Va trouver Ardalan, dit Gawhar en tendant le collier de la femme à Darwésh. Il faut qu'il vienne récupérer le corps de son épouse.

— J'y vais tout de suite.

— Je n'aime pas laver une de mes connaissances… J'entends leur voix en permanence.

— Dans ce cas, rentre avec moi, Gawhar.

— Non, vas-y maintenant. Ensuite, tu ramèneras la petite à la maison. La nuit risque d'être longue. Je vais devoir laver chacune de ces femmes. – Elle regarda ses pieds nus. Ils étaient noirs de poussière de la mosquée et lacérés. – Je l'ai trahie, dit-elle à voix basse. C'est moi qui aurais dû la laver et débarrasser son cadavre du mal.

Ses pensées étaient parties vers Jairan. Cela aurait dû être à Gawhar de laver la mort sur le corps de la jeune femme. À elle de verser des larmes de culpabilité dans ses cheveux et de se laver de la mort. Puis elle pensa à Rubar. Elle serra les poings et se frappa violemment les cuisses plusieurs fois. Elle avait cédé trop de place au mal sans chercher à lui tenir tête. Elle se sentait prise dans une spirale infernale. Si elle exprimait ce qu'elle avait sur le cœur, chacun de ses mots conduirait à davantage de violence et de mort. Tout ce qu'elle savait, elle l'avait enfermé au fond d'elle à double tour. L'angoisse la rongeait de l'intérieur. Quel châtiment Allah lui enverrait-Il la prochaine fois pour la punir de ses trop nombreux secrets ?

26

Les fenêtres étroites situées en haut des murs de la cave toute en longueur étaient ouvertes, et l'air frais du soir en provenance des montagnes enveloppait d'un léger voile les vivants comme les morts. Depuis le plafond, les quatre lampes à pétrole émettaient leur lumière vacillante sur les murs grisâtres. Le carrelage bleu et blanc du sol scintillait. Il y avait des taches de sang à plusieurs endroits, sous les cadavres qui étaient étendus sur les vieilles tables en bois.

Le regard de Gawhar glissa lentement d'une table à l'autre. Il y avait dix-huit femmes dissimulées sous les linceuls, dix-huit corps brisés. Ces femmes n'avaient pas été injustement abandonnées dans la honte, contrairement à celles qu'elle avait l'habitude de laver. C'étaient seulement des femmes qui s'étaient rendues à la prière. Comme elle. La plupart des victimes de l'attaque avaient été récupérées par leurs familles. Dix-huit avaient été laissées dans les ruines. Peut-être que leurs familles étaient parties, ou qu'elles habitaient dans une autre ville ou dans un autre quartier, ou qu'elles s'en moquaient, tout simplement. Quoi qu'il en soit, ces femmes n'étaient pas considérées comme impures. Elles n'étaient accusées de rien et n'allaient pas être lavées en secret. Le lieu de leur purification n'était pas non plus clandestin. Gawhar espérait ardemment que quelqu'un arriverait et serait soulagé dans son cœur de voir que sa mère, sa sœur, sa fille ou son épouse avait été purifiée et qu'elle était prête à rejoindre le royaume des morts d'Allah. Elle espérait que, pour une fois, le travail de la laveuse de mort serait reconnu. Autour des tables se tenaient de nombreuses femmes qui s'étaient portées volontaires pour l'aider en ce jour funeste.

Hapsa, Shukri et Shler étaient déjà en train d'exécuter les premiers rituels. Gawhar reconnut la femme allongée sur la table devant elles. Elle faisait partie de son groupe de prière. Maintenant, elle était morte. Un corps entre les mains des laveuses de mort.

Askol lui tendit un chiffon.

— Tu es propre ?

Gawhar s'empara du chiffon et s'essuya sous les yeux.

— Oui, dit-elle. Je suis prête.

Elle fit quelques pas en avant et posa prudemment une main sur le drap blanc qui recouvrait le corps de la défunte.

— *Bismillâhi al-rahmâni al-rahîm*, dit-elle doucement. Je purifie ton corps au nom d'Allah le Miséricordieux. Au nom du Compatissant.

Askol appliqua un chiffon sur le visage de la morte avant de commencer à lui ôter ses vêtements sous le linceul.

Gawhar acquiesça et, comme Askol, glissa les mains sous le drap pour l'aider à retirer la robe de la femme. Elles la soulevèrent, en prenant soin que le linceul reste en place, et s'appliquèrent à faire passer la robe et la combinaison par-dessus ses épaules et sa tête. Gawhar lissa des deux mains les cheveux de la femme le long de son visage et derrière ses épaules. Elle sentit ses blessures à l'arrière de son crâne et regarda Askol, effrayée.

— Il faut qu'on change son drap, dit Askol en enlevant avec douceur la culotte de la morte.

Gawhar lava ses mains ensanglantées et alla chercher un linceul propre. Elle l'étendit délicatement sur la femme, tandis qu'Askol retirait l'autre. Lentement, pour éviter que la poitrine, le ventre et le sexe de la femme ne se retrouvent à découvert.

Gawhar introduisit ses mains sous le linceul et appuya sur le ventre de la défunte. Elle reproduisit son geste, centimètre après centimètre, jusqu'à la limite supérieure du pubis, et recommença. Askol tenait un bol sous la femme pour récupérer les résidus d'urine et d'excréments expulsés.

En tout, chaque partie du corps devait être lavée trois fois. L'odeur des gouttes de camphre diluées dans l'eau couvrait la puanteur de la mort.

Les deux femmes allèrent se placer à droite de la table. Elles soulevèrent le corps flasque avant de laver chaque recoin et de permettre à l'eau de s'écouler. Gawhar se chargea de la chevelure, tandis qu'Askol passait délicatement une éponge sur les bandes de chair effilochées, qui étaient tout ce qu'il restait de ses jambes. Puis elle alla chercher un autre drap et le déposa sur le bas du corps de la femme. Le tissu changea rapidement de couleur.

— J'ai souvent vu sourire ces lèvres, chuchota Gawhar en nettoyant le visage amorphe. Son regard était si chaleureux. C'était le reflet de son cœur. – Elle prit un nouveau chiffon et l'immergea dans le seau d'eau tiède. Puis elle essuya le visage de la femme une dernière fois. – Tu étais une belle femme, Tara.

— Je vais lui faire une natte, dit Askol.

Gawhar s'était figée.

— J'espère que sa famille ne va pas tarder à arriver, qu'elle ne restera pas seule.

— Ils vont venir, dit Askol en plongeant ses doigts dans l'huile de bois de santal.

Gawhar ramassa un morceau de tissu et le déchira en longues lanières.

— Je vais lui bander le bas du corps avant qu'on ne l'enduise pour éviter que le sang ne suinte.

Le parfum d'encens s'était répandu dans la pièce. Hapsa, Shukri et Shler avaient terminé de laver leur première femme. Elles avaient laissé son visage dépasser d'*al-Kafan* afin qu'on puisse la reconnaître, au cas où quelqu'un la chercherait. Le reste de son corps avait été broyé par un des piliers de la salle de prière, mais personne ne pouvait le voir, à présent. Un visage seul. Sans corps. Le mot seul résonna dans la tête de Gawhar. Elles étaient toutes seules. Dans la vie comme dans la mort. La solitude les rassemblait et les séparait. La solitude était le prix à payer. Elle appuya sur ses yeux pour contenir ses larmes.

— Allumez une bougie auprès d'elle pendant qu'elle attend.

— Mais, ma bonne Gawhar, dit Shukri. On ne fait pas ça d'habitude.

— Elle en a besoin, répondit Gawhar, sur un ton las. Il faut que je l'allume moi-même ?

— Non, non. – Hapsa secoua la tête. – On va allumer une bougie pour elle. Ça ne tuera pas ses proches, si jamais ils se présentent.

Gawhar se retourna vers Tara. Askol lui tendit l'huile et la crème de camphre et souleva légèrement le linceul pour permettre à Gawhar d'enduire le corps de la femme.

Plusieurs des défuntes étaient déjà enveloppées et prêtes à être transportées.

Gawhar commença à trier les vêtements funéraires des mortes, qui étaient entassés près des linceuls pliés. Elle les ramassa un à un et les tendit à Askol. La chemise longue sans manches. Le pagne. La gaine. Le foulard. Elles commencèrent l'enveloppement. Tara était allongée, prête, devant elles.

Les mouvements de leurs mains étaient doux et calmes alors qu'elles recouvraient la jeune femme. Gawhar avait l'impression de manipuler Jairan. Elle glissa même quelques paroles à Jairan dans ses pensées. En marmonnant, elle la protégeait contre les accusations de Bahra. Elle la protégeait contre l'idiotie et la méchanceté, contre l'oppression. Elle lâcha prise et lança un appel désespéré en direction du ciel.

— Tu pries un peu fort, dit Askol.

— Désolée, répondit Gawhar, effrayée. J'étais simplement perdue dans mes pensées.

— Tu n'as pas à t'excuser devant moi. On pense certainement la même chose, toutes les deux.

Gawhar remit en place un pan du linceul et regarda Tara. Elles ne pourraient jamais penser la même chose. Pas dans cette affaire. Elle aurait voulu que ce fût possible. Pour ne pas être seule. Mais cela n'arriverait jamais. Elle ferma les yeux un court instant.

— J'ai peur de ne pas réussir à m'occuper suffisamment bien de Frmesk, fit-elle en s'efforçant de ne plus penser à la mort de Jairan.

Askol redressa la tête.

— Tes pensées semblent s'être égarées, cette nuit, ma chère Gawhar. Ça a été une des meilleures décisions de ta vie de prendre Frmesk chez toi, j'en suis convaincue. Regarde ce qu'est devenu Muhammad.

Gawhar prit une profonde inspiration et expira lentement.

— Il faut qu'on prépare Tara pour la prière, poursuivit Askol à voix basse.

— Pardon – Shukri s'approcha. – Es-tu prête à dire la *Salât al-janâza*, la prière mortuaire, madame Gawhar ?

— Ton fils est là-haut ?

— Oui, je crois, dit Shukri.

— Veux-tu bien lui demander d'aller trouver mon mari et de lui dire qu'il doit apporter les cercueils.

— Je n'aime pas qu'on mette des gens dans des cercueils, madame Gawhar, tu le sais. Ce n'est pas bien, dit Shukri.

— Personne n'aime ça, répondit Gawhar. Mais mon mari ne peut tout de même pas transporter ces femmes comme si c'était un tas de cadavres.

— Gawhar, voyons, s'exclama Hapsa.

— Excusez-moi, dit Gawhar doucement. Je suis tellement fatiguée de penser à toutes ces mortes.

— Nous devons nous estimer heureuses que Darwésh ait accepté de se charger de celles qui n'auront pas été réclamées, dit Askol. Et s'il veut qu'on les mette dans des cercueils, étant donné qu'elles seront plusieurs, nous devons faire comme il dit. Voilà ce que je pense.

— Vu l'état de leurs corps, il me semble normal de les mettre dans des cercueils, ajouta Hapsa.

— C'est vrai, admit Shukri. Leurs corps sont très endommagés. Je vais parler à mon fils et l'envoyer trouver M. Darwésh.

— Je vais prier pour toutes celles qui sont prêtes, dit Gawhar en tournant son regard en direction de la *Qibla* à La Mecque, tandis qu'elle portait les mains à ses oreilles. *Allahu akbar*.

— *Allahu akbar*, répétèrent Askol et les autres vivantes présentes dans la cave.

Elles s'étaient toutes rassemblées derrière Gawhar et suivaient sa prière mortuaire, mot après mot, geste après geste.

— Gloire à Toi, Allah, poursuivit Gawhar en croisant les bras devant sa poitrine. Louanges à Toi, que Ton nom soit béni, qu'exaltée soit Ta grandeur. Il n'est de dieu que Toi.

27

22 MARS 1988

ZAMUA, KURDISTAN

Un long soupir parcourut la maison lorsque la porte d'entrée s'ouvrit, au petit matin. L'obscurité n'avait toujours pas relâché son emprise sur les nombreuses maisons. Seules quelques fenêtres avaient été éclairées. La nuit était souvent noire à Zamua, mais il était rare que le ciel soit dénué d'étoiles, comme cette nuit-là, et le coucher de soleil avait ressemblé à un bain de sang céleste.

— Darwésh ! appela Gawhar. Tu es là ? Je suis avec Askol et Kani.

Darwésh surgit par la porte du séjour avec Frmesk dans les bras.

Askol poussa sa fille devant l'homme de haute taille.

— Nous sommes passées prendre Kani en chemin car j'ai été absente toute la nuit et elle était inquiète. Dis bonjour à M. Darwésh, Kani.

— Je leur ai dit qu'elles étaient toujours les bienvenues, ajouta Gawhar en regardant son mari de ses yeux exténués.

— Bien sûr, dit Darwésh. Frmesk aussi a eu une dure nuit. J'ai été obligé de demander à Aso de veiller sur elle, pendant que j'étais au cimetière, dit-il d'une voix triste. Aso a dit qu'elle avait pleuré toute la nuit.

— Elle en a déjà vu tellement plus qu'elle n'aurait dû. Il va falloir que je l'enduise d'oignon, marmonna Gawhar. Il est de mon devoir de la protéger.

— Cesse de te blâmer, dit Askol en pinçant les joues de Frmesk. Regarde comme elle s'est remplumée.

— Mais je l'ai retirée à sa mère. Je suis une mère, moi-même, comment ai-je pu faire une chose pareille ? Chaque fois que je regarde Rubar…

— Ne sois pas aussi dure avec toi-même. Tu es leur mère à toutes les deux, dit Darwésh en souriant à Askol.

Il passa un bras autour de sa femme et lui chuchota quelque chose à l'oreille. Gawhar lui donna un léger coup de coude et essaya de sourire.

— Nous sommes heureux de te recevoir, mademoiselle Kani, pas vrai, Frmesk ? dit Darwésh. – Il se pencha en avant, afin que Frmesk puisse toucher les cheveux de la jeune fille handicapée. – Tu pourrais peut-être nous aider, Frmesk et moi, à mettre la table ?

Le visage de Kani s'illumina. Ses yeux étaient bridés, son nez aplati, ses joues dodues, ses jambes courtes et son corps massif.

— Oui, répondit-elle en adressant un regard gêné à sa mère.

Ses incisives étaient démesurées par rapport à la taille de sa bouche.

— Tu peux les accompagner dans la cuisine, si Darwésh t'y autorise, ma petite vie. – Askol se tourna vers Darwésh. – Nous nous imposons un peu, je suis désolée. Je n'avais pas prévu d'entrer chez vous. Mais Gawhar avait l'air tellement fatiguée que j'ai préféré la raccompagner.

— Tu es un ange, dit Gawhar, pendant qu'elle ôtait son tchador.

Darwésh acquiesça.

— Vous êtes toujours les bienvenues. De jour comme de nuit. Toutes les deux. – Il regarda sa femme. – C'est ton tchador ?

— Elle a emprunté un des miens, dit Askol. Le sien était tout couvert de sang. Il est dans le sac, près de la porte. Il y a aussi sa robe, dedans. – Elle hésita. – Ça ne vous dérange pas qu'on reste un peu ? Je crois que Gawhar va avoir besoin d'aide, ce matin.

— Bien sûr, que vous pouvez rester, dit Darwésh. Ça me fait plaisir.

Kani s'était penchée sur Frmesk et avait enfoui son nez dans ses cheveux épais et bouclés. Sa bouche laissa derrière elle un peu de salive, lorsqu'elle redressa la tête avec un son satisfait.

Frmesk rit, secouant son corps dans les bras de Darwésh.

— Votre maison est le seul endroit où je sois la bienvenue avec Kani, dit Askol à voix basse.

— Les gens sont stupides, grommela Gawhar, qui avait accroché son tchador d'emprunt. – Elle regarda son corps et brossa la robe prêtée par son amie, qui lui serrait les hanches. – Kani est une jeune fille adorable et toujours souriante.

— Je suppose que je me plains trop souvent quand je viens chez vous, dit Askol en baissant le regard.

— Tes larmes sont aussi bienvenues que tes sourires. – Gawhar posa une main sur l'épaule de son amie. – Mon mari a dit qu'il allait dans la cuisine, mais j'ai comme l'impression que c'est encore nous, les femmes, qui allons y arriver les premières. Tu sais bien, ma chère Askol, que les hommes croient que la nourriture tombe du ciel.

— Bien, bien, intervint Darwésh. On a tous nos petits défauts. En tout cas, pour l'instant, tu es épuisée, alors laisse-moi m'en charger.

— Je te taquinais, dit Gawhar. Mais je ne peux pas rester assise sans rien faire, sinon je vais devenir folle.

Askol tendit les bras pour prendre Frmesk.

— On emporte cette petite fleur avec nous.

— Fleur, rit Frmesk.

— Fleur, répéta Kani avec un sourire radieux.

Dans la cuisine, Gawhar sortit aussitôt deux tabliers.

— On va d'abord aller faire un tour dans le jardin, j'ai besoin de voir de la vie.

— Les gens parlent de la mèche blanche que Frmesk a dans les cheveux, dit Askol.

Frmesk tapa sur sa tête.

— Cheveux !

— Les gens parlent trop, murmura Gawhar. Même les morts diffusent de vilaines pensées…

— Certains pensent que c'est un signe qui ne devrait pas être sur une fille, tandis que d'autres prétendent que ce doit être l'œuvre du diable.

— Si ça avait été un garçon, ils l'auraient sans doute proclamé prophète, gronda Gawhar, qui regretta immédiatement d'avoir insulté le messager d'Allah.

— Certainement.

— Je vais essayer de la teindre, dit Gawhar en arrachant une tomate à sa grappe.

— Ce serait une bonne idée.

— Ou alors, elle portera le voile.

Askol caressa une aubergine sans la cueillir.

— Elle est si petite.

— Mais si les gens la regardent, mieux vaut la couvrir, c'est tout. Ils parlent déjà bien assez de ma maison. – Gawhar prit encore deux tomates. Elles n'étaient pas très mûres, aussi ne cédèrent-elles pas facilement. – Mais je vais d'abord essayer de la teindre.

— Il est hors de question qu'on lui fasse porter le voile. – Darwésh venait de les rejoindre dans le jardin. – Et arrête de mettre des histoires aussi ridicules dans la tête des enfants. – Il considéra le pied de tomate, qui était tout tordu et avait poussé de travers, comme s'il avait essuyé une violente bourrasque. – Il vaudrait peut-être mieux que je cueille le reste moi-même, ajouta-t-il sur un ton adouci.

— Elles n'ont rien de ridicule, protesta Gawhar. Elle arracha toute une branche en essayant de détacher la tomate suivante. Les petites tomates vertes qui étaient venues avec pendaient entre ses doigts.

— Les gens sont aussi sur mon dos, dit Askol. Kani vient à peine de fêter ses quinze ans, mais ils voudraient déjà qu'on lui arrache l'utérus pour l'empêcher de mettre au monde d'autres enfants handicapés.

— Mais elle ne le fera que si des hommes lui sautent dessus, observa Darwésh. Il s'apprêtait à poursuivre, mais fut interrompu par l'index furieux de sa femme.

— Dans un autre monde, on pourrait peut-être toutes sortir dans la rue avec les cheveux détachés et le ventre à l'air, mais pas ici. Non, plus une fille est couverte, plus elle a de chances de survivre. – Gawhar serra les lèvres et baissa les yeux. – Excuse-moi, balbutia-t-elle. J'ai tellement de colère en moi… Toutes ces âmes abandonnées…

— En fait, je voulais simplement savoir si les filles pouvaient m'accompagner dans la bibliothèque.

— Oui, tu n'as qu'à les prendre avec toi. Aujourd'hui, il vaut mieux qu'elles n'entendent pas les mots qu'Askol et moi allons échanger au-dessus des marmites.

Frmesk se laissa glisser dans les bras de son père. Elle adorait aller avec lui dans la bibliothèque. Ils s'y rendaient souvent pour lui lire des histoires ou lui chanter des chansons folkloriques.

La bibliothèque était dissimulée derrière deux tentures épaisses, car tout le monde n'appréciait pas la vue de cette collection de livres et de savoir en provenance de tous les coins du monde. Surtout d'Occident. Mais il y avait une multitude de livres derrière ces tentures, et Frmesk aimait leur parfum. Gawhar emmenait régulièrement la petite dans cette partie de la maison. Alors, elle ouvrait les livres devant elle pour qu'elle puisse sentir la surface rugueuse du papier et parcourir les pages et les reliures. Mais elle ne lisait jamais les livres à voix haute, car elle n'en était pas capable. À l'exception du Coran sacré qu'elle avait appris par cœur, du début à la fin. C'était avant Darwésh, avant qu'elle ne se marie à un mécréant et que la plus grande partie de sa famille ne lui tourne le dos. Un jour, Darwésh avait déclaré que les livres incarnaient la liberté, mais que le Coran était la plus grande prison qu'on ait jamais créée, et que tous ceux qui se croyaient libres dans la cage du Coran n'étaient que des imbéciles aveugles. À la suite de cela, ils ne s'étaient pas adressé la parole pendant plusieurs jours. Mais parfois, elle se demandait s'il n'avait pas raison, en fin de compte.

— Kani, dit Darwésh, lorsqu'ils se furent faufilés derrière les tentures. Tu veux toucher un livre ?

Son menton était humide. Son corps se balançait.

Il lui tendit un manuel scolaire, et ses gros doigts se refermèrent dessus, comme si c'était un oisillon qu'elle avait ramassé maladroitement.

Darwésh sourit. Ce n'était qu'un livre de grammaire anglaise, alors même si elle bavait dessus, cela n'empêcherait pas la Terre de continuer de tourner.

— Il y a ici des livres qui viennent de nombreux continents, dit-il en regardant autour de lui. Tu les liras, un jour, Frmesk. Tous. – Il sourit à Kani. – À l'exception de celui-ci, peut-être.

Frmesk promena un doigt sur le front et l'œil de son père. Elle lui fit suivre une vieille cicatrice qui s'étirait verticalement sur son visage.

Darwésh disait toujours que les rides venaient avec la sagesse, et que la sagesse venait en lisant des livres. Mais que pour cette ride, celle qu'elle venait d'effleurer, c'était tout le contraire. Elle avait été causée par un éclat d'obus qui l'avait rendu borgne.

Il l'embrassa sur le front.

— Et si je vous racontais une histoire à propos de mes ancêtres ? Les anciens zoroastriens ?

Les deux filles hochèrent la tête sans vraiment comprendre. Kani s'approcha et s'assit sur le tapis, à ses pieds.

Il la regarda.

— Toi aussi, tu es zoroastrienne, Kani, dit-il en lui souriant. Ta mère est ma cousine, alors elle est comme moi. C'est juste qu'aujourd'hui, elle vit à la mode musulmane, comme Gawhar. Mais au fond d'elle, ta mère est zoroastrienne, ma fille. – Il assit Frmesk sur le sol, à côté de Kani. – Je vais donc vous raconter l'histoire des vieux sages. Ceux qui chantaient pour le soleil et pour le feu, et qui réunissaient les dieux et les hommes, là où le ciel entre en contact avec la terre.

Il fut interrompu par des bruits dans l'entrée.

— Darwésh ? appela Gawhar. Muhammad et Anwar sont là… avec des perdreaux.

Darwésh tapa dans ses mains.

— Vous voulez d'abord aller voir les oiseaux ?

Les deux filles acquiescèrent. Il leur tendit à toutes les deux une main et tira pour les aider à se lever.

— Peut-être que maman nous préparera un rôti de volaille pour ce soir ?

Les voix étaient maintenant dans la cuisine.

— Combien de perdreaux veux-tu, maman ? Quatre, ça te va ?

— Quatre ? s'exclama Gawhar. Mais combien en avez-vous abattu ?

— C'est Anwar, la fine gâchette, répondit Muhammad. Je l'ai juste accompagné parce que j'avais besoin de prendre l'air et de me changer les idées, après toutes les funérailles d'hier. – Il regarda Darwésh, qui venait d'entrer dans la cuisine. – C'était une journée abominable. Je n'ai pas pu fermer l'œil de la nuit. J'espère que tu vas mieux, aujourd'hui, maman. Je t'ai longtemps cherchée en vain, j'étais très inquiet.

— Ta mère n'a pas dormi non plus, cette nuit, mon garçon, dit Darwésh.

— Je n'ai pas très envie d'en parler, dit Muhammad. Tu le sais.

— Ces femmes n'étaient pourtant pas des pécheresses, comme vous les appelez, mon fils, mais des pratiquantes, qui fréquentaient ta propre mosquée.

— Ce n'est pas ça, le problème. Ce sont tous ces cris. – Le regard de Muhammad se fit distant. – La mosquée est en ruine. Maintenant, on va devoir collecter des fonds pour la rebâtir.

— Les morts ne reviendront jamais sur cette terre, dit Darwésh. Mais une mosquée peut toujours être reconstruite, mon fils.

Muhammad opina.

— En effet, si Allah le veut, poursuivit-il. Nous avons apporté des perdreaux frais.

— Gras et délicieux, intervint Anwar.

Frmesk se cacha derrière les jambes de Darwésh. Kani l'imita, mais avec beaucoup moins de discrétion.

— Hé, je n'avais pas remarqué ces deux princesses, dit Muhammad en s'accroupissant. Ne serait-il pas temps que Kani reprenne l'étude du Coran ? demanda-t-il. Elle est toujours la bienvenue chez nous. Elle nous manque.

— Merci, mais nous faisons une pause, répondit Askol.

— Ça ne lui ferait pourtant pas de mal, sourit Muhammad. Chez nous, tout le monde est le bienvenu, et même si Kani a besoin de plus de temps pour apprendre les versets que les autres enfants de l'école coranique, je suis prêt à m'adapter à son rythme.

— Elle ne retient rien, de toute façon, gronda Anwar. Elle sait à peine parler à son âge, alors elle ne doit pas avoir grand-chose dans le crâne.

Askol adressa un regard offensé à Anwar, mais Gawhar l'apaisa d'un hochement de tête patient.

— Restons courtois, dit Muhammad. Je crois que mes parents apprécieraient. Et puis, nous avons tous eu une journée horrible.

Anwar acquiesça.

— J'avais oublié où j'étais. – Il baissa le regard sur les volatiles, qui étaient posés sur le sol, à côté de Gawhar. – Mais les perdreaux, vous les voulez ?

— Vous mangez avec nous, ce soir ? demanda Darwésh.

Muhammad le regarda.

— Pas moi, papa. Il faut que je répète des prières *namaz*, ce soir, pour que nos frères et sœurs musulmans puissent se préparer pour les *tarawih* du ramadan. – Il prit une profonde inspiration. – On te voit rarement à la prière *namaz*, papa. Ce serait mieux, si mon propre père venait assister à mes prières. Ne serait-ce qu'une fois de temps en temps.

— Je t'ai toujours soutenu, dit Darwésh. Mais je préfère prier chez moi, tu le sais. Et puis, ta mosquée n'existe plus, à présent.

Muhammad secoua la tête.

— On utilise d'autres locaux, et l'appel à la prière se fait toujours du haut du minaret. Je suppose que tu l'as entendu. Et vous ? demanda-t-il alors en se tournant vers Anwar.

— Je… euh…

— Je ne parlais pas de la prière, dit Muhammad. Je voulais savoir si vous veniez manger chez papa et maman, ce soir.

Anwar jeta un regard à Gawhar et Darwésh.

— Pas aujourd'hui. Ma mère veut me voir.

Gawhar avait fermé les yeux. Elle avait mal au cœur, rien que d'entendre la voix d'Anwar.

— Nous comprenons, dit Darwésh. En tout cas, merci pour les perdreaux, les garçons. – Puis il tendit les bras à Frmesk. – Je dois aller faire la lecture aux filles. Aux deux. Elles ont l'esprit vif.

— C'est vrai, ma petite sœur est intelligente ! s'exclama Muhammad, en se penchant pour prendre Frmesk dans ses bras. Regarde, Anwar, comme elle est belle. Si tu étais plus intelligent, tu traiterais mieux tes femmes.

— Bien, l'interrompit Darwésh en récupérant Frmesk dans les bras de son fils. Je crois qu'elle a suffisamment joué à l'avion pour aujourd'hui. Elle va finir par avoir la tête qui tourne.

— Si Frmesk s'alimente comme tout le monde et qu'elle ne passe plus son temps à hurler, dit Anwar, peut-être que je devrais la ramener chez moi, même si ce n'est qu'une fille.

Gawhar eut l'impression que son cœur tombait sur le sol sableux, sous ses pieds. Elle sentit venir la nausée et n'osa pas ouvrir la bouche.

— Elle commence tout juste à se rétablir, dit Darwésh d'une voix légèrement chevrotante. Elle ne t'apporterait guère de joie pour l'instant.

— Mon cousin… poursuivit Anwar… les gens trouvent étrange qu'elle ne soit pas élevée dans ma maison.

Darwésh tendit Frmesk à Askol.

— Je pense qu'il faudrait passer de la pommade sur ses plaies. Tu peux t'en occuper ?

— Ses plaies ? répéta Anwar. Qu'est-ce qu'elle a encore ?

Il suivit Askol du regard, tandis qu'elle quittait la pièce.

Darwésh secoua la tête.

— Ne t'inquiète pas. C'est une simple affection cutanée. Elle finira bien par s'en débarrasser un jour. Et tant que nous utiliserons la pommade que m'envoie un de mes amis de Paris, ça ne se verra pas trop. Mais tu avais commencé à parler de ton cousin. On aurait dit que c'était à lui que ça ne plaisait pas que Frmesk habite chez nous.

— Une fille comme elle serait plus en sécurité auprès de son père… Et Kamal… – Il agita les bras. – Si je la veux, je la reprends, c'est tout.

— Ta fille vit chez nous, à présent. C'est ici qu'elle est le plus en sécurité, laissa échapper Gawhar.

— Le plus en sécurité ! La parole d'une tailleuse de diamants autoproclamée ne vaut rien face à la mienne.

— Ça suffit, dit Muhammad en posant une main sur l'épaule d'Anwar, en même temps qu'il lançait un regard ferme à son père pour le dissuader de répliquer. Tu n'as pas le droit d'offenser mes parents sous leur propre toit. – Il donna une tape sur l'épaule d'Anwar. – Il y a déjà suffisamment de conflits dans nos vies, pas vrai ? On ferait mieux d'y aller et de les laisser en paix. Une maison pleine de malades et de handicapés n'est vraiment pas un endroit pour toi.

Anwar hocha la tête et marmonna quelque chose dans sa barbe.

28

16 AOÛT 2016

HÔPITAL DE SKEJBY, DANEMARK

— Je vous ai apporté une couverture, dit Lene. Je sais que vous avez souvent froid après vos opérations.

Sur l'écran du téléviseur, derrière Lene et Darya, un reportage monopolisait l'attention de Frmesk.

— Vous regardez ou vous voulez qu'on éteigne pour vous ? demanda Darya.

— Je regarde, répondit Frmesk.

La voix émise par le téléviseur se diffusa dans la pièce. *Nous partons maintenant à l'étranger, où de nombreuses femmes kurdes yézidies ont été enlevées par l'EIIL pour être vendues sur des marchés.*

— Je voulais juste m'assurer que tout allait bien. J'ai terminé mon service, mais Darya peut vous aider, si vous avez besoin de quelque chose, dit Lene.

Frmesk inspira profondément et se tourna péniblement sous sa couette.

— C'est horrible, ce qui se passe là-bas, commenta Darya, pour tâter le terrain.

Frmesk ferma les yeux un instant.

— Je pense que je n'oserai jamais retourner en Irak, poursuivit Darya en tirant une chaise près du lit.

— Je ne *pourrai* jamais retourner en Irak, dit Frmesk. Je signerais mon arrêt de mort. – Elle regarda le plafond blanc. Des câbles électriques couraient entre les plafonniers plats et allongés. Heureusement, ceux-ci étaient éteints, si bien que leur lumière intense ne lui rongea pas les yeux. – L'Irak ne se résume pas à l'État islamique, ajouta-t-elle.

— C'est effrayant, dit Darya. En tout cas, moi, ça m'effraie.

— Tant que des hommes musulmans se considéreront tellement supérieurs aux femmes, ils nous effraieront, dit Frmesk.

Darya baissa les yeux.

— Mon père voudrait que je découvre comment s'appelaient votre mari et votre père.

— C'est hors de question.

— Il ne croit même pas que vous vous appeliez Frmesk, même si je lui ai assuré que c'était votre vrai prénom.

— Vous ne devez absolument rien raconter à votre père qui soit en rapport avec moi, dit Frmesk sèchement. Ne me trahissez pas une deuxième fois !

Darya secoua la tête.

— C'est juste que je ne sais pas quoi lui dire, car si je mens, il s'en rendra compte, et si je ne dis rien, il deviendra soupçonneux.

— Vous ne devez pas lui mentir. Dites-lui simplement qu'il n'y a rien d'autre à savoir, et que nous parlons uniquement du Coran.

Il y eut un moment de silence. Un chariot avec une roue voilée passa dans le couloir.

— Mon cousin a accompli le pèlerinage, l'été dernier, poursuivit Darya avec un soupir. Alors, il est rentré hadji il y a à peine un an. Papa dit qu'il viendra bientôt ici pour me voir.

— Je voudrais que vous me préveniez, si jamais il vient, s'empressa de dire Frmesk.

— Je serais moi-même plus tranquille si je savais quand, mais je vous le dirai, dès que j'en saurai plus.

— J'espère que vous hériterez d'un bon mari, qui vous considérera comme son égale.

— Papa dit que mon cousin souhaiterait devenir imam, mais je ne sais pas vraiment. Je n'ai pas le souvenir que c'était une lumière.

Le regard de Frmesk sembla sombrer en elle-même.

— Je ne sais pas s'il y a besoin d'être une lumière pour devenir un imam. Mon grand-père était une lumière à la fois dans son cœur et dans son âme, mais c'était tout sauf un imam.

Elle serra sa couette autour de ses jambes.

— Toutes ces histoires de femmes opprimées et d'EIIL, dit Darya. Ça m'inquiète. Je ne sais plus vraiment quoi ou qui croire. Je ne sais même pas comment est mon cousin. Et s'il était comme tous ces hommes abjects ?

— Je ne devrais sans doute pas vous le dire de façon aussi directe. Mais je vous comprends.

— Vous, au moins, personne ne décide pour vous.

— Vous n'en savez rien, répondit Frmesk.

— Je voudrais être libre comme vous. Je veux devenir médecin.

— Mais je ne suis pas du tout libre, dit Frmesk en haussant les épaules. Regardez-moi. Je suis prisonnière de mon propre corps. Ce lit est ma maison, et vous les infirmières, vous êtes les seules personnes avec qui j'ai des contacts.

— Ne dites pas ça, chuchota Darya.

Frmesk regarda ses mains.

— Il y a des fois où je me dis : une simple entaille et tout serait fini.

29

2 JUILLET 1990

ZAMUA, KURDISTAN

Les maisons étaient tassées les unes contre les autres. La plupart étaient jaunes ou couleur sable, mais certaines se démarquaient par leurs murs roses ou verts. Au-dessus d'elles se balançaient les câbles électriques.

Darwésh cueillit une grosse mandarine orange dans un arbre, qui étendait ses bras sur la rue, face à eux. Il l'éplucha rapidement et tendit un quartier du fruit juteux à Frmesk. Il prit lui-même quelques morceaux et donna le reste à Gawhar.

Non loin de là, une foule bruyante s'était rassemblée. Cela grouillait de femmes en tchadors et voilées et d'hommes aux chemises chamarrées. On récitait des prières au son des *dafs*. *Lâ ilâha illallâh, wa Muhammad rasûlullâh.* Il n'y a de Dieu qu'Allah et Muhammad est Son prophète.

On aurait dit une immense houle de mains, pulsations de *dafs* et voix mélodieuses. Des centaines de peaux tendues dans des cercles flottaient au-dessus de la marée humaine, et leurs battements palpitaient dans l'air sur un tempo monotone.

Du sang s'écoulait dans les nombreux sillons de la route, et Frmesk commença à faire des petits sauts entre ces minuscules rivières rouges. Lorsqu'elle regarda devant elle, elle s'aperçut qu'elles ruisselaient entre les jambes de la foule bruyante.

— *Baba* Darwésh, dit Frmesk au milieu d'un bond. Qu'est-ce qu'ils font ?

— Ils abattent des animaux pour rien, répondit-il.

Un des pieds de Frmesk atterrit dans une flaque de sang et de petites gouttes lourdes giclèrent dans tous les sens.

— Fais un peu attention à tes chaussures, jeune fille, s'écria Gawhar, agacée. – Puis elle passa aussitôt une main dans l'épaisse chevelure bouclée de l'enfant. Après tout, ce n'était pas sa faute si Darwésh était un mécréant. – Ce sont les pèlerins dont je t'ai parlé à la maison. Ils sacrifient des animaux. Ça s'appelle le *qurbani*.

— *Qurbani*, répéta Frmesk. Ce sont tous des pèlerins ?

— Non, pas tous, dit Gawhar avec un sourire. La plupart sont des spectateurs, tandis que les autres abattent des bêtes pour fêter le retour des pèlerins. – Elle hocha la tête. – C'est important de se rendre à La Mecque pour honorer Allah, c'est pour cette raison qu'on abat des animaux.

— C'est quand même du gaspillage, commenta Darwésh.

Frmesk regarda ses chaussures.

— Alors, tout ce sang, c'est celui des vaches ?

— C'est exact, poursuivit Gawhar. Approchons-nous, comme ça tu pourras mieux voir à quel point ce sacrifice rituel est impressionnant.

Darwésh se pencha et chuchota quelque chose à l'oreille de Frmesk.

— C'est stupide.

— Le pèlerinage de La Mecque constitue l'un des cinq piliers de l'islam, et le *qurbani* en fait partie, dit Gawhar sans regarder son mari. On ne plaisante pas avec ça.

— Non, non, s'exclama Darwésh. Si je partageais cette foi, moi aussi je ferais tout pour obtenir mes soixante-douze vierges au paradis. C'est bien de ça qu'il s'agit, pas vrai ? Un bon pèlerin ne se reconnaît-il pas aussi à son goût pour la viande de vierge ?

— Arrête un peu, dit Gawhar, furieuse. Si tu les mets tous dans le même sac, alors tu ne vaux pas mieux qu'eux. Il y a beaucoup de gens bien sur cette place.

— N'empêche que c'est quand même du gaspillage, insista Darwésh. Si le but est de montrer qu'on a bon cœur, pourquoi ne pas donner tout simplement de l'argent aux pauvres ?

Darwésh poussa un léger gémissement quand le coude de Gawhar se planta entre ses côtes.

— Il ne faut pas tout mélanger. Tu sais très bien que le pèlerinage et la *zakât* sont deux choses différentes, dit Gawhar.

— Mais ils font tous les deux partie des cinq piliers de l'islam.

Gawhar secoua la tête et prit Frmesk par la main pour qu'elle la suive parmi la foule bruyante et transpirante. Frmesk trouvait qu'il y avait une odeur aigre. Comme les vieilles femmes qui ne prenaient pas de bains et les hommes qui portaient des pantalons sales.

Autour d'eux, le gravier se fit de plus en plus poisseux et sanglant. Les seuls visages que Frmesk pouvait voir étaient ceux des autres enfants entre les jambes des adultes.

Plus loin, il y avait au moins vingt vaches avec la gorge tranchée. Elles avaient toutes une patte avant ligotée sous la poitrine. Juste à côté, il y avait un troupeau de vaches encore en vie. Leurs yeux étaient exorbités, leurs regards paniqués, et il fallait plusieurs hommes pour tenir chacune d'elles dans la file qui les menait au couteau et aux mares de sang.

Les gens hurlèrent lorsqu'une nouvelle vache beugla et que le couteau s'enfonça dans sa gorge.

— *Baba* Darwésh, quand est-ce qu'on rentre ? demanda Frmesk en s'agrippant à sa main.

Elle se pinçait le nez et la bouche. Une odeur de mort et de fer empestait l'air.

— Viens, ma fille, dit-il en la prenant dans ses bras.

Frmesk enfouit son visage dans son épaule et s'efforça de ne plus penser à ce spectacle sanguinaire.

— Ils les tuent l'une après l'autre parce qu'ils pensent que c'est encore plus saint quand elles se voient mourir, grogna Darwésh. Qu'on ne vienne pas me dire que ce n'est pas de la psychopathie collective. On aurait mieux fait de laisser la petite à la maison avec Aso. Cet endroit ficherait la frousse aux plus courageux, poursuivit-il en caressant le dos de Frmesk.

— Au moins, ce ne sont pas leurs propres fils qu'ils sacrifient. Et puis ça sert une bonne cause. Pense un peu à tous ces pauvres qu'on va pouvoir nourrir jusqu'à l'Aïd al-Adha.

Le soleil faisait vibrer l'air et cuisait le sang mêlé au gravier. Derrière eux, un cri différent traversa la foule, tellement strident que tout le monde se figea. Le cri retentit de nouveau, suivi par d'autres.

— Ces idiots n'ont tout de même pas piétiné quelqu'un à mort ? dit Darwésh, en colère, en plaquant la fillette contre lui dans un geste protecteur.

L'agitation gagna la foule et les pieds transformèrent le sang en mousse.

— C'est une femme, cria une voix, un peu plus loin.

— Une femme ? – Gawhar posa une main sur l'épaule de Darwésh. – Il faut qu'on aille voir ce qu'il se passe.

Il y eut une bousculade. Les nombreux corps comprimés les uns contre les autres affluaient et refluaient telles des vagues. Les vaches s'étaient libérées et couraient maintenant dans tous les sens en envoyant de la boue sanglante en l'air. L'une d'elles fonça sur la foule, et chuta, entraînant quelques hommes avec elle. Les hommes furent saisis de panique. Quand elle se releva, on lui planta plusieurs fois un couteau dans le corps. Les cris de Frmesk se fondirent dans le chaos ambiant, lorsqu'elle ouvrit les yeux et vit les coups de couteau. Un homme, qui avait été percuté par la vache furieuse, gisait par terre. Son visage était déformé par la douleur et un de ses yeux était sorti de son orbite. Sa chemise était déchirée.

— Ferme les yeux, mon enfant, dit Darwésh en mettant une main devant le visage de Frmesk.

Derrière eux, les cris étaient toujours aussi stridents.

Des hommes s'étaient attroupés et on aurait dit qu'ils rouaient de coups de pied quelque chose par terre.

— *Hasbiyallâhu wa ni'ma al-wakîl.* Allah me suffit, Il est mon meilleur garant, hurla une femme.

Gawhar la saisit par l'épaule.

— *Yâ Allâh.* Que se passe-t-il ?

— Ils sont en train de s'acharner sur le cadavre d'une femme, cria l'inconnue. – Ses yeux bruns clignèrent. – Elle vient d'être jetée d'une voiture à l'instant. Elle a reçu une balle et n'a plus de mains. Elle a dû déshonorer sa famille. Maintenant, elle a ce qu'elle mérite.

— Je vais les arrêter, dit Darwésh, hors de lui, en tendant Frmesk à Gawhar.

Gawhar le retint par le bras.

— Tu es plus malin que ça, et il ne fait aucun doute qu'elle est déjà morte.

— Je fais ça pour tous les autres, répliqua Darwésh. Il faut que j'essaie de les ramener à la raison avant que la moitié de la ville ne se fasse piétiner dans le sang.

Gawhar acquiesça et prit Frmesk, tandis qu'elle suivait du regard son mari. Il leva les bras et cria de sa voix la plus profonde qu'ils devaient tous se calmer s'ils ne voulaient pas que d'autres meurent sous leurs pieds. C'était comme cela qu'elle l'aimait le plus. Quand son autorité naturelle et sa force intérieure éclipsaient tout et tout le monde, et qu'il faisait rentrer les choses dans l'ordre. Elle secoua la tête. Rien ne rentrerait dans l'ordre ici. Elle avait aperçu la morte. Et elle l'avait reconnue. Elle savait que la jeune femme n'aurait jamais péché, mais c'était malgré tout pour cela qu'elle avait été châtiée.

— Tu n'aurais jamais dû assister à ça, chuchota Gawhar en serrant Frmesk contre elle. Ce n'est pas l'œuvre d'Allah. Ce sont les hommes qui gâchent tout, pas Allah. – Les perles de son chapelet défilaient sous ses doigts. – C'est la faute des hommes, il faut qu'on s'en souvienne.

Une main agrippa l'épaule de Gawhar.

— Maman !

— Aso ? Mais que fais-tu ici ?

— C'est Rubar, expliqua Aso, essoufflé.

— Rubar ?

Le cœur de Gawhar s'arrêta de battre.

— Elle va accoucher, maman, c'est tante Askol qui m'envoie. – Sa voix était angoissée. – Elle est en train d'accoucher, maman !

— Mais… – Gawhar scruta la foule autour d'elle. À quelque distance de là, une vache beuglait. – Elle n'est pas encore à terme.

— Mais elle est en train d'accoucher, maman. Il faut que tu y ailles tout de suite. J'ai vu du sang. J'ai vu du sang sur les mains de tante Askol.

Elle enlaça Aso et s'efforça de retenir ses larmes.

— Ramène Frmesk chez nous. Immédiatement. Et quoi qu'il arrive, ne t'arrête pas, ne te retourne pas. Vous devez rentrer directement à la maison.

Aso acquiesça et prit Frmesk dans ses bras.

— Et ne la quitte surtout pas jusqu'à notre retour. Il ne faut pas qu'elle reste seule.

Il acquiesça à nouveau.

Gawhar les embrassa tous les deux sur le front et disparut aussitôt dans la foule. Ses pieds s'enfoncèrent dans la boue sanglante et elle sentit l'humidité s'infiltrer dans ses chaussures. Sa vue se brouilla. Il ne fallait pas que Rubar saigne. Elle n'aurait pas dû accoucher avant plusieurs semaines.

30

3 JUILLET 1990

ZAMUA, KURDISTAN

— Ça y est, je suis rentrée, dit Gawhar, épuisée. Ils vont bien tous les deux, mais je suppose qu'Aso te l'a déjà dit. – Elle accrocha péniblement son tchador. – J'ai croisé Muhammad à la mosquée et il m'a raccompagnée à la maison.

— Et Aso ? demanda Darwésh, qui venait d'apparaître avec Frmesk dans l'embrasure de la porte de la cuisine. Il était aussi à la mosquée ?

— Non, mais je l'ai vu courir après des garçons qui pourchassaient un chien.

Darwésh fronça les sourcils.

— Je lui avais pourtant demandé de rentrer tout de suite pour tout me raconter.

— Les garçons sont comme ça, papa, tu le sais bien, dit Muhammad en tendant un sac à Gawhar. J'ai donné à maman un gros foie de veau. Tu sais à quel point je raffole de son ragoût de foie.

Darwésh opina.

— On en raffole tous, mon fils.

Gawhar se dirigea vers la table de la cuisine et renversa le sac. Le foie chaud s'étala sur la planche à découper.

— Muhammad vient manger avec ses enfants, ce soir.

— C'est une bonne idée, dit Darwésh. Comment va Rubar, maintenant ? Je ne sais pas comment s'est passé l'accouchement, vu qu'Aso n'a pas rempli sa mission.

— Elle commence à se remettre, dit Gawhar en tirant un long couteau effilé d'un seau de riz. Je suis plus inquiète pour le bébé. Ce n'est pas facile d'être une fille dans cette famille.

— Il a tout de même déjà un fils, dit Darwésh. Peut-être qu'il s'habituera à avoir une fille à la maison, cette fois ?

— À mon avis, tous les anges du monde ne parviendraient pas à adoucir la haine de cette famille, dit Gawhar.

— Dans ce cas, il faudra qu'on réitère notre exploit, dit Darwésh en passant une main dans les cheveux de Frmesk.

— Il ne se séparera jamais d'une autre fille.

Les pensées de Gawhar fusaient dans toutes les directions et un flot de paroles était sur le point de jaillir de sa bouche. Personne d'autre qu'Allah ne connaissait l'ampleur des secrets qu'elle détenait dans la prison de ses pensées, et Il la punissait, jour après jour, parce qu'elle ressentait les choses autrement. Parce qu'elle prenait soin des morts. Elle tenait leurs corps sans vie dans ses bras et cachait leurs assassins au fond de son cerveau. Elle aurait tellement voulu pouvoir soulager son cœur. Sortir de ces ténèbres douloureuses. Mais elle savait que chaque mot qu'elle dirait n'aboutirait qu'à plus de mort et de malheur.

Le couteau glissa à travers le foie tendre, ouvrant de longues entailles rouge brunâtre. Ses mains tremblaient. Ses muscles étaient tendus sous sa peau. Le foie était tellement frais qu'elle avait l'impression de ressentir la chaleur de l'animal.

— J'aurais quand même préféré que ce soit un garçon, dit-elle en s'efforçant d'oublier ce qu'elle brûlait de révéler. Puisque cet enfant vivra dans sa maison.

— Je parlerai à Anwar, maman, dit Muhammad. Si tout le monde n'avait que des fils, l'humanité s'éteindrait.

Gawhar poussa une petite tranche de foie tiède vers le coin de la planche à découper.

— Goûte le foie, mon fils.

— Non merci, maman. Il faut que j'y aille. Et puis je n'aime pas trop tout ce qui est saignant. Pour moi, ce sera du foie grillé.

Darwésh s'empara du morceau de foie et l'enfourna dans sa bouche.

Frmesk fronça le nez.

— Ne t'inquiète pas, ma fille, dit Gawhar. – Elle sourit, bien qu'elle eût le cœur plus lourd que tout ce qui l'entourait. – Ce n'est pas une nourriture pour les femmes. Toutes ces protéines, ce n'est pas bon pour nous.

— Exactement, dit Muhammad. À ce soir.

Frmesk regarda la porte, par où Muhammad venait de disparaître, puis de nouveau sa mère.

— Est-ce que ma grande sœur a eu une petite fille comme moi ?

— Oui, mon enfant. Une petite fille comme toi.

— Une princesse, intervint Darwésh.

— Qui doit se laver les cheveux, dit Gawhar. Tout de suite.

— C'est trop dur, *daya* Gawhar.

— Une fille doit être capable de faire sa toilette toute seule, tu le sais très bien. Tu te rappelles certainement ce qui s'est passé, la dernière fois que tu as trop attendu pour te laver les cheveux.

Frmesk secoua la tête. Elle se souvenait parfaitement du son que faisaient les poux quand on les écrasait entre ses ongles.

— Ce n'est pas sa faute si quelqu'un les lui a refilés, dit Darwésh en se penchant pour prendre Frmesk dans ses bras. Je vais te les laver, ne t'en fais pas, chuchota-t-il à son oreille.

— Qu'est-ce que vous manigancez, tous les deux ?

— Rien, répondit Darwésh en prenant un air surpris.

Gawhar tourna à nouveau son attention vers le foie.

— Je me disais… on pourrait peut-être avoir besoin d'une vache.

— Une vache ?

— Comme ça, on aurait toujours du lait et, avec, on pourrait faire notre propre beurre et nos propres yaourts. Tu adores mes yaourts maison, n'est-ce pas ?

Il regarda Frmesk.

— Tu comprends, maintenant, pourquoi ils auraient mieux fait d'être gentils avec ces vaches, hier.

Frmesk sourit.

— J'ai très bien entendu, dit Gawhar. Ça n'a absolument rien à voir, et je n'ai pas envie d'y repenser pendant que je prépare ce foie. Je n'ai plus de lait frais, ce n'est tout de même pas compliqué à comprendre.

— Dépêchons-nous de laver ces cheveux, dit Darwésh. Je crois qu'il y a deux ou trois petites bestioles, là-dedans, qu'on ferait bien de chasser.

— Qu'est-ce qu'ils ont, les cheveux de Frmesk ?

— Aso ! Tu es de retour, s'exclama Darwésh. – Il s'approcha tout près du jeune homme. – Je ne t'ai pas appris à caillasser les chiens. J'espère t'avoir mieux éduqué que ça.

Aso baissa les yeux et ses épaules s'affaissèrent.

Darwésh lui caressa les cheveux.

— Ces garçons avec des pierres dans les mains, un jour ils finiront par lapider des femmes à la place de chiens. Penses-y.

— Oui, papa.

Darwésh donna une tape sur l'épaule d'Aso.

— Ta sœur doit se laver les cheveux, et vu dans quel état ils sont, je crois que je vais avoir besoin d'aide. Tu veux bien aller remplir la baignoire d'eau chaude et nous sortir le bon savon, en attendant que j'arrive avec le petit monstre ?

Gawhar rassembla les lamelles de foie et les plongea dans une marmite vide. Ses doigts étaient bordeaux et poisseux. Cela ferait bientôt quatre ans qu'ils avaient arraché Frmesk des griffes d'Anwar. Maintenant, une autre petite fille allait grandir dans sa maison.

31

L'odeur de la nourriture de Gawhar flottait comme une couverture au-dessus de la famille réunie dans le salon. Frmesk était assise parmi les enfants de Muhammad, qui étaient tous les quatre plus âgés qu'elle.

— Vous avez faim, les enfants ? demanda Muhammad en grattant les cheveux de son fils cadet.

— Maman a fait un délicieux ragoût de foie, dit Aso, ravi, en regardant son grand frère.

— Oui, je l'ai préparé spécialement pour vous, les hommes, ajouta Gawhar. Tends-moi ton assiette, Muhammad, je vais te servir une portion d'adulte.

— Mes fils aussi vont en manger, dit Muhammad en suivant du regard la louche qui déversait le ragoût de foie sur son riz jaune, dans son assiette creuse.

— Et vous, les filles ? demanda Darwésh à Frmesk et Amal. Ça vous dirait d'y goûter ?

— Elles ne doivent pas être affamées à ce point-là, dit aussitôt Muhammad. Elles se sont nourries d'effluves de cuisine toute la journée.

— Les ventres des petites filles aussi peuvent avoir faim, rétorqua Darwésh. Je sais par expérience qu'il est bon de faire manger la même chose aux filles et aux garçons.

— Mais ce ne sont que des filles, voyons. Elles n'ont pas les mêmes besoins que les hommes.

— Les garçons et les filles sont pourtant semblables à l'intérieur.

— Je ne fais que suivre le Coran, dit Muhammad. Nous avons des rôles différents dans la vie. C'est aussi simple que ça.

— Des rôles différents ? répéta Darwésh. Puisque les femmes mettent au monde nos fils, je ne peux que te donner raison.

— Et les filles, s'empressa d'ajouter Aso avec un large sourire.

— Oui, il est vrai que les femmes jouent un rôle important, admit Muhammad en acquiesçant. C'est pour ça qu'on doit aussi enseigner le Coran aux filles, afin qu'elles deviennent des femmes suffisamment raisonnables pour comprendre où est leur place.

— C'est dommage que Sabri ait dû rester à la maison, dit Darwésh. Si elle continue à faire autant d'eczéma, on ferait peut-être bien de l'emmener voir un médecin. – Il remarqua que Muhammad ne mâchait plus. – Il me semble que ça dure depuis un peu trop longtemps.

— J'en parlerai à Sabri. – Muhammad regarda sa mère. – J'ai entendu dire que votre voisin s'était trouvé une nouvelle épouse ?

— En effet, la nouvelle femme de M. Latif s'appelle Chra, répondit Gawhar. Ça a été une énorme perte pour lui quand Manij est décédée. Le cancer qui la rongeait a fini par l'emporter, mon fils. Et un de ses vœux les plus chers était de voir ses filles se marier. On en parlait souvent, le vendredi, à la mosquée car grâce à tes prêches elle y trouvait toujours du réconfort. Ses filles te seront éternellement reconnaissantes d'avoir retrouvé leur mère vivante sous les décombres. Mais à présent, leur deuil est terminé et la maison de notre voisin avait besoin d'être prise en main par une nouvelle femme.

— Personne ne voulait de ce vieux bonhomme, dit Darwésh en servant du riz, du pain et des tomates à Frmesk et Amal, qui étaient assises à côté de lui serrées l'une contre l'autre.

— Il y avait aussi des rumeurs qui prétendaient qu'il était prêt à échanger ses trois filles contre une nouvelle épouse, poursuivit Muhammad.

Il se redressa et fit craquer sa nuque des deux côtés.

— C'étaient plus que des rumeurs, malheureusement. – Gawhar secoua la tête. – Il a troqué ses trois filles contre une fille de seize ans de Kani Sard.

— Ça fait jeune, commenta Muhammad. Mais ça lui fait toujours deux bouches de moins à nourrir.

— Manij était une très bonne amie, dit Gawhar. Et je me fais du souci pour ses trois filles. Ça n'a pas été facile pour elles de perdre leur mère, et qui sait quel destin les attend maintenant.

Au même moment, la porte s'ouvrit brusquement et le plus jeune fils de Fatima fit irruption dans le salon.

— Ils entrent dans les maisons, cria-t-il, à bout de souffle. Les soldats, ils viennent nous chercher.

Darwésh indiqua immédiatement les tentures.

— Muhammad, emmène les enfants sous la bibliothèque. Je vais refermer derrière vous.

La trappe se referma au-dessus de leurs têtes, si bien qu'ils se retrouvèrent dans le noir complet.

Frmesk était assise dans les bras de Muhammad, tandis qu'Aso avait pris avec lui ses neveux et Amal. Ils baignaient dans une obscurité épaisse, et Frmesk sentait sur elle les mains de Muhammad.

Aso était tellement effrayé que Frmesk percevait l'odeur de sa sueur. Elle regarda en direction du plafond. Le parquet grinçait et Muhammad tremblait.

Les voix, au-dessus d'eux, étaient sceptiques, et ils entendirent tomber plusieurs livres. La voix de *baba* Darwésh était chaleureuse, comme toujours.

— Je ne suis qu'un ancien colonel, dit-il. Mes enfants ont quitté le nid et plusieurs d'entre eux sont partis à la guerre. Vous savez comment c'est, et comme vous pouvez le constater sur mes papiers et sur mon visage, j'ai bien servi mon pays. Ces livres appartenaient à mon père, vous connaissez les vieilles personnes, elles sont un peu farfelues, parfois. Je n'ai pas eu le cœur de les jeter, alors je les ai cachés derrière une tenture pour qu'ils ne dérangent personne. Nous avons du ragoût de foie ! Vous en voulez ? Je suis certain que ma femme a préparé à manger pour plusieurs jours. C'était un vieux mouton avec un gros foie bien gras.

— Ferme-la, vieux con ! cria une voix en arabe.

— Si vous voulez, répondit Darwésh. Mais c'était vraiment un vieux mouton.

— Y a-t-il des jeunes hommes dans cette maison ? poursuivit une autre voix, sur un ton agressif.

— Des jeunes hommes ? Non, pas en ce moment. Mon fils Sherzad doit se trouver près de la frontière du Koweït avec son régiment, et Muhammad est imam, Allah en soit remercié. Et puis il y a Aso, qui vit à Erbil.

— Pourquoi le portrait du président est-il accroché à l'envers ? lança une troisième voix.

— Le président Saddam Hussein ? dit Darwésh. C'est probablement mon épouse qui l'a dépoussiéré. Sa vue n'est plus très bonne.

Dans la cave, ils entendirent Darwésh marcher sur le parquet.

— Voilà, poursuivit-il. Le président est maintenant à l'endroit et dans un cadre dépoussiéré.

— Quel imbécile ! cria le premier soldat. Donc, tu n'as aucun fils dans cette maison ?

Une chaise fut renversée.

— *Baba* Darwésh ! lâcha Frmesk.

Son corps tremblait.

Muhammad posa une main sur sa bouche.

Les bottes se déplacèrent au-dessus de leurs têtes.

Frmesk sentit que Muhammad appuyait plus fort. Il transpirait et son visage était humide.

Tout à coup, ce fut le silence.

Muhammad retint son souffle.

De la poussière tomba du plafond.

Puis la lumière se déversa dans la cave.

— Vous pouvez remonter, dit Darwésh. Ils sont partis.

— On a eu chaud, marmonna Muhammad en gravissant l'escalier. On n'aurait pas dû prendre les filles avec nous. J'avais tellement peur qu'elles n'arrivent pas à rester tranquilles.

— C'est trop dangereux de les laisser en haut quand il y a des soldats, dit Darwésh. Elles parlent trop facilement.

Muhammad acquiesça lentement.

— C'est vrai. – Il tourna le regard vers Frmesk. – Ça ne lui ferait peut-être pas de mal de s'instruire un peu. Si vous me laissiez la prendre chez moi et l'emmener à l'école coranique, on pourrait faire des merveilles. Comme je l'ai déjà dit, l'étude du Coran est aussi bénéfique pour les filles que pour les garçons.

— C'est encore un peu tôt, dit Gawhar. Mais laisse-nous y réfléchir.

— Ce n'est pas trop tôt, insista Muhammad. Et ça renforcerait sa réputation en ville.

Gawhar acquiesça.

— On en reparlera.

32

27 JUILLET 1990

ZAMUA, KURDISTAN

Darwésh regarda Gawhar, qui était assise sur le tapis moelleux avec Frmesk. Elle essayait d'apprendre à la petite comment elle devait carder les fibres de laine vierge, et d'après ce qu'elle pouvait constater, la fillette s'en sortait remarquablement bien. Ses petites mains étaient pleines de laine.

— Si tu veux mon avis, dit Darwésh avec un sourire en coin, une paire de chaussettes chaudes a plus de valeur un jour d'hiver que tous les versets du Coran.

Gawhar leva le regard, perplexe.

— Ne dis donc pas de sottises. Ce n'est absolument pas comparable. – Elle secoua la tête. – Le Coran et des vieilles chaussettes. Et puis quoi encore ?

— Tu as raison, ma chérie, dit Darwésh en se grattant le menton. Ce sont deux choses qu'on ne peut pas comparer.

Gawhar hocha la tête, satisfaite.

— Mais…

— Mais quoi ? soupira Gawhar, lasse. Tu sais quoi ? Le jour où tu feras une phrase sans dire *mais*, il y aura deux soleils dans le ciel.

— Je n'avais encore jamais entendu cette expression, répliqua Darwésh. – Ses yeux souriaient à sa femme et à Frmesk, assises sur le tapis. – Je tâcherai de la retenir.

— Il ferait très chaud, dit Frmesk.

— S'il y avait deux soleils dans le ciel ? demanda Darwésh. Oui, ce ne serait sans doute pas très agréable. C'est pourquoi je vais devoir m'appliquer à dire *mais* tout le temps.

Aso pouffa. Il était assis à côté de son père, en train de lire le journal.

— Je me demande ce qui est le plus utile, dit Darwésh en refermant brusquement son livre. Quand je me promène dehors en plein mois de janvier et que le froid matinal me mordille les pieds, est-ce que je préfère enfiler une paire de chaussettes en laine, tricotées main et bien chaudes, ou être accompagné de quelqu'un qui lit le Coran pendant qu'on marche ? Je ne dis pas, s'empressa-t-il d'ajouter, que les deux n'ont pas leur intérêt, je dis seulement que Frmesk aurait plus intérêt à savoir tricoter des chaussettes chaudes qu'à connaître le Coran par cœur.

— Il y en a, comme moi, qui puisent la chaleur dans les mots du Coran, dit Gawhar. Et ils peuvent nous apporter beaucoup plus de choses que tes chaussettes, mon ami.

— J'aimerais bien savoir ce qui peut être plus important que mes chaussettes.

Darwésh haussa les sourcils. Il vit qu'Aso et Frmesk souriaient.

Gawhar secoua la tête.

— Il ne faut pas se moquer de la religion. Muhammad a raison. Ça ferait du bien à notre petite fleur d'apprendre le message noble distillé par le Coran, et elle a aussi besoin de protection.

— De protection contre quoi ?

Elle lui lança un regard furieux.

— Tu le sais parfaitement.

— Mais quand je regarde autour de moi en ville, je me dis souvent qu'il faudrait peut-être qu'on la protège contre le Coran, car toutes les femmes que tu laves sont justement mortes au nom de son noble message.

— *Lâ hawla wa lâ quwwata illâ billâh*. Il n'y a de force et de puissance qu'en Allah, dit Gawhar, déterminée. Ne sois pas bête. Les gens nous estimeraient plus, si je pouvais leur dire que Frmesk étudie le Coran avec un imam. C'est aussi simple que ça et tu le sais. Tu n'es tout de même pas opposé à ce qu'elle apprenne à lire et à écrire ?

— Non, bien sûr. La lecture et l'écriture sont des outils utiles qui peuvent lui ouvrir la voie vers une vie riche, mais pourquoi commencer par une œuvre lourde et dogmatique, alors que n'importe quel livre profane lui offrirait un cadre plus libre ?

— Elle peut très bien étudier un livre qui lui apporte à la fois des connaissances et une protection, dit Gawhar en aidant Frmesk à brosser la laine entre les deux cardes. Le Coran la rendrait aussi plus vivante.

— L'important n'est peut-être pas d'être le contraire de la mort, ma chère, mais d'exister. Tu comprends ? dit-il en inspirant profondément. Je ferais mieux d'aller chercher quelques livres sur la pensée critique.

Aso regarda son père.

— La pensée critique ?

— La pensée critique, c'est le fait de s'interroger sur ce qui est la norme. Et en ce qui concerne la littérature religieuse, les penseurs critiques sont largement minoritaires.

— Ce n'est pas à nous de critiquer l'œuvre d'Allah, protesta Gawhar.

— C'est exactement ainsi que pense la majorité des musulmans à l'heure actuelle, mon fils, dit Darwésh, le regard rivé sur Aso. Mais ont-ils raison ? Doit-on renoncer à son libre arbitre au profit de quelque chose qui pose tous les cadres de notre existence ? La pensée critique consiste à poser des questions et à réfléchir.

— Le Coran n'est-il pas au-dessus de ça, puisque c'est Allah Lui-même qui l'a écrit ? dit Aso.

— Si, répondit aussitôt Gawhar. Ce n'est pas aux hommes de mettre en doute la parole d'Allah. Quand nous le faisons, nous foulons aux pieds le cadeau qu'Il nous a fait au travers de la vie et de Son message. – Elle caressa la mèche blanche de Frmesk. – Tu as vu tout ce que ton frère a appris en étudiant auprès de Muhammad ?

Frmesk acquiesça et sourit à sa mère.

— Moi aussi, je veux lire comme Aso.

Gawhar regarda Darwésh.

— Tu entends ça ? Elle voudrait étudier le Coran, comme Aso.

— Je serais ravi qu'elle étudie, répondit Darwésh. Mais je pense qu'elle ne devrait pas étudier le Coran avant d'être en âge de faire ses propres choix… et de comprendre ce que ses choix impliquent. – Il se tourna vers Aso. – Mon garçon, tu veux bien aller chercher un coran et une bible dans la bibliothèque ?

— Aussi une bible ?

— Oui, s'il te plaît.

— Qu'est-ce que tu vas encore inventer ? s'écria Gawhar.

Darwésh s'était levé et approcha une lampe de sa chaise.

— Assieds-toi ici, dit-il à Aso, lorsque l'enfant revint avec les deux livres. – Puis il regarda Frmesk. – Tu veux aider ton père ?

Frmesk bondit sur ses jambes, un grand sourire aux lèvres, tandis que Gawhar secouait la tête, dépitée.

Darwésh souleva Frmesk et la posa sur une chaise, près de la lampe. Il plaça un drap blanc dans ses mains.

— Peux-tu le tenir devant la lampe, comme un écran ?

Elle acquiesça et leva les bras devant la lampe.

— Bien. Regarde bien, mon garçon. Je vais maintenant placer un livre entre la lumière et le drap. Tu vois le livre ?

— Oui, dit Aso, d'une voix assurée.

— Parfait. Maintenant, je vais lever le deuxième. Tu le vois aussi ?

— Oui.

— Moi aussi, je le vois, dit Frmesk, derrière l'écran.

Darwésh lui adressa un sourire.

— Aso, dit-il. Peux-tu me dire lequel est le Coran et lequel est la Bible ?

Aso plissa le front.

— Mais papa, on ne voit que leurs ombres.

— Exactement, mon garçon. Les mots des deux dieux projettent la même ombre, et chaque livre n'est rien d'autre que l'ombre de son auteur. C'est la raison pour laquelle nous devons toujours nous montrer critiques à l'égard des livres que nous lisons, en particulier s'ils sont censés avoir été dictés il y a des siècles par une force surnaturelle. – Il hésita un instant. – Les seules choses qui devraient projeter des ombres aussi longues, ce sont les montagnes.

— Plus tu bourreras le crâne des enfants avec tes discours réformateurs, dit Gawhar, plus ils éprouveront le besoin de lire le Coran. Et pourrais-je récupérer Frmesk ? Tu nous as interrompus en plein travail domestique. Tu pourras toujours essayer de te montrer critique à l'égard de tes orteils, la prochaine fois que tu auras froid aux pieds et que tu n'auras pas de chaussettes parce que tout le monde à la maison réfléchit et se pose des questions au lieu de tricoter.

Frmesk était toujours debout sur la chaise avec le drap dans les mains. Elle fronça les sourcils.

— Je vois à la fois les ombres et les livres, papa.

Darwésh la souleva au-dessus de sa tête.

— Cet enfant est philosophe. Regardez-moi ces yeux pleins de sagesse. Ce n'est pas à l'école coranique qu'elle devrait aller, mais à l'université. Elle sait se placer au bon endroit. – Il lança un regard en direction de Gawhar. – Je te le dis, ce qui est frappant chez elle, ce sont ses yeux sans fond. On a l'impression qu'ils contiennent un manuscrit inconnu. Cela irradie d'elle.

— Oui, oui, dit Gawhar. Mais pour l'instant, elle a des choses à apprendre ici : le tricot et la cuisine. – Elle hocha la tête et rangea la laine et les cardes dans un panier. – Les filles ont beaucoup de choses à apprendre avant de devenir des femmes.

— C'est exactement le sens de mon propos, dit Darwésh en tournant le regard vers Aso. Ne vaudrait-il pas mieux la laisser être une fille plutôt que de la cacher dans l'ombre d'un livre ?

— Je ne sais pas, papa.

Aso lorgna du côté de sa mère.

— Nous sommes ce que nous sommes, et il serait préférable qu'elle se tienne dans la lumière du message coranique, dit Gawhar.

— Ma fille, le monde dans lequel tu as vu le jour te fera trébucher sur les lettres des ténèbres, mais avec la volonté de vivre que tu possèdes, tu choisiras de trébucher sur la voie des sommets et non des profondeurs. Et j'espère que, comme les larmes maternelles, tu aideras de nombreuses générations à entrer dans la vie, ce qu'aucun ragoût ni aucun livre péremptoire ne t'enseignera. Pour cela, il te sera plus utile de savoir te placer au bon endroit, dit Darwésh en regardant Frmesk, qui lui sourit d'un air étonné. Elle ne comprenait pas vraiment ce que Darwésh avait voulu dire.

— Ici, dans ce pays, de nombreux devoirs pèsent sur les filles. – Gawhar baissa le regard sur ses mains et pensa à toutes les filles et à toutes les femmes qu'elle avait lavées pour les préparer à l'obscurité infinie de la mort. Elle-même avait eu une belle vie, et cela, c'était à Darwésh qu'elle le devait. – La Sabri de Muhammad a demandé si elle pouvait commencer à apprendre à Frmesk à lire et à écrire pour l'aider à assouvir sa curiosité. Elle voudrait bien apprendre tout cela à ses enfants, mais Muhammad tient à s'en charger lui-même.

— Oui, j'imagine qu'ils auront seulement le droit de lire son saint Coran, lâcha Darwésh.

— C'est tout de même ton fils… et un imam. C'est aussi pour cette raison qu'il estime que c'est à lui d'enseigner à leurs enfants. On ne peut vraiment pas le reprocher à un imam. Tout comme je ne te demanderai jamais d'apprendre à tricoter à Frmesk.

— Je n'ai absolument rien contre mon fils. En revanche, l'imam dont tu parles, il est… On a dû lui bourrer le crâne avec ces conneries avant qu'on le recueille.

— Ça suffit ! dit Gawhar. Je pense que, pour commencer, nous devrions laisser Sabri venir et étudier avec Frmesk, si elle en a vraiment envie.

— Tu es mignonne, murmura Darwésh en tirant Gawhar à lui, si bien que Frmesk, qu'il portait dans ses bras, disparut entre eux. C'est une bonne idée pour toutes les deux de permettre à Sabri de venir ici pour donner des leçons à Frmesk. – Il déposa un baiser sur le front de Gawhar. – Je vais acheter les vaches dont tu as besoin. Deux, ça te convient ?

— Des vaches ? s'écria Gawhar, stupéfaite.

— Oui, ça fait tellement longtemps que tu m'en parles, et je pense que c'est le moment. Aso et moi, on leur préparera un endroit demain.

— Ce sera fantastique d'avoir du lait frais. – Gawhar s'empressa d'embrasser son époux sur la joue. – Tant qu'on y est, il y avait autre chose.

— Tu ne veux tout de même pas une chamelle en plus ?

Aso et Frmesk éclatèrent de rire. Darwésh laissa Frmesk glisser jusqu'au sol pour qu'elle puisse rejoindre Aso.

— Une chamelle ? Non… Non, c'est à propos de cette mèche blanche.

— Et voilà, on y revient encore une fois.

Les rides sur le front de Darwésh se creusèrent.

— L'autre jour, poursuivit Gawhar, alors qu'on lavait Shaima en vue de son enterrement…

— Oui ?

— En rentrant, Frmesk m'a dit que c'était Rahim, l'oncle de Shaima, qui l'avait abattue.

— Qu'est-ce qu'elle a dit ? – Darwésh regarda sa femme dans les yeux. – Comment le saurait-elle ? Elle a dû entendre l'une de vous le dire.

— Personne ne l'avait dit, je te le jure, car de tels propos pourraient nous coûter la vie. – Gawhar fixa Darwésh. Des milliers de voix chuchotaient à son oreille, et elle craignait que ces mêmes voix ne s'adressent à Frmesk. – Je voudrais pouvoir teindre sa mèche en noir.

— Nous ne devons pas céder face à tous les idiots qui font une fixation sur la mèche blanche de cette enfant. C'est encore une interprétation erronée et ridicule du Coran ! s'emporta Darwésh. Il faut que nous ayons une discussion avec Frmesk et que nous lui expliquions qu'elle ne doit pas inventer des histoires pareilles.

— Nous allons lui teindre les cheveux en noir. – Gawhar ne l'écoutait plus. – Nous allons les teindre en noir, comme ça plus personne ne les verra.

— Parce que tu crois qu'elle inventera moins d'histoires après ça ?

— Non, peut-être pas, mais elle se fera moins remarquer et ne fera plus autant parler. Et alors, elle pourra dire ce qu'elle voudra, ça n'aura plus d'importance.

— C'est comme avec les livres dans la bibliothèque, dit Aso.

Darwésh se tourna vers le garçon.

— Qu'est-ce que tu veux dire ?

— Il faut que Frmesk devienne une ombre.

33

17 AOÛT 2016

HÔPITAL DE SKEJBY, DANEMARK

— Vous n'en croirez pas vos oreilles, dit Darya.

Frmesk referma brusquement son ordinateur et la regarda.

— Ma mère a commencé à me parler de mariage.

Darya s'assit.

— Je vois bien que ça ne lui plaît pas du tout. À moi non plus, ça ne me plaît pas. – Elle baissa le regard. – Elle m'a parlé de la nuit de noces, des draps et de tout le reste.

— Les imbéciles, dit Frmesk en secouant la tête, désespérée. Attendons de voir, maintenant, si ça se concrétise avec votre cousin.

— Bien sûr, que ça va se concrétiser ! Pourquoi ma mère me parlerait de ça, sinon ? Elle semble soucieuse et ça m'inquiète.

— Est-ce que c'est à propos de votre virginité qu'elle est soucieuse ?

— Vous n'allez pas vous y mettre aussi ? s'exclama Darya. Mon père est de plus en plus insistant. Depuis peu, il m'appelle dans le salon et me tient des discours interminables à propos du fait que je ne dois pas faire honte à ma famille. Je crois qu'il a peur que je refuse. Certaines fois, il se met dans une colère telle qu'il me menace de m'envoyer en voyage de rééducation si je ne fais pas ce qu'il dit. – Elle cacha son visage dans ses mains. – Je ne reconnais plus du tout le père de mon enfance.

— Beaucoup de choses changent quand des femmes comme nous approchent de la puberté.

— J'avais à peine plus de dix ans quand ça a commencé, mais c'est venu peu à peu, alors je ne l'ai pas remarqué tout de suite. Au début, c'étaient des petites choses. Il ne voulait plus que je fasse de sport avec les garçons, et comme on ne pouvait pas faire autrement, il a fallu que je fasse du sport en robe. Et il était hors de question que j'aille à la piscine. Excusez-moi, je vous déballe ma vie.

— Ne vous excusez pas, dit Frmesk.

— Je n'avais le droit de rien faire, poursuivit Darya. Tout à coup, mon père s'est mis à épier tous mes faits et gestes. Plus de fêtes, plus de soirées chez les copines, plus de voyages scolaires. Pour finir, je n'avais même plus le droit de sortir seule. Et c'est toujours un peu comme ça. Il n'y a qu'à l'université et ici, à l'hôpital, que j'ai droit à un peu de liberté. Au collège, j'étais constamment harcelée parce que je m'isolais, et mes professeurs me disaient que je devais participer davantage à la vie de la classe. Mais ce n'était pas moi, le problème, c'était mon père. Je ne pouvais pas le dire, alors je devais toujours mentir, inventer des excuses. – Elle se leva et se dirigea vers la fenêtre. – C'était l'enfer, à la maison comme au collège, et si on finit quand même par m'envoyer en voyage de rééducation au pays, alors tout ça n'aura servi à rien.

— Vous savez bien quel est le but de ces voyages, n'est-ce pas ?

— Je préfère ne pas y penser, mais oui, j'ai lu un tas de choses sur le sujet sur internet. Et si on a de la chance, ils nous confisquent notre passeport et on reste coincées là-bas pour une durée indéterminée, ou bien il peut aussi arriver qu'on doive épouser un inconnu. Dans le pire des cas, on ne revient jamais chez soi, parce que le voyage se termine par un crime d'honneur. Je n'arrive toujours pas à croire que ça existe.

— Vous avez parlé à quelqu'un de tout ça ?

— Seulement à vous.

— Les gens ont souvent du mal à comprendre parce que nous jouons bien la comédie, dit Frmesk. Ils croient que nous avons nous-mêmes fait ce choix et que nous sommes heureuses. Parce que c'est ce que nous disons, soupira-t-elle. Une partie importante de notre culture est basée sur le mensonge et les faux sourires, et ici, dans ce pays, les gens tombent dans le panneau, tout simplement parce qu'ils ne peuvent pas imaginer la brutalité inouïe avec laquelle certaines d'entre nous sont traitées dans l'intimité de leur foyer.

— J'aimerais tellement pouvoir refuser, dit Darya d'une voix triste.

Frmesk ferma les yeux. Ses traumatismes avaient commencé, accompagnés d'images et de mots violents.

— J'ai aussi lu que si la fille ne revient jamais, poursuivit Darya, alors sa famille invente des histoires comme quoi elle a commencé des études au pays ou elle en avait assez de l'Occident, et ça s'arrête là. Personne n'ose se mêler d'affaires où des musulmanes ont disparu sans laisser de trace.

Elle serra les lèvres.

— J'espère que vous trouverez la force de dire non. – Frmesk se redressa dans son lit. – Mais le prix à payer pour exister en tant qu'être humain est élevé.

Les images défilaient sur l'écran du téléviseur, à l'arrière-plan. Le son étouffé de CNN News captait l'attention de Frmesk, mais cela ne suffisait pas à détourner ses pensées. Elle regarda vers son ordinateur.

— Comment était votre père ? demanda Darya.

— Je n'ai pas envie de parler de ça maintenant.

— Moi, j'ai l'impression d'avoir perdu le mien. – Darya hésita un court instant. – Je n'ai pas réussi à le convaincre que votre père et votre mari étaient morts, ni que vous êtes bien celle que vous prétendez être. Il n'arrête pas de me poser des questions que je m'efforce d'éluder.

— Et c'est seulement maintenant que vous me le dites !

Ses traumatismes s'abattirent sur elle comme une pluie de coups de poing et de coups de pied.

34

21 FÉVRIER 1991

ZAMUA, KURDISTAN

Le courant d'air, qui traversait la cuisine entre le couloir et le jardin, était froid et mordant. Cela faisait longtemps que la nuit avait relâché son étreinte sur Zamua, mais la présence glaciale de l'obscurité persistait comme un serpent lové entre les maisons, tandis que le sommet du mont Goyzha était enneigé. Il allait encore falloir attendre au moins deux mois avant que le soleil ne commence réellement à brûler, et la plupart des habitants de la ville étaient impatients de profiter de cette période, entre le souffle glacial de l'hiver et la chaleur torride de l'été.

Frmesk était assise sur un tapis avec Sabri. Devant elles, plusieurs livres étaient ouverts, et sur les jambes de Frmesk était posé un cahier si imposant que seules les pointes de ses chaussures rouges dépassaient. Ses cheveux noirs étaient noués sur sa nuque. Sa mèche blanche était tirée en arrière comme un fil fin comme de la soie, avant de disparaître aussi dans son chignon. Sa mère pensait que ses cheveux blancs étaient dangereux parce que Frmesk avait raconté un jour ce qu'elle avait entendu une des femmes dire. Mais elle ne comprenait pas pourquoi cela effrayait autant sa mère, étant donné que les femmes parlaient tout le temps, où qu'elles aillent.

— Maman, demanda-t-elle en levant les yeux de son cahier. Pourquoi est-ce que tu laves toujours les femmes nues ?

Gawhar sursauta, au moment où elle versait de la farine dans un saladier.

— On va s'occuper de tes devoirs, maintenant, dit Sabri, nerveuse, en saisissant un livre.

— Mais pourquoi doivent-elles être lavées ?

— On les lave afin qu'elles soient propres et belles quand elles montent au ciel, ma fleur, répondit Gawhar calmement.

— Elles ne reviendront jamais ?

— Non. Elles ne reviendront jamais. C'est pourquoi elles méritent qu'on les fasse belles et qu'on leur dise adieu avec amour.

Frmesk se mordit la lèvre inférieure.

— *Baba* Darwésh dit qu'on revient.

— C'est vrai ? C'est ce qu'il dit ?

Gawhar avait enfoncé ses mains dans le saladier.

— Quand on meurt, on revient. – Frmesk fronça les sourcils. – Mais on est quelqu'un d'autre.

— Tu vois ? dit Gawhar en malaxant avec les mains la pâte, qui commençait à prendre forme. *Baba* Darwésh raconte n'importe quoi. Pourquoi reviendrait-on en étant quelqu'un d'autre ? Dans ce cas, c'est qu'on ne revient pas, pas vrai ? Non, quand on est mort, on est mort, et c'est comme ça jusqu'à ce qu'on ressuscite au jour du Jugement dernier.

— Si je reviens, dit Frmesk, alors je voudrais être toi, maman.

Gawhar sourit, la tête baissée sur son saladier.

— C'est bien, mon enfant. Mais on ne parle pas de mon activité de laveuse de mort, hein ? Car les gens n'apprécient pas que quelqu'un touche aux morts, alors tout ça doit rester secret, d'accord ?

— Est-ce que leurs mères ne veulent pas les voir, quand elles ont été lavées ?

Gawhar secoua la tête.

— Non, personne ne veut les voir.

— Allah les voit, dit Sabri à voix basse.

— C'est vrai, ma chère belle-fille. – Gawhar essuya la pâte qu'elle avait sur les doigts. – Allah les voit. – Elle s'empara d'un pichet rempli de lait de leurs vaches, qui étaient désormais installées dans une dépendance de la maison. – Vous n'avez pas des leçons à travailler toutes les deux ?

— Si, belle-mère, s'empressa de répondre Sabri. – Elle pointa aussitôt du doigt le cahier sur les jambes de Frmesk. – Essaie encore d'écrire une ligne de *b*. Ils sont presque parfaits.

Frmesk prit son crayon et se pencha sur son cahier.

— Oh, fit Sabri. Ces *b* sont un peu trop de travers. Où as-tu donc la tête ?

— Mes cheveux, dit Frmesk. Maman dit qu'ils sont dangereux.

Les yeux de Sabri sourirent.

— C'est à ça que tu penses pendant que tu écris ?

— Il faudrait qu'on les teigne pour les dissimuler, dit Gawhar en regardant les deux enfants assis sur le tapis. C'est aussi ce que pense Muhammad.

Sabri se gratta vigoureusement le bras.

— Ce sont tes éruptions cutanées qui te démangent ? demanda Gawhar.

— J'ai été obligée de dire à Muhammad que j'apprenais à lire à Frmesk. Il ne veut pas que je sorte sans qu'il sache ce que je fais. – Elle s'éclaircit la voix. – Je lui ai simplement dit que je faisais la lecture à voix haute parce que vous me l'aviez demandé.

— Tout va bien, ma chère. – Gawhar sourit. – Muhammad ne souhaite que le meilleur pour nous tous.

— Oui, mais il m'a dit que ça devrait être à lui de le faire. Parce qu'il comprend mieux le Coran. Mais ce n'était pas ce qui était prévu. Désolée.

— Tu n'as pas à être désolée, dit Gawhar. Frmesk aurait aussi besoin d'étudier le Coran, et c'est vrai qu'il comprend les mots du livre saint mieux que nous tous.

Gawhar se leva en entendant du bruit dans l'entrée. Rubar fit irruption en courant dans la cuisine et se jeta au cou de sa mère.

Darwésh apparut à son tour, avec Baban.

— Elle est complètement bouleversée, dit-il, en colère. La petite est chez Bahra, mais j'ai emmené Baban pour qu'il puisse me donner un coup de main avec les vaches.

Il donna une petite tape sur la tête du garçon, sans détacher les yeux de Gawhar.

— Il faut que tu aies une conversation avec Rubar, pendant qu'on sera dehors. Elle n'a pas voulu me dire ce qui n'allait pas.

Frmesk regarda sa grande sœur. Ses yeux étaient rouges et gonflés, et des larmes coulaient sur ses joues.

— On va s'occuper des vaches nous aussi, dit Sabri en se redressant sur les genoux. Il n'y a pas de raison qu'il n'y ait que les garçons qui s'amusent.

— Fais d'abord un câlin à ta sœur, dit Gawhar. Ça lui fera plaisir.

Frmesk enlaça sa sœur et sentit son haleine chaude dans ses cheveux. Puis elle courut rejoindre Sabri dans le jardin.

— Je vais finir comme la plus jeune des filles de Manij, sanglota Rubar, dès que Frmesk et Sabri furent hors de vue. Et à quoi est-ce que tout ça aura servi ?

— Ce ne sont pas des choses à dire, répondit Gawhar. Tiens, prends un peu de jus de grenade, ma fille. Il est tout frais.

— Un jour, vous retrouverez mon cadavre sur le seuil de votre porte, poursuivit la jeune femme, d'une voix hachée. Je le sais. Défigurée, le corps brisé et lacéré.

— Rubar. – Gawhar prit une profonde inspiration. – Tu sais aussi bien que moi qu'Ashti a été tuée parce qu'elle était impure, quand Latif l'a échangée contre sa jeune épouse.

Rubar se laissa tomber dans les bras de sa mère.

— Pourquoi sont-ils comme ça ? – Son corps tremblait. – Tout est ma faute. Tout. Est-ce que j'ai péché à ce point, maman ? Est-ce que j'ai péché à ce point ? Dis-moi ?

Gawhar secoua la tête et serra Rubar contre elle. Elle chuchota non, mais le mot resta coincé dans sa gorge.

— C'est un miracle qu'il ne m'ait pas tuée et renvoyée chez vous tout de suite après la nuit de noces, continua Rubar. – Sa voix, déjà faible, se brisa. – Si elle est impure ou qu'elle a fauté, vous pouvez garder sa chair et rendre ses os à sa famille. C'est bien ce qu'on dit, n'est-ce pas, maman ?

— Heureusement, tu étais pure et tu n'as jamais fauté, dit Gawhar.

Elle ferma les yeux. Depuis longtemps, elle soupçonnait Latif d'avoir lui-même souillé Ashti et d'avoir su, quand il l'avait échangée, qu'elle lui reviendrait morte. Gawhar avait pleuré toute la journée, alors qu'elle préparait Ashti pour la tombe. Elle la connaissait depuis qu'elle était née. Et maintenant, elle était étendue devant elle. Gawhar caressa les cheveux de Rubar et remercia Allah qu'elle ait été pure, sinon elle n'aurait jamais survécu à sa première nuit avec Anwar. Elle pouvait sentir les larmes de Rubar à travers sa robe.

— Il va me tuer, tu dois me croire. Il va me tuer. Et à présent, Bahra a pris l'habitude de prendre ma petite fille plusieurs heures d'affilée.

Gawhar jeta un regard vers la porte du jardin, tandis qu'elle tenait délicatement la tête de Rubar. Elle frémissait de tout son corps, mais elle ne savait pas si c'étaient ses propres muscles ou ceux de Rubar qui tremblaient le plus. Elle espérait que Darwésh resterait encore un peu avec les vaches.

— Il va falloir que je vienne vivre chez vous, renifla Rubar. Il faut que je m'installe ici avec les enfants.

— Ce n'est pas possible, dit Gawhar doucement. Tu le sais. Il n'acceptera jamais de divorcer, et tout le monde croira que c'est toi qui as péché, si tu le quittes. Et Allah sait quels malheurs Bahra et Tofiq feront pleuvoir sur nous.

— Mais je n'en peux plus. – Son regard parcourut la cuisine. – Je ne peux plus vivre comme ça.

— Je le sais, dit Gawhar, en esquivant le regard de sa fille.

— Tu ne sais pas à quel point il est ignoble, poursuivit Rubar. Je vais m'immoler, maman. – Sa voix chevrotait. Elle s'effondra sur le sol. – Je vais m'immoler par le feu.

— Arrête, dit Gawhar. Tu ne peux pas te suicider.

Elle se coucha sur Rubar, qui était allongée sur le ventre, la tête tournée vers le béton gris. Le corps de Rubar était secoué par les spasmes. Son tchador noir était retroussé, si bien qu'on pouvait voir les nombreux bleus qui constellaient la peau de ses jambes.

— Rubar, ma fille, dit Gawhar doucement. J'ai honte de ce que tu subis, et je prie pour que tu aies une vie meilleure. Mais… – Elle poussa un long soupir. – Tu ne peux pas te suicider. Que deviendraient tes filles ? Baban se débrouillerait sans doute, mais il se retrouverait seul avec un père violent et certainement une belle-mère pleine de haine et d'amertume. Frmesk sera toujours ta fille, et Anwar pourra nous la reprendre à tout moment, s'il le souhaite, ou si Bahra le souhaite. Kamal, le cousin d'Anwar, pourra aussi réclamer Frmesk, et je ne pourrai rien faire pour la protéger, si tu n'es plus là. – Ses muscles vibraient sous sa peau. – Les filles ne vivront pas assez longtemps pour atteindre l'âge adulte… Et même si elles y parviennent, elles connaîtront le même sort qu'Ashti.

La porte du jardin s'ouvrit et un courant d'air froid enveloppa les deux femmes étendues sur le sol.

— Pardon, dit Sabri. Frmesk demande si Rubar peut venir dans le jardin. Elle dit qu'elle aimerait bien être avec sa grande sœur.

Rubar regarda sa mère.

— Va avec Sabri et les enfants. Je parlerai à Bahra. J'irai avec ton père. Seul un homme peut dompter l'esprit toxique de ta belle-mère, ajouta-t-elle en chuchotant à l'oreille de Rubar.

Celle-ci acquiesça et se releva lentement. Elle chercha du regard quelque chose pour essuyer ses yeux.

— Grande sœur, cria Frmesk, dans le jardin. Grande sœur, viens jouer avec nous.

Gawhar regarda Sabri et Rubar s'éloigner. Personne ne devrait côtoyer la mort de si près.

35

23 FÉVRIER 1991

ZAMUA, KURDISTAN

Un sifflement s'insinua dans la maison. Gawhar avait fermé la porte du jardin, car il faisait exceptionnellement froid, ce matin-là, aussi savait-elle que ce n'était pas le vent qui sifflait.

Elle s'étira le dos et regarda d'un air las vers la porte du couloir. Même si, la veille, ils étaient rentrés tôt du mariage de la fille de sa cousine, son corps était tout courbaturé. Les jeunes gens présents à la fête avaient dansé avec un tel enthousiasme qu'elle avait eu plusieurs fois le souffle coupé rien qu'en les regardant. Darwésh avait sautillé comme au temps de ses vingt ans, si bien qu'elle avait eu peur que sa jambe boiteuse ne cède complètement. Elle sourit et secoua la tête à cette pensée.

Le sifflement insistant arracha Gawhar à l'effervescence de la fête. C'était un son ensorcelant comme un chant de sirène.

Gawhar se leva avec lenteur et posa son tricot. Elle suivit le bruit jusque dans la bibliothèque, où Darwésh était assis par terre, à côté d'un panier rond sans couvercle. Frmesk était tranquillement assise en face de lui, avec sa poupée et son ours en peluche. Elle regardait son père.

— Qu'est-ce que c'est ? demanda Gawhar sèchement. C'est le panier que tu as rapporté hier ?

— Je joue juste de la flûte, répondit Darwésh avec un large sourire. Et oui, c'est le panier que m'a donné l'oncle Mawlud.

Gawhar s'approcha du panier. Elle le secoua légèrement du bout du pied. À l'intérieur, quelque chose remua.

— Tu as complètement perdu la tête ? s'écria-t-elle, terrifiée, en prenant aussitôt Frmesk dans ses bras. Tu as amené un serpent dans notre maison ?

— Du calme, ma chérie, dit Darwésh.

— Du calme ? s'exclama-t-elle en le fixant. C'est un serpent ! Dans ma maison ! Est-ce que tu as pensé à Frmesk, espèce de fou ? Tu joues au charmeur de serpent avec elle assise juste à côté ?

Darwésh plongea la main dans le panier et en sortit un petit cobra.

— C'est un jeune, dit-il. L'oncle Mawlud a pensé que ce serait une bonne idée que je perpétue nos traditions familiales. – Il leva les yeux. – Tu sais bien que nous avons une fière tradition de charmeurs de serpent, dans ma famille ?

— Tradition ? – Elle secoua la tête d'un air résigné. – Je ne veux pas de cette tradition chez moi. Fin de la discussion.

— Mais il est plus court que mon bras, gronda Darwésh en tenant le serpent pâle devant son visage.

— Je n'en veux pas dans ma maison. – Gawhar hissa Frmesk, qui avait glissé sur son ventre. – Je n'ai pas d'eau dans la cuisine, poursuivit-elle, agacée. La citerne doit être bouchée.

— Elle est bouchée ?

— Oui, il n'en sort plus une goutte. Tu pourrais peut-être t'en occuper au lieu de faire l'idiot avec ton serpent.

— Je vais emporter ce serpent hors de la maison. J'avais oublié qu'on ne plaisantait pas avec ça, ici. – Il la regarda avec un sourire à peine voilé. – Il me semblait pourtant qu'Allah avait pardonné au serpent d'avoir perverti Adam et Ève, contrairement au dieu des chrétiens, que ça avait mis dans une rage folle.

— C'est Adam et Ève qu'Allah a pardonnés, rectifia Gawhar. Ce serpent doit disparaître. Tout de suite !

Darwésh se faufila devant son épouse et lui reprit Frmesk au passage.

— Montons sur le toit contempler la ville. *Daya* Gawhar sera sûrement fâchée si des serpents aquatiques se sont introduits dans la citerne.

— Je t'ai entendu, dit Gawhar en suivant son mari et Frmesk dans le jardin.

Darwésh grimpa sur le toit en quelques pas alertes. Gawhar l'entendit pester, là-haut, sans comprendre pourquoi.

— Que se passe-t-il ? demanda-t-elle en montant à l'échelle.

— Regardez-moi ce gros rat qui s'est fait prendre au piège ! cria Darwésh.

— C'est de pire en pire. D'abord des serpents et maintenant des rats ! marmonna Gawhar en posant le pied sur le toit.

— On la boit, cette eau, nous, espèce de vieil imbécile ! dit Darwésh, furieux. Il faut que tu arrêtes de te cacher dans notre citerne chaque fois que tu as la frousse.

— *Yâ Allâh.* Mais qu'est-ce que… ? s'écria Gawhar.
— C'est le pantalon de Hama qui a bouché la citerne.

Le vieil homme s'extirpa avec peine de la citerne. Frmesk se tenait à côté et l'observait d'un air stupéfait.

— Mais tu trembles, mon cher voisin. Rentre vite te mettre au chaud, dit Gawhar.

Darwésh regarda dans la citerne.

— Tu ne vas tout de même pas le récompenser d'avoir souillé notre eau potable ?

— Regarde-le, mon chéri. Il meurt de froid.

— Mais qu'est-ce que tu fichais, aussi, dans notre eau, Hama ? interrogea Darwésh.

— Les soldats, parvint à articuler le vieil homme. Ils vont venir me chercher.

— Toi ? – Cette fois, Darwésh ne put s'empêcher de rire. – Si des soldats débarquent dans ta boutique, c'est juste pour acheter de l'eau et des cigarettes.

— En temps de guerre, on ne peut se fier à personne, dit Hama en remontant son pantalon.

— Pas même à un ancien colonel, le taquina Darwésh.

Gawhar lui donna un coup de coude.

Quelqu'un appela, dans la rue.

— On dirait la voix de ta cousine, dit Darwésh en s'adressant à Gawhar. On aurait oublié quelque chose, hier ? Au mariage ?

Gawhar secoua la tête et se dirigea aussitôt vers le bord du toit.

Darwésh donna une tape sur l'épaule de Hama.

— Descendons.

Le vieil homme acquiesça.

Dès que Gawhar vit le visage de sa cousine et la tête voilée de Trifa, elle sut que la nuit ne s'était pas déroulée comme prévu. Hataw entraîna sa fille avec elle.

— Tu raccompagnes Hama chez lui ? demanda Gawhar. Pendant ce temps, je vais tâcher de savoir ce qu'il s'est passé. – Elle regarda Darwésh. – Ensuite, dépêche-toi de revenir.

Darwésh pénétra dans le salon, où les femmes étaient assises. Il fut accueilli par des regards sombres et envoya immédiatement Frmesk dans le jardin.

— Hataw ne peut parler elle-même des malheurs de sa fille devant un homme, dit Gawhar sur un ton grave. C'est pourquoi je vais parler en son nom.

Darwésh s'efforça de ne pas regarder en direction des deux femmes voilées.

— L'honneur de leur famille est souillé, poursuivit Gawhar en soupirant.

Darwésh ferma brièvement les yeux pour cacher sa réaction.

— Il n'y avait pas de sang ? finit-il par dire.

Gawhar secoua la tête.

— Non.

— Il n'y a pas une goutte sur le drap, intervint Hataw, désespérée. Et tout le monde croit que Trifa était impure.

Darwésh opina du chef. Ce n'était pas seulement à cause de la honte que la jeune épouse de dix-huit ans dissimulait son visage derrière un voile, il en était persuadé, mais il ne pouvait rien faire pour réparer ce qui s'était passé dans le courant de la nuit. Il s'agissait désormais d'aider la jeune femme afin qu'elle soit encore en vie à la fin de cette journée.

— Je ne sais pas quoi faire, poursuivit Hataw. On ne l'a pas mariée pour que son cadavre soit déposé devant chez nous le lendemain.

Trifa se recroquevilla sur elle-même.

— Allah, mon créateur, dit Hataw. Je vais finir en enfer avec une fille dévergondée comme elle. Elle est partie de chez son époux en pleine nuit. On a été obligées de s'enfuir, tu comprends ?

Darwésh s'approcha des trois femmes et s'accroupit.

— Excuse-moi, mais je vais te parler franchement, dit-il. Je suis pleinement convaincu de l'innocence de Trifa. Je la connais depuis le jour où elle est née.

— Ce ne sont que des mots, répliqua Hataw. Et ils n'ont aucune valeur dans cette affaire.

— Ce sont justement des mots qui sont la cause de tout ça. Des mots mal interprétés. Voilà ce qui arrive quand on néglige le savoir et l'éducation, dit Darwésh, sur un ton irrité. Je vais aller voir la famille de Bakhtyar pour leur parler. Je pense qu'ils m'écouteront et que Trifa pourra retourner auprès de son mari sans avoir à craindre pour sa vie.

— Dans ce cas, je viens avec toi, dit Gawhar. – Elle regarda Hataw. – Mais vous deux, vous resterez ici et vous surveillerez Frmesk. – Elle prit doucement les mains de Trifa. – Tu veux bien aller dans le jardin voir ce que fait Frmesk ? C'est un espace fermé, vous y serez tranquilles.

— Je vous accompagne, dit Hataw en se levant.

— Non, fit Gawhar. Tu restes ici et tu veilles à ce qu'aucun membre de la famille de Bakhtyar n'entre dans la maison. Les rumeurs vont vite et Hama vous a vues entrer. Ils peuvent débarquer à tout moment, comme tu l'as dit toi-même.

36

Les voix des femmes étaient comme un bourdonnement d'abeilles autour d'une ruche endommagée. Excités et interminables. Gawhar scruta la pièce, qui était pleine de femmes de la famille du mari de Trifa. C'étaient surtout des femmes âgées, qui avaient depuis longtemps été dressées par leurs époux. Il y en avait beaucoup qu'elle connaissait à peine, d'autres qu'elle ne connaissait pas du tout. Darwésh était avec les hommes.

— Ma belle-fille était impure, dit Vian. On ne peut l'accepter dans notre famille. Les gens nous regarderaient de travers. – Elle leva les bras vers le plafond. – Mon pauvre fils.

— On devrait lui couper les doigts, intervint une vieille femme. Mais regarde ! Elle s'est enfuie comme la pute qu'elle est.

— Je suis certaine que la virginité de Trifa était intacte, dit Gawhar. C'est le genre de choses qui se voit, chez une fille.

— Intacte, gronda une autre femme. Elle s'est enfuie comme une chienne. Il n'y a que les coupables qui se comportent ainsi.

— Elle était impure, répéta Vian. Pour moi, sa fuite en est la preuve.

— Et il n'y avait pas la moindre goutte de sang ! cria une quatrième femme, que Gawhar n'avait encore jamais vue. C'est une traînée, ça ne fait de doute pour personne !

— Ou peut-être aussi qu'elle a fui pour sauver sa peau, dit Gawhar, en colère. Vous êtes de vieilles femmes comme moi, vous savez ce qu'il se passe dans ces cas-là.

— Est-ce que tu traites mon fils d'assassin ? hurla Vian en se grattant la poitrine, comme pour s'arracher le cœur. Voilà ce qui arrive quand on marie son fils à une fille d'une famille d'infâmes laveuses de mort.

— Oui, piailla une petite femme en robe noire. L'impureté est contagieuse, tout le monde le sait.

— Oui, merci, dit Gawhar. Si ça ne tenait qu'à vous, les filles assassinées pourriraient toutes au soleil et vous laisseriez les hyènes nettoyer leurs os pour vous.

— Eh bien ! lança une nouvelle voix. On ne va tout de même pas se sauter à la gorge ! On a un mariage à sauver.

Gawhar la reconnut. C'était Peyam, la sœur d'une femme dont elle avait lavé le cadavre dans sa propre arrière-cour, un an plus tôt. La malheureuse avait été surprise avec un autre homme, et ils avaient été tous les deux lynchés et tués sur place. Seules Gawhar et Askol avaient bien voulu la toucher. Alors que Darwésh s'apprêtait à emporter le corps, Peyam avait franchi leur porte et s'était précipitée dans leur arrière-cour, où elle avait pleuré longuement dans les bras du cadavre de sa sœur.

— Quand vous lavez une putain, l'odeur d'impureté vous suit à jamais. Pour moi, la parole d'une laveuse de mort ne vaut rien, dit une femme que Gawhar ne voyait que trop rarement à la prière.

— Ça alors ! s'écria Gawhar. Entendre ça de la part d'une femme qu'on ne voit quasiment jamais à la mosquée.

— En général, je prie de l'autre côté de la ville, là où habitent mes fils.

— Ce n'est pas ce que j'ai entendu dire.

— Tu entends beaucoup trop de choses, répliqua la vieille femme, d'une voix renfrognée.

— Oui, insista Gawhar. Beaucoup de non-dits passent entre mes mains, et pourtant mon fils aîné est un imam.

— Allons, ne nous déchirons pas, dit Peyam. Mme Vian a déjà suffisamment de conflits à gérer dans sa maison.

— Des conflits, grinça Vian. On baigne dans le péché et la honte. Notre maison ne sera plus jamais la même, et l'honneur de mon fils est souillé pour l'éternité parce qu'il a épousé une traînée. Je lui avais dit que cette fille n'était pas faite pour lui, soupira-t-elle. J'implore Allah pour qu'Il venge notre réputation. Que vais-je dire aux gens ?

Gawhar enfouit son visage dans ses mains, tellement elle avait honte des mots qui fusaient à travers la pièce. Chez les hommes, les voix s'étaient adoucies. C'était à peine si Gawhar les entendait encore.

— Toutes les femmes naissent avec un hymen plus ou moins formé, mais toutes ne saignent pas, lâcha-t-elle alors.

— Allah nous protège, gémit Vian en mettant une main sur sa bouche. Mais qu'est-ce qui te prend, Gawhar ? Tu trouves que cette maison n'a pas déjà été assez souillée ?

— C'est la vérité, poursuivit Gawhar. Nous sommes toutes différentes à l'extérieur, alors pourquoi ne le serions-nous pas aussi à l'intérieur ?

— Ces pensées sont dignes d'un démon, hurla une des vieilles femmes.

— Non, *nauzubillah*, dit Gawhar. Il n'y a rien de démoniaque là-dedans. Les corps dans lesquels nous avons été façonnés sont simplement différents. Chez certaines filles, l'hymen est très dense, chez d'autres non, et s'il n'est pas assez épais, alors la fille ne saignera pas lorsqu'elle sera avec son mari pour la première fois.

— *Astaghfirullâh*, Allah me pardonne, déclara la vieille femme en noir en cachant son visage dans l'étoffe épaisse de sa robe.

— D'où sors-tu toutes ces stupidités ? cria une des femmes.

— D'un livre, répondit Gawhar. Un livre de médecine consacré au corps, que mon mari m'a lu.

— Oui, tu as toujours fait confiance à ce mécréant ! Je ne sais pas lire et j'en remercie Allah, dit la femme à la robe noire. C'est le genre de choses qui corrompt les femmes, et c'est ce qui t'est arrivé.

— Vous imaginez, si nos filles pensaient ainsi ? dit Vian. Elles pourraient aller se faire sauter tant qu'elles veulent sans aucune conséquence.

Gawhar vit que plusieurs femmes s'agitaient et murmuraient.

— Ce sont des femmes comme toi, ma chère Gawhar, poursuivit Vian, qui poussent les jeunes filles à baiser dans tous les sens… comme Trifa.

— Trifa n'a pas fait ça, s'emporta Gawhar. Son hymen était tout simplement trop fin ou quasiment inexistant à la naissance.

— Je suis bien contente de ne pas aller plus souvent à la mosquée de ton fils, si c'est le genre de dépravation qu'on y prêche et qu'on y enseigne.

— Mon fils ? s'exclama Gawhar. Il n'a rien à voir là-dedans. L'hymen n'a rien à voir avec l'islam. – Elle poussa un long soupir. – Il y a sûrement plusieurs de vos filles qui ont des hymens trop fins pour qu'elles saignent au cours de leur nuit de noces. Est-ce que vous les jetterez à la porte aussi ? Ou bien est-ce que vous laisserez leurs nouvelles familles les envoyer chez une laveuse de mort ?

Deux des femmes se levèrent et se mirent à crier sur Gawhar comme des hystériques.

— Elle incite à la débauche, cria l'une d'elles. Elle engendre des putains, puis elle lave leurs corps une fois qu'elles ont reçu leur châtiment pour leur lubricité.

Gawhar fut bousculée et faillit tomber, mais elle garda l'équilibre.

— Vous accordez plus de valeur à quelques gouttes de sang qu'aux vies des filles ! lança Gawhar en repoussant les mains d'une femme qui tentait de lui saisir le bras.

— Et toi, tu te préoccupes seulement des cadavres et des putains ! hurla la robe noire.

Ses yeux luisaient de haine. Son front était moite.

— La protectrice et l'embaumeuse des catins ! cria une autre femme transpirante.

Gawhar sentit leurs mains partout sur elle.

— Lapidons son corps ignoble ! lança une voix stridente, quelque part dans l'océan déchaîné de robes et de sueur.

— Pas dans ma maison ! cria Vian.

— Arrêtez ! ordonna une voix d'homme, comme s'il pouvait fendre la masse des femmes en deux.

— Darwésh ! cria Gawhar.

Plusieurs hommes arrivèrent et séparèrent les femmes déchaînées.

— Elle défend les putains, dit Vian à son époux, une fois qu'il lui eut empoigné fermement les deux bras.

— Je ne veux plus entendre parler de cette histoire, dit Faruq, furieux. Darwésh et moi nous sommes mis d'accord, et dès que vous femmes vous serez calmées, nous aurons une longue conversation avec Bakhtyar, de manière à ce que les deux jeunes mariés puissent se réunir à nouveau ce soir.

— Mais elle est impure ! s'écria Vian, une main devant la bouche. Je ne veux pas de cette sale traînée dans ma famille… ni dans ma maison.

— Je n'accepterai pas qu'ils divorcent, dit Faruq. Ils se retrouveront ce soir, et je ne veux plus entendre parler de cette affaire.

— Mais elle…

— Tais-toi, femme ! dit Faruq en resserrant sa prise sur les avant-bras de son épouse.

Vian céda sous la pression de ses mains.

— L'affaire est close, ajouta Faruq, déterminé.

— Mon fils, marmonna Vian. Mon pauvre fils. – Elle regarda son mari. Ses yeux lançaient des éclairs. – Je ne veux pas de cette putain, elle n'est qu'une ombre à mes yeux.

37

5 MARS 1991

ZAMUA, KURDISTAN

Gawhar récitait un verset du Coran à voix basse.

— Viens avec moi dans le jardin, ma petite, appela-t-elle en direction de la maison.

Parfois, elle pensait au jour où Frmesk comprendrait qui étaient ses vrais parents, mais elle repoussait généralement cette idée, car elle ne pourrait jamais se résoudre à laisser la fillette retourner dans cette maison. Elle serait le bouclier de la petite, tant qu'elle vivrait sous son toit, et elle ne pouvait qu'espérer que cela durerait encore longtemps.

Tout à coup, Askol ouvrit la porte du jardin.

— Chra est morte, cria-t-elle, essoufflée.

— Chra ? La Chra de Latif ?

— Ils l'ont découverte à deux pâtés de maisons de chez les Michael.

Les yeux d'Askol brillaient comme si elle avait de la fièvre.

— Il y a quelqu'un avec elle ? Quand est-ce arrivé ?

— Il n'y a que Hapsa. On a réussi à traîner son corps jusque dans l'entrée de la maison de M. Michael. Ils ne sont pas là en ce moment, mais ils ont laissé leurs clefs à Hapsa, au cas où on aurait eu besoin de leur cave pour laver un corps. Apparemment, personne d'autre ne viendra aider.

— Qui d'autre est au courant ?

— Je ne sais pas, Gawhar, répondit Askol, en avançant à tâtons jusqu'à un banc. Le corps est en très mauvais état. Il faut qu'on aille aider Hapsa. Sans attendre. Elle n'arrivera pas à porter Chra toute seule. Elle était enceinte. – Elle regarda Frmesk, qui venait de sortir dans le jardin. – Il faut qu'on y aille maintenant, Gawhar.

— Mais je ne peux tout de même pas laisser Frmesk seule à la maison.

— Dans ce cas, on va devoir l'emmener.

Frmesk observait les visages désespérés des deux femmes. Elle tira sur le bras de sa mère.

— Tout ira bien, ma fille. Maman et tata doivent faire partir un ange. Mais il faut qu'on se dépêche, si on veut arriver à temps pour aider, dit Gawhar.

Askol repartit vers la maison.

— Tout le monde croit que Chra était enceinte d'un autre. Latif est un vieil homme.

Gawhar saisit son sac en passant dans le couloir.

— Ce n'est pas à nous d'en juger. – Elle regarda Askol, qui tenait la porte. – Un jour, nous nous retrouverons tous face à notre Créateur.

Askol prit Frmesk par la main.

— Tu me promets de rester sagement assise pendant que nous préparerons l'ange ?

Frmesk acquiesça. Sa mère lavait souvent des mortes dans l'arrière-cour de la maison, mais elle n'avait pas le droit d'être présente. On lui disait toujours de rester à l'intérieur, mais elle ne pouvait s'empêcher d'espionner sa mère. Les corps nus répandaient une odeur de mort dans le jardin, alors elle n'osait pas y aller pendant plusieurs jours.

— Où est *baba* Darwésh ?

— Il va bientôt arriver, dit Askol en embrassant la fillette.

La maison de la famille Michael était une demeure cossue aménagée avec du mobilier ancien. C'était loin d'être la première fois que la laveuse de mort lavait des mortes chez eux. Et M. Michael avait souvent aidé Darwésh à transporter les corps des défuntes dans le cimetière abandonné après qu'elles avaient été lavées et enveloppées dans leur linceul en cachette.

Cela ne plaisait guère à Gawhar de pénétrer dans leur maison en leur absence, mais ils avaient confié leurs clefs à Hapsa, au cas où une urgence de ce genre se présenterait.

Les trois femmes avaient placé Frmesk dans un angle de la cave avec pour consigne de fermer les yeux, tandis qu'elles descendaient Chra. Askol avait proposé des bonbons à la petite, mais l'odeur familière de mort qui régnait dans la cave l'avait contrainte à décliner. Frmesk entendait leurs voix. Et elles étaient nombreuses. C'était comme si la pièce était remplie de vivantes, mais aussi de mortes.

Une fois de retour dans la cave, Gawhar s'assura que Frmesk allait bien avant de se joindre aux autres près de la table mortuaire. Chra était totalement recouverte d'un drap blanc tout imbibé de sang. Ses pieds dépassaient à une extrémité de la table, mais le reste de son corps était dissimulé.

— Ils lui ont coupé la main, chuchota Hapsa. Au couteau, je crois. Et on n'a pas retrouvé sa main. – Elle saisit un pan de drap et le souleva. – Ils l'ont sûrement donnée à manger aux hyènes.

— Calme-toi, fit Gawhar. Il n'y a pas de hyènes par chez nous. – Sa voix chevrotait. – Ou alors des hyènes à l'apparence humaine, soupira-t-elle.

— Que je me calme ? répondit Hapsa. Comme si c'était facile de se calmer quand des démons s'exhibent sous vos yeux. – Elle agita les mains devant ses oreilles. – Car ceci ne peut qu'être l'œuvre d'un démon.

Elles étendirent un linceul propre sous le corps de la défunte, en même temps qu'elles le débarrassaient du drap ensanglanté.

— Elle a reçu plusieurs balles dans la tête… et dans le ventre. Ils ont voulu s'assurer que son bébé aussi était mort.

— C'est une victime de la guerre. Elle a été tuée par des balles perdues, dit Askol. C'est la rumeur qui court dans la rue.

Gawhar fit glisser ses doigts tremblants sur le ventre arrondi, jusqu'à ce qu'elle sente les blessures sous le tissu.

— Elle a été abattue à bout portant, murmura-t-elle en regardant le visage de Chra, qui était défiguré par deux impacts de balles. Personne ne reçoit deux balles dans la tête et une troisième dans le ventre par accident. Encore moins quand la victime a une main tranchée.

— Maman ?

Les trois femmes se retournèrent, et Gawhar se précipita vers Frmesk qui observait le cadavre avec de grands yeux. Son regard était figé. On aurait dit qu'il s'était enfoncé à travers le tissu et les trous dans le corps de la jeune fille. Jusque dans sa chair déchirée, d'où du sang continuait de s'écouler par les plaies ouvertes.

— Tu n'aurais pas dû amener la fillette avec toi, gronda Hapsa.

— Je t'avais demandé de fermer les yeux. – Gawhar regarda Frmesk et serra sa tête contre elle. – Ma fille, tu ne dois répéter à personne ce que tu as vu ici. Pas même à *baba* Darwésh. Tu comprends ? Tu ne dois en parler à personne. Jamais. Tu as compris ?

— Où est passée sa main, maman ?

Gawhar baissa les yeux.

— Chra a eu un accident, c'est tout, ma fille.

Askol les avait rejointes.

Des larmes coulaient sur les joues de Frmesk et elle haletait.

— Je veux mon papa.

Askol prit la main de Frmesk.

— Viens, on va sortir un peu.

Frmesk tendit les bras et se laissa soulever par sa tante. Mais son regard était toujours rivé au drap sanguinolent et au cadavre.

— Vous pouvez commencer sans moi, dit Askol. Maintenant que son corps est sur la table et que l'eau et les linceuls sont prêts.

Gawhar acquiesça. Ses lèvres étaient blanches. Serrées. Tout le monde savait que c'était Latif ou un de ses frères qui avait abattu la jeune femme enceinte, mais personne ne voudrait s'en mêler. Après tout, elle était coupable. Ce n'était qu'une traînée. Comme Jairan. Voilà ce que les gens penseraient. Peut-être que sa mère ou qu'une de ses sœurs pleurerait en secret. Mais ce qu'elles éprouveraient avant tout, ce serait de la honte.

Frmesk et Askol étaient remontées de la cave et avaient traversé l'entrée raffinée des Michael.

Soudain, un groupe de gens armés de ciseaux et de couteaux se présenta devant la porte de la maison.

— On veut voir la pécheresse ! cria un homme.

Askol le reconnut aussitôt. C'était le frère de Latif, et il avait amené ses fils avec lui. Elle poussa Frmesk derrière elle.

— On veut l'utérus de Chra, cria un jeune en brandissant un couteau d'un air menaçant. On va l'arracher de son corps de pécheresse.

— Il n'y a rien de plus impur que l'utérus d'une putain ! hurla une femme à la voix perçante. Il faut qu'on sorte son bâtard et qu'on déchire son utérus.

— La honte s'est abattue sur notre famille, cria l'homme au couteau en plaquant son visage devant la vitre de la porte.

Askol vérifia que celle-ci était bien verrouillée et repartit en courant dans l'autre sens avec Frmesk. Elle pouvait entendre les couteaux racler contre la porte et les voix, de plus en plus agressives. L'instant d'après, la vitre en verre de la porte éclata.

— Viens, cria Askol en prenant Frmesk dans ses bras. Il faut qu'on retourne dans la cave.

Derrière elles, les pas se rapprochaient et les voix fielleuses retentissaient à travers la maison comme des explosions d'obus.

— Ils viennent chercher l'enfant, cria-t-elle en dévalant l'escalier.

Elle fut accueillie par les regards terrifiés des autres femmes.

— On veut l'utérus empli des péchés de la putain ! hurla le frère de Latif.

Askol serra la tête de Frmesk contre sa poitrine. La fillette tremblait de tout son corps. Askol aussi.

— C'est hors de question, répondit Gawhar froidement. – Elle tenait dans sa main l'éponge avec laquelle elle lavait Chra. – Sortez d'ici ! Allah vous maudisse pour avoir pénétré dans cette maison. Vous n'avez pas honte ?

— Tu parles de honte ? cria le frère de Latif en agitant la main en direction de la défunte. Toute la honte du monde se trouve là. Une salope avec un bâtard dans son ventre. Le sperme du péché doit être expulsé, et tout de suite ! Ce n'est pas une laveuse de mort impure comme toi qui va nous empêcher de faire ce qui doit être fait.

— Je ne vous laisserai pas l'approcher, cria Gawhar en se couchant sur le ventre de la morte.

— Alors on va éventrer la gamine, hurla une jeune femme.

La folie se lisait dans ses yeux.

Hapsa s'effondra sur le sol et leva les mains vers le plafond, tandis qu'elle récitait des prières inintelligibles.

Gawhar vit que la jeune femme pointait un couteau en direction de Frmesk. Askol se consumait d'angoisse. Derrière elle se tenaient deux hommes. L'un d'eux avait saisi Frmesk. La fillette était toujours dans les bras d'Askol, silencieuse et les yeux exorbités.

— Allah vous maudisse, dit Gawhar en abandonnant la défunte pour rejoindre Frmesk.

Le frère de Latif l'agrippa au passage.

— Pas si vite, la laveuse de mort. C'est toi qui vas extirper l'enfant et l'utérus pour nous. On ne veut pas avoir son sang impur sur nos mains.

— Vous avez déjà son sang sur vos mains impures ! hurla Gawhar. Et lâche-moi.

Elle secoua la tête, tandis qu'elle sentait monter la nausée.

— Dans ce cas, c'est la gamine qui va payer, dit-il en désignant Frmesk. La femme pressa la pointe de son couteau contre le visage de la fillette.

Askol poussa un cri.

— Arrêtez, hurla Gawhar au frère de Latif. Je vais le faire.

Son corps se plia en deux. Elle vomit sur le sol. Des crampes lui déchirèrent le ventre.

— Je vais le faire. Je vais le faire. Laissez ma fille tranquille.

Le frère de Latif saisit la main de Gawhar et y plaça un couteau, avant de la refermer sur le manche et de serrer si fort que la douleur irradia son bras jusqu'à son épaule. Elle avait un goût de vomi dans la bouche. Elle glissa son autre main dans sa poche, jusqu'à son petit coran. Elle sentit les contours du livre saint, mais n'y trouva aucune force, aucune lumière, aucun secours. À présent, elle était la mort personnifiée. Elle allait encore séparer une mère et son enfant.

— Maintenant, tu vas sortir cette abomination du ventre de la pute, grogna l'homme.

Le corps de Gawhar était mort. Ses pensées étaient mortes. Sa bouche tenta de réciter une sourate, tandis que le couteau entaillait le ventre et que ses doigts en extrayaient le petit être.

— Pardonne-moi, pardonne-moi, chuchota-t-elle dans la petite oreille inachevée de l'enfant mort, avant que le corps fragile ne lui soit arraché des mains et jeté par terre sous une volée de hurlements sauvages.

Elle regarda fixement Frmesk et Askol. Le visage de Frmesk était de nouveau enfoui dans la poitrine d'Askol, laquelle avait fermé les yeux et balançait la tête d'un air désespéré. Elle appuyait de toutes ses forces sur les oreilles de Frmesk avec ses bras.

— *Allahu akbar ! Allahu akbar !* Que le bâtard brûle en enfer ! hurlaient-ils.

Gawhar ferma les yeux. Son corps tremblait et ses muscles vibraient sous sa peau. Elle récitait ses prières en silence, mais elles n'avaient plus d'effet sur elle. Il n'y avait de refuge nulle part. Bien qu'elle éprouvât le besoin de serrer son coran dans sa main, elle le laissa au fond de sa poche. Quand les créations démentes d'Allah se seraient fatiguées de piétiner l'utérus et le fœtus, Askol et elle devraient laver la mort sur les cadavres de la femme et de son enfant. Elle lança un regard accusateur vers le ciel et cracha presque sur son Dieu, tant elle était en colère :

— *Yâ Allâh.* Pourquoi laisses-Tu la Mort pleuvoir sur nos femmes ? La guerre, l'oppression et la dévastation ne suffisent-elles pas ?

38

— Viens avec moi dans la cuisine, dit Hapsa en prenant la main de Frmesk dans la sienne. Il faut qu'on aille remplir un seau d'eau fraîche.

Frmesk acquiesça, puis regarda en direction de sa mère, toujours figée près de la femme morte, qui était étendue avec son étrange bébé sur la poitrine.

Après le départ des gens en colère, Frmesk était restée longuement assise avec sa mère, et elles avaient toutes pleuré. Askol avait enlacé Frmesk et Gawhar, tandis que Hapsa ramassait le bébé et rinçait le sol. Les lèvres de la vieille femme avaient remué dans une incantation rauque. Pas comme *daya* Gawhar. Cela ressemblait plus à une suite de mots dénués de sens murmurés à l'infini.

— Maman ? dit Frmesk.

— Va avec Hapsa, chuchota Gawhar. Ça vaut mieux.

Frmesk fixa les cadavres de la mère et de son enfant.

Hapsa s'empara du seau.

— Viens !

Gawhar regarda ses mains. Elles étaient propres et prêtes pour la prière, mais seulement en apparence. Il n'y avait rien de propre dans ses mains.

Plus rien. Elle pouvait encore sentir la paroi abdominale de Chra céder sous la lame du couteau. Elle pouvait encore sentir l'enfant mort contre sa peau. Il n'y avait rien de propre en elle. Et il en serait toujours ainsi, désormais.

Askol était allée chercher des éponges et des draps, et plusieurs seaux d'eau savonneuse attendaient au pied de la table.

— Je n'en peux plus, dit Gawhar d'une voix atone.

Askol s'approcha d'elle et l'étreignit.

— Il n'y a que nous qui puissions laver Chra et l'enfant.

— Je le sais, dit Gawhar, sans lever les yeux. – Elle transpirait et grelottait de froid en même temps. – Mais je ne me sentirai plus jamais pure ni apte à prier… En tout cas, pas intérieurement.

— Ne dis pas ça. J'étais là et j'ai tout vu. Tu ne pouvais pas faire autrement.

— Mais c'étaient mes mains. – Gawhar tendit les doigts, tandis qu'elle tournait lentement ses mains dans un sens, puis dans l'autre. – Ce sont mes mains qui ont incisé son ventre, mes mains qui ont tout détruit.

— Toute vie avait déjà été anéantie, dit Askol. Tu ne pouvais rien faire. Il faut que tu me croies.

— Ils étaient encore en parfaite harmonie, poursuivit Gawhar. Le lien qui les unissait, je l'ai rompu, découpé de mes propres mains. – Son regard glissa vers le fœtus, que Hapsa avait ramassé par terre et déposé sur un drap blanc, sur la poitrine de Chra. – J'ai lavé de nombreux enfants morts. Des enfants souillés, mutilés. Dont plusieurs qui avaient commencé à se putréfier. Mais je n'avais encore jamais lavé un fœtus que j'avais arraché de mes mains de l'utérus de sa mère.

— Gawhar. Tu ne peux pas te blâmer pour quelque chose qu'on t'a forcée à faire. – Askol saisit la main de Gawhar. – Quel choix avais-tu, ma chère ? Ils menaçaient Frmesk, et ils auraient extirpé le fœtus de toute façon.

Gawhar acquiesça et tamponna ses joues avec un pan de son foulard blanc.

— Je pense qu'on devrait les laver toutes les deux ensemble, poursuivit Askol. Elles ne faisaient qu'un.

— Il vaudrait mieux laver la petite à part, dit Gawhar.

— Oui, mais elle n'est jamais venue au monde. Elle devrait toujours être dans le ventre de sa mère.

— Tu veux qu'on remette le bébé dans le ventre de sa mère ? demanda Gawhar.

— C'est là qu'est sa place.

— Je ne peux pas faire ça, dit Gawhar. Je viens de l'en sortir.

— C'est pour ça que tu dois l'y remettre. – Askol lâcha les mains de Gawhar. – Regarde-la. Elle n'est même pas encore formée. Pourquoi ne pourrait-elle pas retourner dans le ventre de sa mère, là où est sa place, et y reposer ?

Gawhar cacha son visage dans ses mains. Ses épaules frémirent. Elle allait avoir besoin de l'aide d'Allah pour accomplir le rituel du lavage de mort, mais son calme l'avait quittée.

— Je vais chercher d'autres torchons, dit Askol. Ça te laissera le temps de réfléchir.

Gawhar prit une profonde inspiration et fit glisser ses mains sur son visage. Elle contempla l'incision qu'elle avait pratiquée dans le ventre de Chra.

Puis elle regarda le fœtus. On pouvait à peine voir que c'était une petite fille. Elle se pencha au-dessus de la table et s'empara du chiffon humide qu'Askol avait abandonné. Délicatement, elle commença à laver la peau autour de l'entaille, puis, avec précaution, prit dans ses mains ce qu'il restait du fœtus.

Elle pouvait ressentir les larmes de la mère défunte dans la pièce. Celle-ci pleurait comme seule une mère peut pleurer. Une couronne d'âmes s'élevait autour de Gawhar. Elles se rapprochaient de Chra et de la petite.

— C'est à Allah que nous appartenons et c'est vers Lui que nous retournerons.

Il n'y avait pas d'yeux à refermer, pas de lèvres à joindre. Elle tourna la tête de l'enfant en direction de la *Qibla* à La Mecque et tamponna le corps livide avec son chiffon, tandis qu'elle continuait de réciter des prières.

— Tu n'as pas de nom, mais je te purifie au nom d'Allah le Miséricordieux, *Bismillâhi al-rahmâni al-rahîm*.

Sa voix était faible. Elle sentait le corps de l'enfant à travers l'étoffe fine du chiffon. Elle le lava trois fois. Puis elle ouvrit l'entaille dans le ventre de Chra d'une main, tandis que, de l'autre, elle replaçait doucement l'enfant.

Les deux côtés de la plaie se rejoignirent, mais pas complètement. Il n'y avait plus autant de place à l'intérieur, maintenant que la poche des eaux avait rompu.

Elle se redressa lorsqu'une main se posa sur son épaule.

— Tiens, dit Askol. Sèche tes yeux. Tu as fait ce qu'il fallait.

— Si la famille de Latif l'apprend, ils voudront certainement exhumer le corps pour lui enlever à nouveau son enfant.

— Ça n'arrivera pas. Une fois qu'on aura enveloppé Chra, personne n'osera plus mentionner cet enfant.

Gawhar hocha la tête.

— C'est vrai. – Elle leva les yeux. – Je n'ai pas pu laver la petite convenablement. Le corps n'était pas entier.

— Elle n'était pas encore née, dit Askol. Je suis certaine que tu as fait ce qu'il fallait.

— J'ai récité des prières, poursuivit Gawhar.

— Je le sais. – Askol posa une main sur l'épaule de Chra. – Préparons-la, maintenant.

— Je sais, ma fille. Il t'a tiré deux balles dans la tête, chuchota Gawhar.

— Qu'est-ce que tu dis ?

Gawhar regarda Askol, troublée.

— Pardon, je crois que je délire un peu.

— C'est normal, nous sommes toutes perturbées aujourd'hui.

Gawhar leva les mains devant sa poitrine et porta le regard vers La Mecque. Elle inspira profondément et aurait souhaité pouvoir faire de la place pour Allah dans son souffle.

— *Bismillâhi al-rahmâni al-rahîm*. Au nom d'Allah. J'atteste qu'il n'y a de Dieu qu'Allah et que Muhammad est Son prophète. C'est à Allah que nous appartenons et c'est vers Lui que nous retournerons.

Elle ferma les yeux de Chra et laissa ensuite les extrémités de ses doigts glisser sur ses lèvres.

Askol étendit un linceul propre sur Chra afin de pouvoir retirer l'autre, qui était imbibé de sang.

— On ne va vider ni ses intestins ni sa vessie, dit Gawhar doucement. Pas avec son entaille et le bébé dans son ventre.

— Tu as raison, approuva Askol. Pas aujourd'hui. Tu veux que je commence par laver son visage et sa bouche, à la place ?

— Oui, répondit Gawhar, d'un air absent. N'oublie pas les narines. Trois fois aussi.

— Bien sûr, ma chère. Je sais.

— Excuse-moi, Askol. Il y a tellement de choses à faire. Je m'occupe de ses mains.

— Gawhar, dit Askol à voix basse. Il n'y a qu'une main.

Qu'une main. L'autre main de Chra avait en effet été tranchée, au nom d'Allah le Miséricordieux, et jetée aux chiens. Les doigts de Gawhar cherchèrent de nouveau le petit coran dans sa poche, puis elle ôta sa main.

Elle lava soigneusement les bras de la défunte. D'abord le droit, puis le gauche. Trois fois. Ses pensées tournaient en rond dans sa tête. Des images agressives s'y mêlèrent. Elle secoua la tête pour faire taire les voix. Elle tapota doucement la paume de Chra.

— Tout va bien, ma fille. Je sais. Je sais. Vous serez entre de bonnes mains, je sais.

— Je passe à ses cheveux, maintenant, dit Askol.

Gawhar leva les yeux. Les cheveux de Chra étaient collés par le sang coagulé et la matière qui s'était échappée du crâne. Vu l'état de la nuque de la jeune femme, Askol allait devoir retirer les morceaux de cervelle qui s'étaient mêlés à ses cheveux. Gawhar reprit sa tâche, noyée dans ses pensées. Elle plongea l'éponge dans le seau d'eau savonneuse, puis glissa les mains sous le drap. Elle répéta les mêmes gestes, encore et encore. Elle lava les pieds de la morte, trois fois de chaque côté, et remonta le long de la jambe droite, puis de la jambe gauche. Pour finir, elle enduisit le tout de camphre et d'huile.

Elle contempla le visage de Chra. Askol avait posé un chiffon humide sur ses yeux. Ses cheveux étaient propres et luisants, noués en deux nattes rassemblées en chignon derrière sa tête, afin de masquer les trous dans son crâne.

— Maman ?

Gawhar se retourna et regarda vers la porte, où Frmesk avait surgi avec Hapsa.

— Oh, mon Dieu, s'exclama Hapsa, comme elle est belle !

— Maman ? répéta Frmesk. – Son regard était absent. – Je veux rentrer à la maison, je veux voir *baba* Darwésh.

— Vous n'avez qu'à aller chercher Darwésh, Hapsa et toi, dit Gawhar. Pendant ce temps-là, on commencera à envelopper Chra. – Elle se pencha et donna un petit baiser à Frmesk. – Tu resteras à la maison avec Aso. Il devrait être rentré, maintenant. Ce sera mieux comme ça.

Puis, s'adressant à Hapsa, Gawhar ajouta :

— Tu as apporté les linceuls ?

Hapsa acquiesça et se tourna ensuite vers Askol.

— Je vous ai préparé du thé. Il est dans la cuisine. Il y a aussi du jus de grenade et un peu de pain.

— Nous n'avons pas beaucoup d'appétit, mais ça nous fera sûrement du bien de boire un peu, dit Askol.

Hapsa balaya la cave du regard. Ses narines vibrèrent.

— Ça ne sent même plus la mort.

— Demande à papa de te trouver un bon livre, poursuivit Gawhar d'une voix douce, avant de congédier Frmesk et Hapsa.

Lorsqu'elle se retourna à nouveau, Askol était en train de préparer les linceuls. Gawhar l'observa, tandis qu'elle les dépliait et les étalait un à un.

— Tu veux bien m'aider à placer ces blocs sous son corps, avant qu'on l'enveloppe ? demanda Askol.

— Bien sûr, ma chère. Je voudrais aussi avoir terminé de réciter la prière funéraire avant que Darwésh n'arrive. – Gawhar regarda le visage de Chra. Il était tellement paisible. Comme un masque innocent. – Il va aussi falloir qu'on prépare Chra pour la prière.

Elles s'activèrent en silence pour envelopper la jeune femme. Leurs mains savaient précisément comment coopérer.

Gawhar scruta la pièce autour d'elle.

— Je me demande où ils rangent leurs bougies.

— Tu veux des bougies pour le cortège funéraire ?

— Oui, je ne veux pas que Chra soit portée en terre sans bougies.

Gawhar fit glisser une main sur le ventre de Chra qui, comme le reste de son corps, était à présent enveloppé dans les linceuls blancs. Seul son visage était à découvert.

— Je vais de nouveau me préparer pour la prière, dit-elle alors en s'accroupissant pour laver ses mains, ses bras, ses pieds et son visage. – Elle se releva avec peine et regarda en direction de La Mecque. – J'attendrais bien d'avoir fini la prière *Salât al-janaza* avant d'envelopper le visage de Chra. – Gawhar leva les mains vers ses oreilles. – *Allahu akbar*.

— *Allahu akbar*, répéta Askol en levant les mains comme elle.

Son corps tremblait, et sa respiration était courte et saccadée. Elle ne put contenir ses larmes plus longtemps.

— Gloire à Toi, Allah, poursuivit Gawhar, les bras croisés sur sa poitrine. Louanges à Toi, que Ton nom soit béni. Exaltée soit Ta grandeur. – Soudain, elle se tut. Elle ne ressentait pas du tout la lumière des mots saints du Coran dans son cœur, mais elle se força tout de même à poursuivre sa prière. – Il n'est de dieu que Toi. Au nom d'Allah le Miséricordieux, le Clément. Loué soit Allah, le Dieu des cieux et de la terre. Le Très Miséricordieux. Le Juste.

Tu confies seulement à Allah tes sentiments les plus profonds, lui disait toujours son mari. Et il avait raison. Mais pas cette fois. Pas aujourd'hui. Allah était ailleurs. Il l'avait abandonnée, ne laissant derrière lui qu'une coquille vide et un sentiment d'impuissance.

Gawhar ferma les yeux. Les âmes se rassemblèrent de nouveau, et elle sentit que c'étaient celles des femmes qu'elle avait purifiées en vue de l'oubli éternel de la mort, comme Chra et sa petite fille. Elles se rassemblèrent autour d'elles, tel un ruban de soie tissé par le souffle du soleil. Gawhar vit ces nombreuses femmes tendre les bras vers Chra, depuis l'au-delà, pour l'accueillir avec son bébé, de la même manière qu'elles avaient elles-mêmes été accueillies. Leurs mots étaient comme une brise, une sorte de langage fait de lumière. Elle voyait leurs robes blanches et leurs longs cheveux noirs, détachés et flottant dans l'air.

39

19 AOÛT 2016

HÔPITAL DE SKEJBY, DANEMARK

— Que faites-vous ?

Frmesk leva les yeux et adressa un signe de tête à Lene en guise de salut.

— Je prépare mon sac.

— Mais vous n'êtes pas prête à rentrer chez vous, dit Lene en se précipitant vers elle. Est-ce que je peux faire quelque chose ?

Frmesk secoua la tête.

— Non, vous êtes toutes tellement gentilles.

— C'est toujours ça, poursuivit Lene. N'empêche que vous n'êtes pas encore prête à rentrer chez vous.

— Je voulais juste vérifier que tout rentrait, dit Frmesk. Au cas où je devrais partir précipitamment. – Elle tourna la tête vers Lene. – Vous avez des nouvelles de Darya ? Je ne l'ai pas revue depuis avant-hier.

— Ah, fit Lene. Darya a pris quelques jours de congé pour raisons familiales.

Les épaules de Frmesk s'affaissèrent.

— Venez, dit Lene. Je vais vous aider à regagner votre lit. Vous avez l'air toute retournée. Vous voulez quelque chose ?

— Non merci, mais pourriez-vous ranger mon sac dans le placard sans le déballer ?

— Bien sûr. Je vais aussi aller vous chercher un verre de jus de fruits. Et vos douleurs ? Vous avez besoin d'autres comprimés ?

Frmesk secoua la tête, puis se ravisa et regarda Lene.

— Si, si, j'en veux bien. Si ça ne vous dérange pas ?

— Bien sûr que ça ne me dérange pas. J'ai terminé mon service, mais je vais demander à mes collègues de garder un œil sur les gens qui entrent.

— Je ne veux voir personne, dit Frmesk.

— Je comprends.

Frmesk se blottit sous sa couette et, par un petit espace entre celle-ci et le matelas, se mit à regarder en direction de la porte. Ses traumatismes l'avaient rongée une bonne partie de la journée. Son regard parcourut la pièce. La porte. Le placard avec son sac. Les comprimés sur la table. Bien qu'elle luttât de toutes ses forces, elle glissa peu à peu en elle-même, où les images fusaient le long de ses circuits nerveux. *Ceci est un saint Coran*, marmonnait-il en brandissant bien haut son coran. *Qui nous a été envoyé par le Dieu des cieux et de la terre, et que seules les personnes pures sont autorisées à toucher*. Son corps tout entier céda à la douleur, lorsqu'il la jeta sur la petite table, dans la cave sombre. La pièce empestait le moisi, et elle vit la poussière et les vieilles toiles d'araignée qui pendaient du plafond taché. Avec ses mains puissantes, il l'obligea à s'allonger sur le dos. Elle sentit qu'il glissait le Coran sous sa tête et ses épaules. Il regarda vers le plafond et inclina la tête. Voilà ce que dit Allah à propos des femmes. *Celles dont vous craignez la désobéissance, exhortez-les, éloignez-vous d'elles et frappez-les*. Sourate 4, verset 34, *Al-Nisâ'*. Il la tira à lui sur la table. Sa peau lui brûla lorsqu'il lui mordit le ventre. Il lui écarta les jambes de force, si bien que tout son corps céda. *Ferme-la*, grogna-t-il, avant de lui saisir une main et de la lui enfoncer dans la bouche. *Sinon, je te frappe. Pigé ?* Elle ne pouvait pas répondre. Sa vision s'obscurcit. La douleur et sa morve se mêlèrent. Sa nuque heurta le Coran. *Les hommes ont autorité sur les femmes !* cria-t-il. Dans le sillage de ses douleurs, Frmesk ne savait pas combien de temps son absence avait duré. Ni même si elle avait été absente. Les images qui éclataient en elle, quand elle fermait les yeux, étaient enracinées dans un endroit situé hors du temps et de l'espace. Il n'y avait que du vide. La mort s'insinua en elle. Une mort à laquelle elle ne pouvait échapper. Une mort qu'elle ne pourrait jamais non plus pardonner. Les menaces planaient de nouveau au-dessus d'elle. Son cœur s'emballa et tout s'embrasa. Son sang, dans ses veines, la faisait souffrir et menaçait de rompre chaque vaisseau de son corps tremblant. Elle cria en silence. En elle. De toutes ses forces, comme si on la déchirait à nouveau.

Elle perçut une voix et sentit une main sur elle. Aussitôt, elle bondit hors de son lit.

— C'est seulement moi, dit la voix, surprise. Faites attention, vous risquez de faire sauter vos points de suture.

Frmesk enregistra en une fraction de seconde tout ce qui l'entourait. Son ventre était douloureux. Elle dut plisser les yeux.

— Ne m'approchez plus jamais comme ça, sans prévenir, dit-elle. – Son front était trempé de sueur et ses mains tremblaient de manière incontrôlée. – Vous êtes seule ?

— Excusez-moi, je ne voulais pas vous faire peur, répondit Darya. Bien sûr, que je suis seule. Venez, je vais vous aider à retourner dans votre lit.

— Pourquoi ne m'avez-vous pas donné de nouvelles ? demanda Frmesk en se glissant à nouveau sous sa couette.

— Mon cousin est arrivé, et mon père a caché mon portable parce qu'il ne veut pas que Shwan ait l'impression que je suis une fille légère qui communique avec d'autres hommes. – Elle serra les lèvres. – Je suis sincèrement désolée. Je n'ai pas pu venir plus tôt, et je n'avais aucun moyen de vous appeler.

— Et vous êtes certaine que votre cousin ne vous a pas suivie ?

— Oui, s'empressa de répondre Darya. Je leur ai dit qu'il y avait une urgence au travail et que j'étais obligée d'y aller. – Elle sourit. – Pour l'instant, ça ne se passe pas aussi mal que je le craignais, mais je ne le connais pas encore très bien.

— Est-ce qu'il lit des poèmes à voix haute ? demanda Frmesk.

— Oui ! s'écria Darya. Comment le savez-vous ?

— Je connais ces hommes.

Darya baissa le regard. Il y eut un moment de silence.

— Que pouvez-vous me dire d'autre sur votre cousin ?

— Il lit des poèmes de Nâlî à voix haute, et ils sont magnifiques.

— Moi aussi, j'aime beaucoup Nâlî, dit Frmesk, avant de réciter :

Une fois encore j'ai survécu à tout, sans toi
J'ai promis de ne plus faire un seul pas, sans toi

Mon âme est une maison abandonnée remplie de larmes, sans toi
Mes yeux sont aveugles, je n'y vois plus
Chacun de mes cils est une aiguille de douleur, sans toi

— Je ne connaissais pas ce poème, dit Darya. Il est très triste.

— Il a écrit ses poèmes pour sa bien-aimée, Habiba. Ils sont pleins d'amour et d'espoir. – Frmesk regarda vers les fenêtres. – Nâlî a dû quitter le Kurdistan pendant un certain temps parce que le prince Baban avait été vaincu, malgré tous ses efforts pour défendre l'indépendance kurde face aux agressions des Turcs ottomans et des Iraniens. C'est aussi ce prince qui a fondé Zamua, en 1781, et l'école de poésie dont Nâlî fut l'une des figures marquantes.

— Qu'est-il arrivé à Habiba ? demanda Darya timidement.

— On n'en est pas vraiment sûr, répondit Frmesk. Certains pensent que Nâlî a épousé Habiba, d'autres que Habiba est morte avant que Nâlî ne soit contraint de fuir le Kurdistan. Il y en a aussi qui estiment que Habiba n'était qu'une invention et qu'elle n'a jamais existé.

Frmesk sursauta lorsque quelqu'un ouvrit la porte brusquement.

— Ton père te demande au téléphone, Darya.

Darya se leva du lit et fit quelques pas vers la jeune infirmière qui se tenait dans l'embrasure de la porte.

— Mon père ? Où ?

— Dans la salle de garde. Lene aurait piqué une crise si elle avait été là.

Darya secoua la tête et s'éloigna en direction de la porte.

— Désolée.

Frmesk se recroquevilla sous sa couette. Elle ferma les yeux. Son corps était tendu.

Quelques minutes plus tard, Darya revint. Elle s'assit prudemment sur le bord du lit.

— Il voulait juste me dire que je devais être rentrée au plus tard à 16 heures, pour pouvoir aider ma mère à préparer le repas. Il ne faut pas que Shwan croie que je ne sais pas cuisiner.

40

15 MARS 1991

ZAMUA, KURDISTAN

Gawhar regarda vers le large bâtiment en brique jaune. Ses yeux suivirent les liserés de carrelage turquoise sur les piliers de l'arche et le long des murs, à l'entrée principale de la mosquée. Ils étaient dominés par les deux minarets qui se dressaient vers le ciel, tels les phares divins et scintillants qu'ils étaient. Elle était venue ici afin de ressentir la grandeur et la clémence d'Allah. Cet édifice avait été bâti à la gloire d'Allah, c'était Sa maison, il était imprégné de Ses saintes paroles. C'était Muhammad qui lui avait suggéré d'accompagner les autres femmes au tombeau du cheik Haji kak Ahmadi.

Au cours des jours qui avaient suivi le lavage de Chra et de sa fille, Gawhar avait vécu dans le dégoût d'elle-même. Elle avait maudit Allah et craché sur Ses paroles sacrées. Ses mains empestaient la mort, bien qu'elle se fût enduite, ainsi que Frmesk, d'ail mâché, soir après soir. Elle n'était pas parvenue à se débarrasser de cette puanteur, car la foi qui était censée la laver l'avait quittée lorsqu'elle avait ouvert le ventre de Chra et vu son bébé être piétiné sur le béton froid de la cave. Lors des premières heures et des premiers jours, tout ce qu'elle aurait voulu, c'était se jeter à genoux et demander à Allah de lui accorder Son pardon pour avoir été le bras droit de la mort. Mais pourquoi aurait-elle dû implorer la clémence de Celui qui n'était autre que le Créateur des bourreaux ? Cette question la tourmentait. Peut-être valait-il mieux être seul avec son chagrin et son sentiment d'abandon, seul dans sa quête des choses perdues. Allah lui avait montré qu'Il ne l'écoutait pas. Il lui avait montré qu'Il n'avait aucune considération pour elle. Mais à présent, elle se demandait même s'Il l'avait un jour écoutée. Existait-Il ? N'existait-Il pas ? Et même s'Il existait, à quoi cela servait-il, de toute façon ? Peut-être que Darwésh avait raison, après tout. Peut-être que les hommes avaient juste besoin de quelque chose sur quoi s'appuyer, sans forcément savoir de quoi il s'agit, afin de ne pas se sentir abandonnés, afin de ne pas se dévorer entre eux dans leur sauvagerie barbare, ou peut-être tout simplement pour donner du sens à l'enfer.

Lors de sa première soirée chez Muhammad, il l'avait prise par les épaules et lui avait déclaré que la seule solution, quand on se trouvait dans un tel état d'égarement, consistait à s'adresser à Allah. Il lui avait dit que, si elle voulait retrouver la paix dans son cœur, il lui fallait utiliser son *tasbîh*, son chapelet, et l'égrener en répétant *Allahu akbar*, Allah est grand, trente-trois fois, *Al-hamdu lillâh*, loué soit Allah, trente-trois fois, *Astaghfirullâh*, je demande pardon à Allah, trente-trois fois, *Subhânallâh*, gloire à Allah, trente-trois fois. Et pour finir, il avait ajouté que le fait de répéter ces formules lui procurerait une forme de paix intérieure. Sur ce, il avait lui-même prié pour elle pendant des heures, lu à voix haute les paroles d'Allah et récité les versets sacrés du Coran. Mais elle n'avait rien entendu d'autre que les mots d'un bourreau.

Gawhar s'était sentie plus lourde que d'habitude. Elle avait traîné des pieds sur le gravier poussiéreux de la route. Pas après pas, sous son tchador opaque, chaque fois qu'elle s'était rendue chez Muhammad. Elle avait tiré légèrement sur ses vêtements, sans que cela ne la soulage. Au contraire, elle avait eu l'impression que son corps était recouvert d'une couche de plomb. Si elle était tombée dans un lac, elle aurait coulé jusqu'au fond en quelques secondes, emportée par le poids de sa solitude, et elle n'aurait pas eu le courage de résister, ni même de tourner son regard vers la surface. Plusieurs fois, elle s'était fait la réflexion que ce devait justement être cela, la plus grande faiblesse de l'homme. De croire aveuglément et de placer toute sa confiance en une puissance supérieure qui, au lieu d'améliorer les choses, ne faisait que les aggraver. *Allâh*. Son nom avait résonné en elle de jour comme de nuit, mais elle avait cessé de prier. Pourtant, elle aurait dû prier. Vraiment. D'après les propres mots de Muhammad. Il fallait qu'elle retrouve le chemin d'Allah, qu'elle donne un sens à sa foi, et cela ne pouvait passer que par la prière. Muhammad avait prié jusqu'à en déchirer le ciel. Ses pensées avaient été un brasier ardent comme on n'en voit qu'en enfer.

C'était comme si les ombres des nombreuses femmes mortes qui avaient été lavées dans la ville étaient revenues à la vie et qu'elles tourmentaient son âme impuissante. Pendant des décennies, elle s'était appliquée à limiter les dégâts de l'obscurité, mais cette fois, elle avait l'impression d'être elle-même l'obscurité. En perdant sa foi, elle avait aussi perdu la certitude qu'elle avait une place dans ce monde. Elle avait laissé le Mal prendre le dessus, et elle avait eu l'impression de traîner son âme derrière elle, chaque fois qu'elle faisait un pas pour accomplir ses tâches quotidiennes. Elle n'avait pas pu faire le deuil de Chra et de sa petite fille, car elle était incapable de s'agenouiller sur son tapis de prière, et qu'elle s'était sentie maudite et prise au piège par le châtiment d'Allah. Elle avait été abandonnée. Elle avait coulé jusqu'au fond.

Le regard de Gawhar se détourna des hauts minarets vert bleuté et des coupoles de la mosquée. Grâce à Allah, Muhammad n'avait pas renoncé. Il avait lu, encore et encore, pendant des jours, jusqu'à ce que ses pensées se remettent peu à peu en place. Puis il lui avait déclaré qu'elle le rendrait extrêmement fier si elle acceptait d'aller sur la tombe du cheik Haji kak Ahmadi et de montrer tout son amour au saint des saints. Allah est indulgent, avait-il déclaré, et Il pardonnera toujours, dans Sa clémence divine, une femme de bien comme toi, si tu t'ouvres de nouveau à Lui.

— Tu as l'air ailleurs, mon amie.

Gawhar sursauta. Elle regarda Askol.

— Vraiment ? Je pensais juste à tout le soutien que Muhammad m'a apporté, ces derniers temps.

— Oui, intervint Hapsa. Il y a beaucoup de fils qui pourraient en prendre de la graine.

Shno et Fatima marchaient dans la cour de la mosquée, à côté de Gawhar, tandis qu'Askol donnait la main à Frmesk. Elles étaient entourées d'autres femmes de leur groupe de prière. Pour une fois, Gawhar ignorait combien elles étaient. Elles étaient arrivées en bus. À pied, l'aller-retour entre chez elles et le tombeau du cheik Haji kak Ahmadi aurait pris toute une journée, et aucune d'elles n'aurait eu la force d'entreprendre un tel voyage à travers la ville. Même vue du bus, la ville grouillait de gens bruyants et hurlants. Elle regarda Askol et sourit. Askol écoutait. Askol écoutait toujours, même si Allah ne lui avait rien épargné non plus.

— Je te remercie de t'occuper autant de la petite, dit Gawhar. Tu es une bénédiction pour nous.

— Il faut dire que j'adore cette petite fourmi, répondit Askol en serrant la main de Frmesk.

La fillette sourit à sa tante, puis se laissa aussitôt distraire par le brouhaha des nombreux fidèles qui se préparaient pour la prière.

La mosquée les enlaça lorsqu'elles pénétrèrent dans la grande salle, derrière l'entrée principale. Les murs étaient ornés de mosaïques et de liserés représentant des fleurs ou des sourates consacrées à la gloire d'Allah.

Askol se pencha pour aider Frmesk à ôter ses chaussures, afin qu'elles puissent accéder à la mosquée.

Gawhar retira lentement ses chaussures et les poussa sur le côté. Elle vit que Hapsa perdait l'équilibre et qu'elle faillit entraîner Shno dans sa chute.

— Shno ? s'empressa-t-elle, tandis qu'elle rétablissait son équilibre en agrippant d'une main le tchador de la jeune fille. Pourquoi Bahra n'est-elle pas avec nous, aujourd'hui ?

Shno inclina la tête et chuchota :

— Elle n'est pas assez pure pour participer à la prière.

— Pas assez pure ? Mme Bahra ? Mais c'est impossible.

— Elle n'a pas pu se laver parce que…

Hapsa fixait Shno, impatiente d'en savoir plus.

— Elle a ses règles, murmura Shno. Elle ne peut ni se laver, ni prier dans cet état, vous le savez bien, madame Hapsa.

Shno regarda ses pieds qui trépignaient, contrastant avec le reste de son corps, immobile sous son tchador.

Hapsa se retint de rire et jeta un regard en coin à Gawhar et Askol. Évidemment, qu'elle le savait, mais c'était tellement agréable de l'entendre.

— Ses règles, chuchota Gawhar à Askol. J'ai du mal à y croire. Il faut toujours qu'elle se fasse remarquer.

Elle secoua la tête. Bahra était la femme la plus impure qu'elle connaissait, mais ce n'était pas à cause de ses règles. Le sang qui jaillissait de Bahra s'échappait de sa bouche et dégoulinait sur ses fils, Anwar et les deux qui étaient morts.

La petite procession traversa le grand hall en direction du sarcophage du cheik. Partout où leur regard se posait, il disparaissait dans les bas-reliefs dorés et les versets finement sculptés. Ce bâtiment était l'incarnation du Coran.

— Frmesk a eu droit à une bonne dose d'oignon, observa Askol. Tu lui as fait sa toilette, aujourd'hui ?

— Sa toilette ? répéta Gawhar. Non, absolument pas.

— Il me semblait bien, aussi, qu'elle empestait, dit Hapsa, qui s'était rapprochée de ses deux amies. Je ne sais pas si ça protège réellement contre les horreurs, mais ce qui s'est passé dans la maison de M. Michael est terrifiant. Cette femme démoniaque qui a placé la lame de son couteau sur la gorge de Frmesk… – Elle regarda Askol. – La vie ne doit pas être facile quand on a un visage défiguré comme le sien.

— J'étais terrorisée, confirma Askol.

— D'où vient toute cette haine ? dit Gawhar.

Hapsa acquiesça.

— Et cette gueule.

— C'était surtout sa gorge qui était touchée, dit Askol. On aurait dit qu'elle avait été aspergée d'acide.

Elle frissonna.

— Je n'arrive pas à comprendre qu'elle les ait suivis, dit Gawhar. Qu'est-ce qu'une femme pouvait bien faire là ? Et avec un couteau, par-dessus le marché ?

— Ce n'était pas la cousine de Latif ? demanda Hapsa.

— Tu veux dire celle qui a perdu son mari dans la guerre contre l'Iran ? fit Gawhar.

— Peut-être que ça avait quelque chose à voir avec l'autre homme ? poursuivit Hapsa.

— L'autre homme ? dit Askol.

— Oui, le père de l'enfant. – Hapsa s'interrompit un instant. – Peut-être que la harpie avait elle-même des vues sur lui ?

— Ça, on n'en sait rien du tout, répondit Gawhar.

— Mais Chra était enceinte, malgré tout, et je doute que ce soit Latif qui en était la cause, insista Hapsa.

— Nous n'avons pas de réponses à ces questions, c'est ainsi, dit Askol en adressant un signe de tête à Hapsa pour lui indiquer qu'elles ne devaient plus parler de cette journée.

— Les malheureuses, marmonna Gawhar.

— Nous prierons toutes pour elles, aujourd'hui, sur la tombe du cheik, dit Askol.

— Qui est Cheik ? demanda Frmesk.

— Le cheik Haji kak Ahmadi était un saint homme, expliqua Askol. Mais il est mort il y a longtemps. Nous allons visiter son tombeau afin de nous rapprocher d'Allah.

Gawhar approuva, même si elle n'était toujours pas certaine qu'Allah entendrait leurs prières.

— Tu te rappelles, poursuivit Askol en regardant Frmesk, les rubans *mufark* verts dont je t'ai parlé ?

— Oui, s'écria Frmesk, joyeuse.

— Nous les rapporterons du tombeau du cheik Haji kak Ahmadi pour qu'il puisse nous aider dans nos prières.

— Est-ce qu'on va prier pour le bébé ? demanda Frmesk.

Les épaules de Gawhar s'affaissèrent.

— Oui, nous allons prier pour le bébé, dit-elle d'une voix douce. Nous allons prier pour qu'il déploie ses ailes et s'envole librement vers le ciel. Je suis sûre que le bébé est heureux auprès de sa mère.

— Je voudrais bien donner mon ruban au bébé, dit Frmesk.

Askol serra tendrement sa main avant de la lâcher.

— Tu auras aussi ton propre ruban, dit-elle alors. Comme ça, le cheik fera en sorte qu'Allah entende tes prières.

Frmesk fronça les sourcils.

— Je n'y crois pas.

— Si, intervint Gawhar. Ta tante Askol a raison. Nous allons toutes porter des rubans verts, aujourd'hui.

— La dernière fois que nous sommes venues ici, dit Hapsa, la fille cadette de Fatima a renversé du thé bouillant sur son ruban… avant de le boire.

– Elle se pencha vers les autres. – Elle voudrait tellement avoir un enfant, alors elle tente tout.

— Il n'y a rien de mal à ça, dit Gawhar. J'ai vu de nombreuses femmes boire ainsi l'esprit du cheik. – Elle gratifia Hapsa d'un sourire triste. – En ce qui me concerne, je veux juste déposer quelques rubans verts sur la tombe du cheik et emporter le reste chez moi.

— C'est aussi mon intention, murmura Hapsa. Des rubans sur sa tombe suffiront. J'ai bu suffisamment de thé infect dans ma vie. – La vieille femme se tourna vers Shno. – N'oublie pas de prendre des rubans, Shno. – Elle regarda Gawhar. – J'ai entendu dire que Bahra se démenait pour marier sa fille.

— Voyons, gronda Gawhar. Assez de commérages.

— Pardon, balbutia Hapsa avant de se diriger vers d'autres femmes de leur groupe de prière.

Le petit groupe était arrivé devant le tombeau du cheik, et elles avaient toutes ôté leurs chaussures. Toute la salle était décorée de motifs plus magnifiques les uns que les autres, et l'immense plafond en coupole était habillé de mosaïques scintillantes qui donnaient l'impression d'un prisme. Un lustre éblouissant était suspendu au-dessus du sarcophage du cheik Haji kak Ahmadi, autour duquel étaient rassemblées au moins cinquante femmes, qui se nouaient mutuellement des rubans verts et envoyaient des prières vers le ciel. Leurs tchadors, leurs *abaya*s et leurs robes fusionnaient pour former comme une mer roulante à la surface de laquelle seuls leurs visages se distinguaient.

Tandis qu'elle s'agenouillait devant le sarcophage, Gawhar rajusta son foulard, qui pendait sur ses épaules.

— Dépêche-toi de rejoindre Shno, dit Askol à Frmesk.

Elle vit la fillette courir vers sa jeune tante. Puis Askol s'agenouilla près de Gawhar.

— Tu penses à Chra et à sa petite ?

Gawhar essuya une larme sur sa joue.

— Tu ne pouvais rien faire d'autre, dit Askol pour la réconforter.

Gawhar glissa une main sous son lourd tchador, jusqu'à son chapelet. Les quatre-vingt-dix-neuf noms d'Allah commencèrent à défiler sous ses doigts.

— Je dois prier pour la petite, dit-elle d'une voix rauque.

Askol caressa le dos de Gawhar.

— Elles sont au paradis, maintenant, dit-elle. Comme tu l'as toi-même expliqué à Frmesk. – Askol prit une profonde inspiration. – Le mal n'existe pas, là-haut, j'en suis convaincue.

Gawhar tendit les mains vers le ciel.

— Maman ?

Elle redressa la tête. Frmesk et Shno se tenaient près d'elle. La peau claire de Shno brillait dans la lumière de l'énorme lustre. Sa chevelure était tellement épaisse qu'elle avait du mal à tenir sous son foulard.

— Tata Shno se fait gronder, poursuivit Frmesk, parce qu'elle n'a pas de mari.

— Qui est-ce qui gronde Shno ? demanda Askol en se levant.

— Ce doit être Bahra, répondit Gawhar.

— Ce n'est rien, tata, dit Shno d'une voix timide. J'expliquais juste à Frmesk que j'avais frotté un petit caillou contre le sarcophage pour voir si mon vœu s'accomplirait. Maman dit que je suis trop stupide pour me trouver un mari.

— Ce n'est pas du tout ici qu'on peut accomplir ce rituel pour réaliser ses vœux, ma chère enfant, mais chez Pirmasur, fit remarquer Gawhar.

— Vous voyez bien, dit Shno. Je suis trop bête. Maman a raison.

— Ah, cette femme ! grogna Gawhar en se relevant. Ne fais pas attention à elle. Après tout, tu n'as que dix-neuf ans.

— Tu es encore jeune, dit Askol.

— Maman dit aussi que je suis trop moche pour me trouver un mari, poursuivit Shno en regardant ses pieds. Et que les gens parlent mal de moi.

— Je n'ai jamais entendu personne parler de toi en mal, s'empressa de répondre Askol.

— Moi non plus, dit Gawhar. Tu es une belle fille.

— Ma mère m'a donné quelque chose, chuchota Shno. Là, sous mes vêtements.

Gawhar regarda le tchador de la jeune femme.

— Ce n'est tout de même pas… ?

Shno écarta un pan de son tchador. Un morceau de viande séchée était accroché à sa robe par une corde.

— Mon Dieu ! s'exclama Gawhar. *Qwza-kamtiar ?* Cette femme est folle à lier. *Astaghfirullâh*. Allah me pardonne.

— Quoi ? coassa Hapsa. Qui a dit *Qwza-kamtiar* ? – Elle se traîna de nouveau jusqu'à elles et regarda le morceau de viande séchée. – Une chatte de hyène, murmura-t-elle, excitée. Tu vas avoir beaucoup de succès, avec ça, ma douce enfant. Les hommes vont te tourner autour comme des chats autour d'un pot de crème. – Elle jeta un coup d'œil alentour, puis tira sur le tchador de Shno. – Mais ça doit rester secret, mon enfant. Si tu le cries sur tous les toits, tu n'obtiendras rien de bon.

Quelque part dans les montagnes, une détonation retentit, et toutes tressaillirent.

— *Yâ Allâh*, les explosions se font pourtant de plus en plus rares, dit Hapsa.

— Mais elles sont toujours trop nombreuses, ajouta Gawhar. On ne nous laissera jamais en paix. La mort rôdera toujours.

Askol saisit les mains de Frmesk et de Shno.

— Venez, les filles, allons de l'autre côté du sarcophage. Comme ça, on pourra toutes rapporter un nouveau ruban *mufark* chez nous.

— Je peux en mettre un dans les cheveux de Frmesk ? dit Shno avec un sourire prudent. Je voudrais bien m'occuper d'elle.

— Bien sûr, dit Askol en posant une main délicate sur l'épaule de la jeune femme.

Gawhar les regarda s'éloigner. Elle s'était rendue sur la tombe du cheik tellement de fois qu'elle avait cessé de les compter et, dans ses pensées, elle avait noué des rubans sur toutes les filles et les femmes qui avaient croisé sa route. Les mortes comme les vivantes. Elle regarda les motifs du tapis. Ses doigts s'étaient enfoncés dans un personnage vert entouré de feuillage doré. Elle était ici pour se retrouver. Pour retrouver la foi qui avait couru dans ses veines. Qui courait dans ses veines. Elle ferma les yeux et sentit son sang bouleversé dégouliner des extrémités de ses doigts sur le tapis. Elle souhaitait être sauvée et purifiée au nom d'Allah. Elle sentit les versets du Coran jaillir entre ses lèvres et ses mains se lever vers le ciel.

41

18 MARS 1991

ZAMUA, KURDISTAN

La structure bancale pliait et grinçait, tandis que Gawhar poussait la barre transversale d'avant en arrière, dans un mouvement de balancier. Elle était constituée de grosses branches attachées ensemble avec des cordes à la manière d'un tipi. Au sommet étaient accrochées d'épaisses lanières supportant la barre transversale et une peau de chèvre, qui était cousue sur tout son pourtour afin d'en assurer l'étanchéité. Frmesk était étendue sur la barre transversale, à laquelle elle s'agrippait. Elle riait de si bon cœur qu'elle mettait de la vie dans tout le quartier. Sous elle, le lait clapotait dans la peau de chèvre. Le lait de leurs vaches, frais et parfumé.

— Qu'est-ce que tu peux crier, mon enfant, souffla Gawhar.

Sa robe opaque et son long châle noir en tricot ondoyaient au rythme de ses poussées sur le *mashka*, le sac contenant le lait.

Les mains de Frmesk s'agrippaient, tandis que la peau de chèvre couleur châtaigne se balançait dans les airs. L'à-coup se faisait d'autant plus fort chaque fois que le sac arrivait en butée et repartait dans l'autre sens. C'était aussi à ce moment-là qu'elle riait le plus fort. Elle adorait entendre le bruit spongieux du lait brassé sous elle.

— Encore, *daya* Gawhar, cria-t-elle. Encore.

— Oui, oui, mon enfant. On va finir par déchirer le *mashka*. Il ne faudrait pas que la chèvre fiche le camp avec tout le lait.

Le rire de Frmesk emplit à nouveau tout son petit corps.

— Tu vas pouvoir descendre, maintenant, poursuivit Gawhar en donnant une petite tape sur les fesses de la fillette. Il faut l'ouvrir pour qu'on puisse récupérer notre *doogh*.

Frmesk se laissa glisser à terre et s'accroupit près de la grosse bassine émaillée que Gawhar venait d'apporter. Lentement, elle dénoua la ficelle qui enserrait ce qui avait été le cou de la chèvre.

— Tu peux aller chercher le seau vert, s'il te plaît ? demanda Gawhar en souriant à Frmesk, tandis qu'elle s'emparait d'une passoire.

Frmesk disparut et le *doogh* mousseux commença à s'échapper par le trou et les morceaux de beurre à s'accumuler dans la passoire, alors que le babeurre se déversait dans la bassine.

— C'est bien, ma fille.

Gawhar recueillit les morceaux de beurre dans la passoire et les fit glisser dans le seau vert, tandis que le babeurre continuait de s'écouler de la peau de chèvre.

— *Al-hamdu lillâh*. On en a beaucoup, aujourd'hui. Allah soit loué. – Avec ses doigts, elle rassembla les morceaux de beurre pour former une grosse boule. – Une bonne dose de *doogh* et de beurre.

Frmesk leva le regard.

— Est-ce que le *doogh* est prêt, *daya* Gawhar ?

— Tu veux le goûter ?

— Oui, maman, merci.

— Alors, va te chercher un verre, ma fleur.

Gawhar tenait la grosse boule de beurre mou dans ses mains. Elle la divisa en plusieurs petites portions, qu'elle pressa pour en extraire les résidus de babeurre, avant de les rouler et de les placer dans un panier en osier.

Frmesk bâilla et posa son verre vide. Elle avait de minuscules perles de *doogh* autour des lèvres.

— Tu es fatiguée ? demanda Gawhar.

Elles s'étaient toutes les deux levées tôt pour préparer les naans. Gawhar faisait toujours bien plus de pains qu'ils ne pouvaient en manger. Le surplus, elle le vendait, tout comme le beurre frais et le babeurre.

Gawhar regarda les cheveux de la fillette. Ils brillaient intensément dans la lumière du soleil. Ils étaient noirs avec des reflets roux. Elle était enfin parvenue à tous les brunir, si bien qu'il ne restait plus rien de sa mèche blanche. Pendant longtemps, ses cheveux blancs avaient été roux ou châtains, quoi qu'elle tente. Mais cette fois, elle avait réussi. Le blanc avait disparu, et ce n'était pas trop tôt, car la fillette s'était mise à écouter un peu trop ce que lui hurlaient les gens.

Le regard de Frmesk s'anima et se braqua vers la maison.

— C'est *baba* Darwésh. Il s'est remis à jouer de la flûte.

Gawhar se leva difficilement et essuya ses mains dans une serviette épaisse.

— Si ce chenapan a gardé le serpent, il va avoir affaire à moi.

Le son de la flûte se fit plus intense. Cette fois, Gawhar reconnut la mélodie soporifique, mais ses mouvements doux et délicats n'eurent aucun effet sur elle.

— Darwésh ! cria-t-elle, en colère, dès qu'elle l'aperçut par l'embrasure de la porte. Je te préviens, si ce serpent…

— Ma chère épouse, dit Darwésh en contemplant sa flûte. Mais alors, ça fonctionne vraiment !

— Quoi ? – Gawhar s'arrêta et regarda le panier sur le sol. – Qu'est-ce qui fonctionne ?

— Tu es venue jusqu'à moi, poursuivit-il en riant.

— Mais le serpent… – Elle se figea. – Tu as toujours le serpent ?

Il haussa les épaules.

— Tu n'as qu'à vérifier, mon diamant.

— Certainement pas. Il n'est pas question que j'approche de ce monstre assoiffé de sang, et si tu tiens à la vie, tu as intérêt à faire disparaître ce panier sur-le-champ.

— J'avoue que les serpents sont plus faciles à charmer que toi, maugréa-t-il. Regarde dans le panier.

— C'est un foulard, maman, s'écria Frmesk, enthousiaste. Un énorme *mufark*.

— Un ruban *mufark* ? Qu'est-ce que raconte cette enfant ?

— Tu n'as qu'à regarder dans le panier, insista Darwésh.

Gawhar s'approcha du panier et le poussa avec le pied pour le renverser.

— S'il y a un serpent dans ce panier, je vous transforme en *doogh* tous les deux.

Elle se pencha en avant et jeta un coup d'œil timide dans l'ouverture sombre du panier.

Frmesk accourut et, avant que Gawhar ait pu l'arrêter, ses petites mains plongèrent dans les profondeurs du panier et en ressortirent avec un long foulard en soie luisant dans de délicates nuances de vert.

— C'est pour toi, maman ! cria Frmesk avec un sourire, qui dévoila toutes ses petites dents. *Baba* Darwésh l'avait caché là pour toi.

Gawhar caressa les cheveux de la fillette d'une main, tandis que, de l'autre, elle s'emparait du foulard en soie. Il était aussi léger que l'air dans les prés un jour de mai. Elle sourit à la pensée du vent frais qui soufflait depuis les montagnes, au printemps.

— Il te plaît ?

Elle tourna la tête vers son mari.

— Il est bien trop beau pour finir comme *mufark*, dit-elle, surprise. Merci beaucoup, mon amour.

— Tata Shno a une zézette de hyène, dit Frmesk. Et c'est un secret. Il est accroché à son ventre.

Darwésh dévisagea Gawhar.

— Pardon ?

Gawhar se pencha et chuchota quelque chose dans l'oreille de Frmesk. La fillette acquiesça lentement.

— Pauvre gamine, poursuivit Darwésh. Une chatte de hyène.

— Ça suffit, dit Gawhar en lui lançant un regard.

— Mais enfin, protesta-t-il en écartant les bras. Aucun homme sensé ne peut trouver attirant qu'une jeune femme se promène avec le sexe d'une chienne morte accrochée à la taille.

— J'ai dit, ça suffit, le coupa Gawhar. Et puis c'est une chatte de hyène.

— Et vous les femmes, vous y croyez ? Combien de hyènes rôdent dans la région, d'après vous ? C'est un sexe de chienne, c'est évident. Et même si ça avait été celui d'un moustique ou d'une éléphante, ça aurait été tout aussi ridicule.

— C'est purement spirituel, rétorqua Gawhar, légèrement contrariée. Tu ne comprends rien à ces choses-là.

— Si tu entends par là que je ne comprends rien au fait qu'Allah donne un mari à une femme, si elle se couvre de rubans verts et qu'elle se balade avec un sexe de chienne sur le ventre, alors oui, tu as raison, ma chérie. C'est une énigme pour moi. – Il plissa le front. – Tu n'avais pas un truc comme ça pendu à la taille quand je t'ai rencontrée ? Maintenant que j'y repense, il me semble avoir été ensorcelé, ce jour-là.

— Oh, ça suffit maintenant, dit-elle, agacée, en lissant sa robe constellée de taches de beurre et de lait. J'ai du beurre à rouler. – Elle regarda son visage souriant. – Merci, dit-elle en déposant un baiser furtif sur sa bouche. – Puis elle se tourna vers Frmesk qui, les sourcils toujours froncés, les observait à présent avec de grands yeux. – Il faut qu'on se dépêche, si on veut aller avec les autres femmes au bazar. Tu veux bien aller voir dans la serre s'il y a des tomates mûres qu'on pourrait emporter pour toi ?

Frmesk acquiesça et fila aussitôt.

— Sois prudente, au bazar, dit Darwésh en enlaçant Gawhar. Les gens ont l'air très nerveux depuis que les Irakiens ont abattu trois manifestants, hier.

— Nous baignerons bientôt tous dans la mort jusqu'au cou, répondit Gawhar. Hier, c'était la commémoration de Halabja, et dans quelques jours, ce sera celle de la mosquée bombardée il y a trois ans. Comment les gens trouveront-ils la lumière à Newroz au milieu de tout ce chagrin ?

— Les fêtes comme Newroz apportent justement une lumière à laquelle nous raccrocher quand tout autour de nous n'est que ténèbres. Que nous resterait-il si nous ne pouvions même plus choisir librement la lumière au lieu des ténèbres ?

Gawhar approuva.

— C'est juste que c'est tellement dur de devoir porter le poids de tous ces morts.

— Nous ne devons pas laisser l'armée irakienne détruire nos traditions et nous priver de la lumière. – Sa voix était lasse. – J'ai demandé à Hawré de venir, aujourd'hui. Il veut bien nous aider à préparer Newroz.

Gawhar s'agrippa à son bras.

— Je crois bien que tu dois être un des derniers à encore le fréquenter.

— Peut-être, dit Darwésh. Il se fait de plus en plus rare. Et Rubar dit même qu'il les évite, quand ils se croisent. Je ne comprends pas pourquoi.

Gawhar posa sa tête sur l'épaule de Darwésh.

— Il doit être si profondément marqué qu'il n'arrive pas à tourner la page. – Il embrassa Gawhar sur le front. – Hawré méritait un meilleur sort. Jairan et leurs enfants aussi.

Gawhar regarda Darwésh. Ses pommettes saillantes. Elle ouvrit la bouche pour dire quelque chose, pour partager son secret avec lui.

— Que se passe-t-il, ma chérie ?

— Rien, répondit-elle d'une voix douce. Je ferais mieux d'aller aider notre petite fleur dans le jardin et de l'habiller avant qu'Askol n'arrive.

42

Gawhar et Askol marchaient côte à côte au milieu des étals. Elles étaient enveloppées de tous les parfums du monde émanant des centaines de paniers, de bacs et de sacs remplis de miel, de légumes, de viande d'agneau et de montagnes de noix et de fruits secs divers.

Le soleil trônait à son zénith dans un ciel bleu azur, et bien que ce ne fût encore que le printemps, ses rayons étaient déjà chauds.

Gawhar prit son panier sous son bras gauche. Elle regarda Askol.

— Est-ce qu'on entend que ça tinte dans mon sac à dos ?

— Un peu, répondit Askol. Mais je pense que je suis la seule à l'entendre.

— Ce sont les dernières bouteilles de l'année dernière, expliqua Gawhar. Je voudrais bien les écouler car Darwésh a commencé à rapporter des raisins du Sud.

— Ce sont les vertes avec des bouchons en liège ?

Gawhar acquiesça et se gratta le nez. Il flottait dans l'air une odeur nauséabonde d'égouts qui contrastait fortement avec les parfums délicieux des échoppes.

Frmesk sautillait entre les femmes. Deux garçons passèrent devant elles en courant.

— Amandes vertes ! cria l'un. Achetez des amandes vertes juteuses !

Askol freina Gawhar d'une main et s'empara du sac à dos.

— Laisse-moi le porter.

Gawhar secoua la tête.

— Je peux très bien me débrouiller toute seule.

— Bien sûr, mais je le prends quand même, poursuivit Askol, tandis qu'elle faisait glisser délicatement le sac de l'épaule de Gawhar, avant de le charger sur son propre dos. À l'intérieur, les bouteilles tintèrent légèrement.

Gawhar contourna Askol et s'approcha d'une petite fille délaissée, qui était assise sur le gravier entre deux échoppes. Sa robe était sale et élimée, ses chaussures trouées. Devant elle se trouvait un panier rempli de graines de tournesol dans des cornets.

— Tu vends ces graines pour ta mère ? demanda Gawhar.

La fillette hocha la tête. Son regard était rivé sur un endroit qui n'existait pas.

— Elle est ici ?

La fillette leva les yeux sur elles avant de les baisser de nouveau.

— Je voudrais acheter six cornets, dit Gawhar en sortant un gros pain et une bouteille de babeurre de son propre panier.

— Tiens, c'est pour toi, ma belle, dit Gawhar.

— Gawhar ! cria soudain une voix, qui leur parvint malgré le vacarme ambiant. Askol ! Vous avez entendu la nouvelle ?

— Hapsa ? Tu es là aussi aujourd'hui ? fit Gawhar.

La vieille femme acquiesça avec un large sourire.

— Vous ne devinerez jamais ce que je viens d'apprendre.

Ses yeux n'arrêtaient pas de passer de l'une à l'autre, si bien qu'Askol dut poser une main sur son bras pour la calmer.

— *Subhânallâh !* s'exclama Hapsa. La chatte de hyène, ça a fonctionné…

Askol lui lâcha le bras.

— Tu n'es tout de même pas en train de dire…

— Si ! Bahra a trouvé un mari à Shno. Oh, mon Dieu. Et c'est arrivé vendredi, loué soit le tombeau du cheik Haji kak Ahmadi.

— C'est typique de Bahra, commenta Askol.

— Elle avait sûrement déjà tout réglé bien avant d'accrocher la chatte de hyène à sa fille. Mais comme ça, maintenant, elle va pouvoir raconter partout que c'est Allah Lui-même qui a voulu que Shno épouse cet homme, dit Gawhar. Je la vois déjà assise là, le nez au vent, clamer que, contrairement aux prières des autres, Allah a exaucé les siennes en l'espace de seulement quelques jours.

— C'est le Mariwan de Garmian, poursuivit Hapsa. Vous savez, celui qui a des yeux verts.

— Cet homme a une cinquantaine d'années de plus que Shno, dit Askol.

— Mais ça a marché ! cria Hapsa. Je vous l'avais bien dit. Les chattes de hyènes ne laissent personne indifférent.

— Qui est-ce qui parle de chattes ? dit une voix dans leurs dos.

Elle s'était élevée au-dessus du brouhaha du bazar et s'était répandue bien trop distinctement dans l'air, parmi les échoppes et les odeurs de nourriture cuite au soleil, d'épices et d'égouts.

— Allah ait pitié de nous, marmonna Hapsa en sortant son chapelet, qu'elle se mit aussitôt à égrener.

— Personne ici n'a prononcé ce mot, dit Askol sans regarder l'homme dans les yeux.

Elle tira une sucette de sa poche et la tendit à Frmesk, qu'elle repoussa en même temps derrière elle.

— Il me semble pourtant bien vous avoir entendues parler de chattes de hyènes, insista l'homme en déplaçant quelques pétioles de rhubarbe qui étaient exposés sur son étal. De gros bâtons de rhubarbe bien juteux ! hurla-t-il alors à gorge déployée. Approchez ! Venez acheter mes belles rhubarbes !

Il se tut brusquement et suivit du regard deux jeunes femmes voilées. Sa moustache grise remua. Il se mit à agiter sa marchandise.

— Mes sœurs ! Mes sœurs ! Voulez-vous goûter aux bâtons de rhubarbe les plus vigoureux de la ville ? Ils sont délicieux en bouche.

Les deux jeunes femmes secouèrent la tête et reculèrent. Une toile de tente claqua derrière elles. Le vent s'était invité sur le marché, fouinant dans les échoppes, sous les tentes et les parasols, fourrant même son nez sous les robes des femmes.

— Mais qu'est-ce que c'est que ce comportement ? gronda Gawhar, indignée. Vous pourriez peut-être vous montrer plus poli, même si vous êtes un marchand.

— Allez, fichez-moi le camp, les vieilles. Vous me bouchez la vue. – Il regarda une autre jeune femme qui passait par là. – Et toi ? dit-il sur un ton rude. Tu veux tâter mes poires ?

La femme baissa le regard et accéléra l'allure, jusqu'à ce qu'elle ait disparu comme les deux autres dans les entrailles animées du bazar.

— Vous n'êtes qu'un vieux porc ! lança Gawhar.

Si elle ne regretta pas ses mots, en revanche, elle regretta de les avoir dits à voix haute.

L'homme éclata de rire.

— Tu es juste jalouse, espèce de vieille vache. Si tu n'avais pas été toute desséchée, je t'aurais aussi proposé un savoureux bâton de rhubarbe.

— Viens, dit Askol en tirant Gawhar par le bras. Allons-nous-en.

Gawhar rageait intérieurement, mais elle savait qu'Askol avait raison. Il fallait qu'elles partent, sinon cela risquait de très mal finir. Tout à coup, elle sentit une main se glisser sous son tchador et remonter jusqu'à l'une de ses fesses.

— Mais qu'est-ce que… ? s'écria-t-elle en se retournant, juste pour se retrouver nez à nez avec le marchand de rhubarbe.

— Arrêtez ça immédiatement, gronda Askol. Elle pourrait être votre mère.

Le bazar s'était figé. Tous les regards étaient braqués sur les vieilles femmes.

— Un trou est un trou, dit l'homme en riant de sa plaisanterie. Et là où il y a un trou, il y a de la joie, tout le monde le sait.

— Quelle impertinence ! cria Gawhar. Vous n'avez pas honte ?

— C'est indécent, ajouta Hapsa.

Les perles défilèrent à toute allure entre ses doigts.

— C'est votre faute ! hurla un homme depuis un stand où des dizaines d'oiseaux étaient enfermés dans une petite cage. Si vous l'allumez, vous devez aussi en accepter les conséquences.

Un troisième homme était arrivé.

— Pourquoi n'y a-t-il pas d'homme avec vous ? demanda-t-il, préoccupé.

La situation était sur le point de s'envenimer. De plus en plus de voix se faisaient entendre.

— Le taureau n'approche pas la vache à moins qu'elle ne soit en chaleur, lança un quatrième homme.

— C'est vrai qu'elles sont en chaleur, lui répondit le vendeur de rhubarbe. Vous les entendez grogner et gémir ?

Gawhar remarqua que des gens avaient commencé à les encercler.

— Hé, mais ce ne serait pas cette vieille laveuse de mort ? cria un autre homme.

Gawhar ferma les yeux. Les voix bouillonnaient autour d'elle.

— Qui sait ce qu'elles font des mortes ? hurla une voix de femme. Elle se fait appeler la tailleuse de diamants.

— Depuis quand la chair impure et les os sont-ils constitués de diamants ?

De grands éclats de rire retentirent autour d'elles.

— Peut-être qu'elle s'en fait des colliers ?

— Ce sont leurs âmes, chuchota Gawhar. Son corps tremblait et sa respiration était courte et saccadée. Tous ces gens ne savaient pas ce qu'ils faisaient. Ils ne savaient pas ce qu'ils faisaient.

Gawhar sentit une pomme heurter son front. Elle porta une main à sa tête et se laissa tomber à genoux. Une nouvelle pomme atterrit à ses pieds. Askol s'accroupit et enlaça Frmesk.

— Maman ? intervint la voix d'Aso. Qu'est-ce qui s'est passé ?

Il l'aida à se relever.

— Tout ça n'est qu'un malentendu, dit Askol froidement en tournant son regard vers les nombreux visages inquisiteurs qui les entouraient.

Le vendeur de rhubarbe acquiesça et sourit à Aso.

— Nous avons un petit désaccord à propos du prix de mes marchandises. – Il écarta les bras. – Je ne commerce pas avec les femmes, mais tu m'as l'air d'être un jeune homme robuste. – Il se pencha derrière son étal et s'empara d'un sachet en plastique, dans lequel il jeta quelques pétioles de rhubarbe. – Tiens, poursuivit-il en tendant le sac à Aso. Je t'en fais cadeau, mais tu dois me promettre de dire à tout le monde que c'est chez moi qu'on trouve la meilleure rhubarbe de la ville.

Gawhar avait envie d'arracher le sac des mains de l'homme, mais elle s'abstint.

— Nous acceptons vos excuses, dit-elle sèchement, avant de tourner le dos au marchand.

Celui-ci serra les lèvres, si bien que sa moustache ne fit plus qu'un avec son bouc.

— N'oublie pas, dit-il alors. La meilleure rhubarbe de la ville.

— J'ai peur, murmura Frmesk qui, jusqu'à l'arrivée d'Aso, était restée cachée dans les jupes d'Askol.

— Qu'est-ce qui s'est passé ? répéta Aso.

— Les gens sont un peu nerveux, aujourd'hui, mon garçon, dit Askol en soulevant Frmesk. Et tous ces hommes pleins de haine étaient horribles, mais maintenant, on va rentrer à la maison et faire quelque chose d'amusant, d'accord ?

Gawhar embrassa l'oreille de Frmesk.

— On ne parlera pas de cet incident à papa, hein ? Sinon, il risque de foncer au bazar et de se disputer avec tout le monde, et on n'a pas envie que ça arrive, chuchota-t-elle en regardant prudemment autour d'elle.

Il y avait encore beaucoup d'hommes qui les observaient.

— Ils t'ont lancé des pommes, maman, dit Aso.

— Oui. Mais ce n'est pas bien grave.

— Et tu es toute tremblante.

— Ce n'est rien, je t'assure. Chargée comme je suis, j'ai glissé et n'ai pas réussi à me rattraper.

— Les gens ont tendance à s'emporter facilement, ici, pas vrai ? dit Hapsa.

Aso secoua la tête.

— Vous avez vendu vos marchandises ?

— Non, répondit Gawhar. On va les manger et on vendra le reste demain.

Plusieurs heures plus tard, alors que le soleil étendait sa robe rose derrière les sommets noirs du mont Goyzha et que le souffle sombre de la nuit commençait peu à peu à envelopper les vivants et les morts de Zamua, Gawhar sortit les oignons crus qu'elle avait épluchés pendant le dîner.

— Je ne peux plus guère faire autre chose que de t'enduire d'oignon, marmonna-t-elle, tandis que les tranches d'oignon cru disparaissaient les unes après les autres dans sa bouche.

La forte odeur des oignons s'échappait entre ses lèvres et brûlait les yeux et le nez de Frmesk. La fillette tapa des pieds par terre pour protester contre cet énième rituel d'exorcisation de la peur, mais Gawhar lui avait déjà retiré ses vêtements afin de pouvoir la traiter sur toute la surface du corps.

— Je déteste les oignons, maman, murmura-t-elle. Ça pue.

— C'est possible, dit Gawhar en crachant une bouchée d'oignon mâché dans sa main. Mais je suis bien obligée de te protéger, tu le sais.

— Mais ça pue.

— Tiens-toi un peu tranquille, fillette. – Ses mains glissèrent jusqu'en bas du dos de Frmesk, puis sur ses fesses. – Je prends soin de toi du mieux que je peux.

Frmesk regarda dans les yeux doux de Gawhar.

— Papa dit que quand tu laves les filles, tu prends soin d'elles. – Elle se tut un instant. – Maman ?

— Oui, ma fleur.

— Est-ce que toi aussi, un jour, tu seras étendue sur la table ?

43

20 AOÛT 2016

HÔPITAL DE SKEJBY, DANEMARK

— Comme c'est agréable de sentir les rayons du soleil sur sa peau, dit Frmesk en regardant Darya, qui était assise à côté d'elle, sur le banc. – La jeune femme portait un gros pull et un foulard foncé enroulé autour de sa tête, si bien que seul l'ovale de son visage était apparent. – Vous n'avez pas envie de sentir le souffle du vent dans vos cheveux ? Il n'y a que nous deux, ici.

— J'ai envie de tellement de choses, répondit Darya avec un sourire. Je ne suis pas sortie sans avoir la tête voilée depuis que j'ai huit ans. Mais peut-être que je peux le desserrer un peu.

— N'est-ce pas délicieux ? demanda Frmesk.

— C'est exquis.

Quelques mèches de cheveux de Darya ondoyèrent dans la brise. Librement. Elle ferma les yeux.

Frmesk étira ses jambes. Elle avait toujours sa blouse de l'hôpital. Elle remua ses orteils, qui dépassaient de ses sandales.

— Vous avez de petits orteils, fit remarquer Darya.

— Il faut dire que je ne suis pas très grande non plus. Je ne crois pas que de longs orteils m'auraient mise en valeur. – Frmesk sourit. – Mais c'est vrai que j'aurais bien voulu faire quelques centimètres de plus.

— Vous êtes une des plus belles femmes que j'aie jamais vues, et en plus vous êtes en plein milieu d'un long traitement médical.

— Merci, c'est sans doute tous ces mois passés à manger de la soupe et des yaourts.

— Oui, je devrais essayer.

Frmesk inclina la tête d'un côté, puis de l'autre.

— Comment ça se passe avec Shwan ?

Le sourire de Darya se flétrit quelque peu.

— Papa me fait trimer sans arrêt pour montrer à Shwan que je suis une femme docile.

— Et Shwan ?

Darya haussa les épaules.

— Il passe son temps à me flatter, mais ça n'a rien de naturel. Je n'arrive toujours pas à le cerner.

Elle baissa le regard et se mit à fixer le gazon, entre leurs pieds. Ses mains étaient coincées entre ses cuisses.

— Il vous a fait quelque chose ? demanda Frmesk à voix basse.

Darya secoua la tête.

— Non, ce n'est pas ça.

Le vent léger souffla sur les feuilles des arbustes qui bordaient le pré, un peu plus loin, si bien qu'il les fit bruisser.

— Quel est le problème, alors ? poursuivit Frmesk.

— C'est papa.

— Ah bon ?

— Il ne veut plus que je vous voie parce que vous êtes divorcée.

— OK, dit Frmesk avec dureté en se levant. Il n'a pas mis beaucoup de temps à le découvrir. – Elle regarda autour d'elle. – Qu'a-t-il dit exactement ?

— Que votre mari affirme qu'il a refusé le divorce islamique, si bien que, du point de vue religieux, vous êtes toujours mariés.

— Mon ex-mari, rectifia Frmesk, en colère. Pour l'instant, les lois de l'islam n'ont aucune valeur en Occident, mais je vois ce que vous voulez dire. – Son corps se tendit. Les jointures de ses doigts blanchirent. – J'aimerais bien que tous ces idiots qui placent l'islam au-dessus de tout restent au Moyen-Orient. Enfin non, même pas au Moyen-Orient, car ça retomberait sur les femmes qui vivent là-bas.

— Je ne savais pas que vous étiez toujours mariée, dit Darya doucement. Vous m'aviez raconté que votre mari était mort. Tout comme votre père. Mais papa l'a aussi retrouvé.

— Quoi ? Mais Merde ! s'écria Frmesk. Et c'est seulement maintenant que vous me le dites ? Darya, je vous faisais confiance.

— Mais vous m'avez menti, répliqua Darya.

— Je vous ai menti ? – Frmesk se mit à marcher de long en large devant leur banc. – C'était pour nous protéger toutes les deux. – Elle se frotta le visage. – Comment m'a-t-il trouvée ?

— Je l'ignore. – Darya commença à pleurer. – Il a toujours eu des soupçons. Vous l'avez vous-même mis sur une piste en évoquant Zamua. Et il ne comprend pas que vous ne receviez jamais de visites.

— Mais vous n'avez absolument pas le droit de répéter ce genre de choses, dit Frmesk. Il ne faut plus qu'on se voie. Votre père a au moins raison sur ce point. Ce n'est pas dans mes habitudes de m'ouvrir aux autres, Darya.

— J'aurais tellement voulu lire tout ce que vous avez écrit, sanglota Darya.

— Il n'en est pas question.

Darya se mit à fixer ses mains.

— Je ne veux pas me marier avec mon cousin. Je n'aurai même pas le droit de terminer mes études. Je ne pourrai jamais m'échapper. – Elle leva les yeux. – On ne divorce pas aussi facilement.

— Non, à moins que votre époux n'ait prononcé trois fois le *talâq*, vous ne pouvez pas divorcer selon l'islam. Et comme vous le savez peut-être, seul l'homme peut prononcer le *talâq*. – Frmesk regarda autour d'elle. – Si vous habitez dans un pays occidental, vous avez au moins la possibilité de divorcer civilement. Mais ça ne comptera pas aux yeux de votre mari et de votre famille. Pour eux, vous ne serez rien d'autre qu'une bête impure. Les femmes déblatéreront sur vous. Les hommes vous haïront. Peut-être qu'ils vous forceront à retourner auprès de votre mari ou qu'ils essaieront de vous tuer. Le simple fait que vous soyez restée seule sans surveillance suffit à vous rendre à jamais impure à leurs yeux. Une salope.

— Ça suffit, s'écria Darya. Vous n'avez pas le droit de dire de telles choses. C'est mal. Allah vous pardonne.

— C'est ça, ma réalité, Darya. – Frmesk tira son iPhone de sa poche et se connecta à Messenger et Instagram. – J'ai reçu des milliers de messages de la part d'hommes. Ils me menacent de mort, me font des propositions obscènes, m'insultent. Et je peux vous jurer que “salope” est l'un des mots qui revient le plus souvent. Avec les appels au meurtre.

Frmesk vit les pupilles de Darya parcourir fébrilement l'écran de son téléphone, tandis qu'elle lisait les derniers messages.

— Ils ne cachent même pas leur identité sur les réseaux sociaux, poursuivit Frmesk.

Son pouls et sa colère lui martelaient les tempes.

Soudain, Darya bondit du banc et regarda vers la rue.

— C'est la voiture de mon père. – Elle se tourna vers Frmesk et lui rendit son téléphone. – Il ne faut pas qu'il vous voie.

Le regard de Frmesk balaya les alentours. Elle entendit Darya crier "pardon, pardon", tandis qu'elle s'éloignait en courant. Il n'y avait rien d'autre que des fourrés dans les parages. Elle n'osait pas aller se cacher entre les voitures garées sur le parking et elle était trop loin de l'entrée de l'hôpital la plus proche. Elle se jeta presque parmi les petits buissons situés derrière le banc.

Elle entendit la voiture. Elle roulait lentement et s'arrêta à proximité. Elle entendit claquer deux portières, mais n'osa pas regarder, ni même faire le moindre mouvement, tant elle craignait d'être repérée.

— Où est Frmesk ? cria le père de Darya. On sait qu'elle est là, quelque part, car ses affaires sont toujours là-haut, dans sa chambre.

— Vous êtes montés ? demanda Darya d'une voix chevrotante.

— Oui, mais il n'y avait que ces aides-soignantes zélées. Alors où est-ce qu'elle est ? – Il y eut un bref instant de silence. – Pourquoi as-tu défait ton voile ? Qu'est-ce que les gens vont penser de nous, d'après toi, s'ils te voient te promener non couverte ?

À présent, il criait.

Frmesk entendit un homme se racler la gorge. Tout près des fourrés.

— Où est-ce que tu caches ma fille ?

La voix s'enfonça profondément dans Frmesk, faisant monter la nausée dans sa gorge, si bien qu'elle dut déglutir plusieurs fois de suite pour ne pas vomir.

— Je n'ai pas eu le temps de lui rendre visite, poursuivit-il. Mais quand ton père m'a appelé, j'ai eu mauvaise conscience et j'ai promis de venir.

— Où est la fille d'Anwar, Darya ? demanda le père. Il a fait un long voyage pour la voir.

— Je ne sais pas du tout où elle est, dit Darya d'une voix faible.

Frmesk l'imagina. Elle se tenait là, entre les deux hommes. Ratatinée. La tête baissée. Ses doigts resserrant son foulard autour de ses cheveux et de son visage.

— Elles nous ont dit que vous étiez sorties ensemble, dit le père.

— Je ne sais pas, balbutia Darya.

— Je l'ai cherchée partout. J'ai cherché cette misérable partout ! cria Anwar.

Le son de la voix de son père fit passer un frisson dans le corps de Frmesk. Ses douleurs abdominales se firent sentir jusque dans ses muscles.

— Notre honneur a été bafoué, continua Anwar.

— Tu fais honte à notre famille, Darya ! hurla son père. Allah nous soutienne. Elle a déjà dû réussir à t'empoisonner avec son esprit impie.

Il y eut un silence.

— Je ne sais pas où elle est, chuchota Darya.

Sa voix tremblait.

— Pauvre de moi, gémit son père. Et tout ça alors que ton cousin est ici, dans ce pays. Que va-t-il penser de nous ?

— Tu n'as pas plus d'autorité sur ta fille que j'en ai sur la mienne, grogna Anwar.

Frmesk ouvrit prudemment les yeux. Elle ne pouvait pas voir leurs visages. Juste leurs jambes. Darya se tenait toujours près de la voiture.

— Monte, siffla son père.

— Mais… et mes affaires ? demanda Darya.

— Je t'ai dit de monter dans cette voiture, répéta son père, fou de rage.

Les portières claquèrent de nouveau. Le moteur démarra.

Frmesk se relâcha et vomit par terre. Elle évacua toute l'angoisse accumulée dans son corps. Elle tremblait comme si elle avait quarante de fièvre. Son cerveau semblait anesthésié. Tous ses mouvements se faisaient au ralenti, comme si elle n'existait plus. Elle rampa hors des buissons et se releva. Elle regarda autour d'elle et se traîna jusqu'à l'entrée de l'hôpital, puis jusqu'à sa chambre, où elle sortit aussitôt son sac du placard et commença à ranger ses dernières affaires.

Frmesk sursauta lorsque la porte s'ouvrit.

— Mais bon sang, que se passe-t-il ? demanda Lene. Que voulaient le père de Darya et l'homme qui l'accompagnait ?

— Je dois partir. Tout de suite, répondit Frmesk. C'est non négociable.

— Mais vous saignez, ma pauvre. Vos points de suture ont dû céder. Il faut que vous vous allongiez. Je vais vous chercher des vêtements propres et il va falloir que vous vous fassiez examiner sans attendre par le médecin-chef.

— J'ai la tête qui tourne, dit Frmesk.

— Soyez gentille, allongez-vous.

— Vous voulez bien m'appeler un taxi ?

— La police est en route.

— La police ? répéta Frmesk.

— Oui, nous avons déclenché l'alarme, expliqua Lene. Ces hommes étaient complètement fous.

Frmesk sentit le sang chaud suinter de son bas-ventre.

— Je connais quelqu'un au commissariat et j'ai un boîtier d'alarme dans ma veste.

— Je l'ai vu, Frmesk. J'imagine que ça doit être dur psychologiquement d'avoir constamment un dispositif de ce genre sur soi. – Lene soupira. – Je me suis permis de communiquer votre identité à la police. Si vous le souhaitez, nous pouvons vous transférer dans un endroit sûr. Dans un autre hôpital, hors du Danemark.

Frmesk prit une profonde inspiration et regarda par-dessus son lit, en direction de la forêt, derrière le pré.

— D'accord. Mais pourriez-vous d'abord m'apporter une feuille et une enveloppe ?

44

21 AOÛT 2016

HÔPITAL DE SKEJBY, DANEMARK

Il avait plu toute la nuit, et de lourdes gouttes continuaient de dégouliner le long des fenêtres, tandis que le jour se levait.

Darya s'appuya au chambranle de la fenêtre, si bien que son visage touchait presque la vitre. Devant elle était posée une enveloppe.

En arrivant au travail, elle avait appris que Frmesk avait été transférée, sans qu'on lui dise où. Elle avait été envoyée en urgence en soins externes.

Lene avait emmené Darya à l'écart et lui avait remis l'enveloppe. *De la part de Frmesk*, avait-elle dit. *Et tu peux la remercier, car c'est grâce à elle que tu as toujours un travail. J'étais prête à te renvoyer de notre équipe*.

Darya s'était mise à pleurer et Lene l'avait prise dans ses bras. *Tu peux aller un peu dans sa chambre*, avait-elle dit.

Darya sécha ses yeux, puis alla allumer la bougie à côté du lit vide. La bougie, le cactus et l'orchidée étaient restés. Elle regarda la flamme, pendant que le feu prenait. C'était le 21 août. L'anniversaire de Frmesk. Elle se laissa tomber sur le lit, la lettre à la main.

Chère Darya,

Comme nous le savons toutes les deux, le droit à la parole n'est pas une évidence pour les femmes telles que vous et moi. Mais je veux me battre pour ce droit, et c'est pourquoi je m'accroche à une lueur d'espoir. Si nous voulons gagner notre liberté, nous allons devoir nous exprimer et nous opposer à l'oppression, quel que soit l'endroit où elle a ses racines. Si nous voulons vivre comme des êtres humains, nous devons raconter notre histoire. J'essaie de raconter la mienne, bien que cette simple pensée m'emplisse de remords et de honte. J'ai honte d'exister. Car que suis-je, sinon une femme paria dans un lit d'hôpital, que personne ne souhaite voir tant qu'elle n'est pas recouverte d'un linceul ? Je ne suis personne, Darya.

Et qui sont ces gens qui ont le droit d'opprimer, d'écraser et de tuer ? Qui leur a octroyé ce droit ? Dieu, Allah, affirmeront-ils. Mais est-il possible que des livres archaïques, que des cultures et des traditions archaïques aient plus de valeur que nous deux ? Qu'ils soient plus sacrés que nos vies ? Qu'ils comptent plus que nos existences ? Même de nos jours ?

Qu'ai-je fait qui les autorise à nier mon droit naturel à la vie ? Qu'ont fait les innombrables femmes qui vivent dans la Prison de la Foi à travers le monde ? Nous n'avons pas choisi notre sexe.

Quand on vous marque au fer rouge dès la naissance parce que vous n'êtes qu'une fille ; quand on vous imprime les étiquettes culpabilité et honte sur la peau parce que vous n'êtes qu'une fille ; quand on décrète que vous ne serez jamais vraiment un être humain parce que vous n'êtes pas né garçon – alors, trois choix s'offrent à vous dans la vie :

Vous pouvez tenter de tenir le coup, de vous taire, de subir la violence et l'oppression en silence derrière votre voile.

Vous pouvez mourir de votre propre main ou de celle d'un homme.

Ou alors, vous pouvez essayer de briser les chaînes, au risque de tout perdre. Même la vie.

Nous devons nous battre, car c'est notre vie qui est en jeu.

Pour moi, la vie consiste à garder la foi en son humanité, afin que le mal ne puisse nous dévorer. Pourtant, mes mots donnent la parole au mal, mais si je le fais, c'est simplement dans le but d'être entendue. Mes mots, c'est tout ce qu'il me reste. Sans eux, je ne serais rien.

Chère Darya, j'espère que mes mots vous parleront, si vous les voyez un jour imprimés sur les pages d'un livre ; qu'ils vous montreront la voie de cette liberté, qui est enfouie en vous ; qu'ils vous feront prendre conscience que le seul choix que vous ayez, c'est d'être forte.

N'oubliez jamais que vous êtes précieuse.

Affectueusement,

Frmesk

45

21 AOÛT 1991

ZAMUA, KURDISTAN

Par les fenêtres et la porte ouverte du jardin, on pouvait voir les rayons du soleil ondoyer tel un voile. Fugace comme du sucre glace saupoudré sur un baklava frais et brillant. La cuisine embaumait de mille parfums. Raisins secs, *koulitchs* et dattes. Pains *naansaji* grillés et gorgés d'huile. *Shirini zlabia* et *tulumba* croustillants et croquants. *Luqma qazi* sucrés. Graines de citrouille grillées et de tournesol salées. Gâteaux à la crème d'huile d'amandes fondante et recouverts de pistaches.

— Qu'est-ce que ça sent bon, *daya* Gawhar, dit Frmesk, enchantée, à sa mère, qui contemplait tous les plats.

Askol venait d'emporter deux plats en acier dans le salon, où les invités attendaient.

— Tu peux te retourner, que je puisse fermer ta robe jusqu'en haut ? dit Gawhar.

Mais elle saisit la fillette et lui fit faire un demi-tour sur elle-même.

Frmesk sentit glisser la fermeture éclair le long de son dos et baissa les yeux pour admirer sa robe rose. Elle était évasée à partir de la taille et ressemblait à un petit parasol contenant toutes les nuances de rose du monde.

— C'est un beau jour, murmura la fillette d'un air satisfait.

Son ours en peluche et sa poupée étaient assis par terre et la regardaient, vêtue de sa nouvelle robe.

Gawhar la tourna vers elle et joignit les mains.

— Comme tu es belle, mon ange.

Depuis le jour où elle avait reçu la robe de sa sœur Rubar, Frmesk avait su qu'elle la porterait le jour de ses cinq ans. Elle sourit à ses orteils, qui se balançaient de haut en bas comme des petites fraises des bois sur le sol tiède de la cuisine.

— Tu veux bien me coiffer, s'il te plaît, maman ?

— C'est justement ce à quoi j'étais en train de penser, dit Gawhar. Est-ce que tu peux aussi lire dans les pensées de ta maman ?

Frmesk secoua la tête.

— Tu penses beaucoup, *daya* Gawhar ?

— Comme tout le monde, répondit Gawhar. Mais nous gardons nos pensées pour nous. Ça vaut mieux. Imagine un peu, si tout le monde pensait à voix haute, ce serait une belle pagaille.

— *Mashallah*. Avez-vous déjà vu une telle robe ? dit Hapsa, lorsqu'elles entrèrent dans le salon.

Les femmes poussèrent des cris admiratifs, et Gawhar vit que Frmesk rougissait de fierté.

— Où as-tu eu cette belle robe ? questionna Sabri.

— C'est ma grande sœur Rubar qui me l'a offerte, dit Frmesk, quelque peu intimidée, tandis que les autres enfants présents dans la pièce commençaient à se rassembler autour d'elle.

— Asseyez-vous donc, et servez-vous, dit Gawhar. Il y a d'autres plats dans la cuisine.

— Tu en as préparé assez pour toute une mosquée, sourit Fatima. Nous te connaissons, Gawhar.

Darwésh s'était assis avec Hawré à l'autre bout de la pièce.

— Il faut que tu goûtes aux *luqma qazi* de ma femme. Ils sont incomparables, dit-il en langue des signes.

Hawré sourit et hocha la tête avec enthousiasme. Aso parlait avec les autres invités. D'habitude, ils ne fêtaient jamais les anniversaires, mais cette fois, Frmesk avait tellement insisté que Gawhar avait cédé et invité la famille et la moitié du voisinage.

— Il nous manque trois verres. Tu peux aller les chercher ? demanda Gawhar en donnant un petit coup de coude à Frmesk.

— Oui, maman.

Elle fit volte-face, de sorte que sa robe tournoya autour de sa taille.

— Regardez-la tourner sur elle-même, s'exclama Hapsa avec une lueur joyeuse dans les yeux.

— Elle l'a encore fait ? dit Darwésh en les regardant. Il affichait un large sourire. C'est parce que Gawhar n'arrête pas de lui dire qu'elle doit regarder où sont fixées ses ailes.

Frmesk rit et courut en tapant dans ses mains dans la cuisine, où Muhammad était en train de mâcher un morceau d'agneau qu'il avait pioché dans la marmite de ragoût qui mijotait sur le réchaud à gaz.

Elle se figea et son regard se fixa sur le placard.

— Les gâteaux, ça ne suffit pas, dit-il. Pas pour un vrai homme comme moi. – Il lui sourit, si bien que sa moustache se courba vers le haut. – Qu'est-ce qu'il te faut ?

— Maman m'a envoyée chercher des verres.

— Tu veux que je te hisse sur le tabouret pour que tu puisses les atteindre ? demanda-t-il.

Il la souleva sans attendre sa réponse. Ses doigts glissèrent sous la robe et lui pincèrent la peau. Et dès qu'elle fut en l'air, il plaqua son visage contre son ventre.

— Arrête ! protesta Frmesk, effrayée, en le repoussant.

— Je te porte juste, dit Muhammad. Mais ce n'est pas évident de te tenir avec cette robe.

Son haleine était désagréablement chaude, et elle voulut s'écarter de lui, mais sa tête était beaucoup trop lourde.

— Tu sens bon, dit-il. Vous avez dû utiliser un savon bien parfumé, aujourd'hui.

Frmesk se retourna pour prendre les verres.

Muhammad la tenait toujours fermement.

— Ce n'est pas grave si ton grand frère te renifle, dit-il. C'est un jeu. Ça s'appelle "Devine avec quel savon je me suis lavé". J'y joue aussi avec mes enfants, à la maison. On pourrait jouer à cache-cache, maintenant, si tu veux ? – Il enfonça sa tête sous la robe de la fillette. – Regarde, j'ai disparu.

Elle pouvait le sentir sous sa robe et tenta de se dégager, mais lâcha un verre, qui tomba et se brisa sur le sol.

Muhammad retira sa tête en entendant le bruit.

— Bon sang ! grogna-t-il.

— Qu'est-ce que vous faites ?

Gawhar se tenait dans l'embrasure de la porte, et son regard oscillait entre Muhammad, Frmesk et le verre brisé.

— Pourquoi est-ce que tu la portes ? poursuivit-elle, en colère.

Muhammad reposa Frmesk par terre.

— Elle n'était pas assez grande pour attraper les verres que tu l'avais envoyée chercher. Et puis, un verre cassé, ce n'est pas la fin du monde.

— Tu as raison, admit Gawhar. Ce n'est qu'un verre. Je vais chercher un seau pour mettre les bouts de verre.

Dès que son dos eut disparu, Muhammad saisit Frmesk par le bras.

— Le jeu du parfum sera notre petit secret, dit-il en la regardant dans les yeux. – Il esquissa un sourire. – C'est amusant, les secrets, pas vrai, Frmesk ?

— Je veux aller avec papa, murmura-t-elle.

— Tu ne le reverras jamais, si tu refuses de jouer avec ton grand frère, dit Muhammad.

Frmesk regarda fixement le pantalon et les *klash** tressées de Muhammad. De l'urine chaude dégoulina le long de ses jambes, comme des larmes coulaient sur ses joues.

— Mais mon enfant ! s'écria Gawhar en revenant dans la cuisine. Tu t'es fait pipi dessus ? Tu ne fais jamais ça, d'habitude. – Elle secoua la tête et prit la petite dans ses bras. – Décidément, tu ne nous aides pas beaucoup, aujourd'hui, Muhammad.

— Je voulais juste la porter jusqu'au placard, dit-il.

Gawhar embrassa les cheveux de Frmesk.

— Ce n'est pas très grave, c'est juste un verre et un peu d'urine. Viens, on monte. Tu vas mettre un pantalon propre et tout ira bien.

* Sorte d'espadrille traditionnelle kurde. *(N.d.l.T.)*

46

7 SEPTEMBRE 1991

ZAMUA, KURDISTAN

— C'est une bonne chose que Muhammad enseigne à Frmesk le Coran, même si c'est difficile pour papa.

Rubar regarda dans le récipient qui contenait de la farine et des œufs.

— C'est tout Muhammad, ça, et sans lui j'aurais été perdue, dit Gawhar. – Elle saisit un pichet de lait frais. – Je lui ai demandé si ça ne lui prenait pas trop de temps, mais il m'a répondu qu'il le faisait volontiers pour sa famille, car il y a des tas de gens qui parlent en mal de Frmesk à cause de ses cheveux blancs.

— Ce sera un grand jour, quand elle connaîtra le Coran par cœur, dit Rubar.

— Oui, il dit qu'elle a de la facilité à apprendre et qu'elle a déjà fait d'énormes progrès. – Gawhar changea de position. – Mes genoux fatiguent.

— Anwar n'arrête pas de dire qu'elle devrait revenir à la maison à cause de Kamal et de Bahra qui lui mettent la pression, dit Rubar. Ça ne lui plaît pas trop non plus qu'elle vous considère comme ses parents. – Son regard se fit distant. – Comme tu le sais, Frmesk a été promise en mariage. Et à la maison… Maman, j'ai tellement peur de ce qu'il pourrait faire.

— La prochaine fois qu'il t'en parlera, tu n'auras qu'à lui dire qu'elle est toujours malade et qu'elle suit un traitement. Frmesk est plus en sécurité chez nous.

— Mon Dieu, ce que vous pouvez jacasser, là-bas, dit Muhammad depuis le salon, où Frmesk était assise sur ses genoux. *Subhânallâh*, ma douce Frmesk, tu n'arriveras jamais à retenir la moindre sourate avec tes mères qui papotent à côté, dans la cuisine.

Les deux femmes sursautèrent.

Frmesk redressa la tête.

— Je voulais bien sûr dire *daya* Gawhar et sœur Rubar, rectifia-t-il en refermant brusquement le Coran. De quoi est-ce que vous parliez ?

— Je disais juste que tu es un homme bon, répondit Gawhar. Ça se ressent aussi quand on t'entend prêcher à la mosquée. – Elle regarda Rubar. – Nous te sommes reconnaissantes d'enseigner le Coran à Frmesk.

— Je l'enseigne bien à mes propres enfants, cria Muhammad en réponse. J'enseigne à tous ceux qui ont besoin d'étudier le Coran. C'est le devoir de chaque imam.

Frmesk s'agitait et cherchait sa mère du regard.

— Vous n'aurez qu'à demander à la maison, poursuivit-il.

Puis, Frmesk baissa les yeux sur le Coran. Elle connaissait déjà la plupart des lettres, mais n'osait rien dire, car elles avaient promis à Sabri de ne jamais en parler.

— Reste assise sagement, dit Muhammad. C'est impossible de t'apprendre quoi que ce soit ici.

Frmesk essaya de contracter ses muscles, pour éviter que Muhammad se mette en colère, en vain. Et à présent, elle avait peur de se faire encore pipi dessus.

— Il va falloir qu'on se trouve un autre endroit, dit Muhammad, assez fort pour que tout le monde l'entende. C'est *kufr* et hubris d'enseigner la parole sacrée dans ce brouhaha.

Gawhar se leva aussitôt et alla dans le salon.

— Vous pouvez aller étudier en bas, dit-elle.

— Dans la cave ? fit Muhammad. Ce n'est pas vraiment l'endroit idéal pour l'étude du Coran.

— Ton père y a installé de nouvelles lampes, poursuivit Gawhar. Et tout est propre et parfaitement rangé.

— J'en doute, dit Muhammad. Les caves de ce genre sont toujours un peu sales.

Frmesk sentit ses doigts sur son dos.

— Je t'assure que c'est propre, répéta Gawhar. Et vous y serez au calme. C'est ce qui importe le plus.

— Maman, intervint Rubar. Ils ne pourraient pas tout simplement aller étudier dans la bibliothèque de papa ?

— Mais il y est justement, en ce moment, ma fille. Il a de la visite, tu te rappelles ?

Rubar baissa le regard.

— Je vais bien veiller sur notre petite sœur, dit Muhammad.

— Qu'est-ce que c'est que ce rassemblement ? lança Darwésh, qui venait de surgir de sa bibliothèque.

Son regard se posa sur Muhammad et Frmesk, puis glissa vers les deux femmes, qui avaient de la farine sur les mains et sur leurs robes.

— Muhammad voudrait être au calme pour étudier le Coran avec Frmesk, dit Gawhar. Et comme tu as de la visite, j'ai pensé qu'ils pourraient peut-être descendre à la cave.

Frmesk passa en courant devant Darwésh et fila aux toilettes.

— Je constate que vous l'avez encore emballée dans un foulard ! s'écria-t-il. Ça ne vous suffit pas de lui bourrer le crâne avec votre Coran ?

Il écarta les bras.

— Mais elle ne peut tout de même pas étudier le Coran si elle n'a pas la tête couverte, mon cher, répliqua Gawhar. Et je croyais que nous nous étions mis d'accord.

— D'accord ! Ce livre finira par danser sur un monde en flammes, vous verrez bien.

— *Astaghfirullâh*. Ce ne sont pas des choses à dire ! protesta Gawhar en serrant les mains sur son cœur. Allah me pardonne. Encore et toujours ces paroles blasphématoires.

— Tu pourrais être lapidé pour avoir parlé de cette manière du plus saint de tous les livres, dit Muhammad.

— Exactement, poursuivit Darwésh. Allez donc faire un tour dans le reste du monde et vous verrez s'il y a des prêtres qui menacent de mort ceux qui critiquent la Bible.

— L'islam est la religion de la paix, papa, tu le sais, et il est écrit dans le saint Coran qu'on n'a pas le droit de tuer des êtres humains.

— Dans ce cas, ça tombe bien que le Coran ne considère pas les mécréants comme des êtres humains et que, par conséquent, il invite sa populace terrestre à châtier et à trucider quiconque ne croit pas en Allah et en Son prophète.

— Cette critique est sans fondement, papa, le Coran ne dit rien de tel.

— Vraiment ?

— Non, et tu le sais parfaitement.

— Autant que je me souvienne, insista Darwésh, il est écrit dans *Al-Baqara*, sourate 2, verset 191, à propos des non-musulmans, que vous devez les tuer partout où ils voudront vous tuer et les chasser des lieux d'où ils vous auront chassés.

— *Mashallah !* Mon père connaît le Coran par cœur, s'exclama Muhammad en levant les yeux au ciel. Allah nous bénisse.

— On se doit de connaître ses ennemis mieux que ses amis, dit Darwésh.

— Allah est puissant et clément. Tu es apparemment le seul à l'ignorer, papa.

— Clément ? C'est une drôle de clémence qui remplit les mains de ta mère de femmes assassinées, semaine après semaine.

— Ça suffit, maintenant, papa. Ça ne peut tout de même pas être la faute d'Allah si quelques femmes sont tuées.

— Muhammad, poursuivit Darwésh. Ce ne sont pas juste quelques femmes qui se font tuer, mais plusieurs milliers chaque année. – Il se retourna. – C'est une énigme pour moi que, semaine après semaine, vous voyiez tous ces corps maltraités de filles et de femmes et que vous ne preniez pas conscience que c'est vous qui les avez tuées avec vos saintes Écritures.

Gawhar ferma les yeux. Elle égrenait son chapelet dans la poche de son tablier. Les perles glissaient entre ses doigts. Elle avait l'impression qu'elles poissaient. Comme si sa poche était remplie de sang. Elle sortit sa main et regarda les perles.

— Mais qui les laverait, sinon ? lança-t-elle d'une voix rauque.

— Ce n'est pas le soin que vous leur apportez, le problème, ni le fait que vous les laviez, dit Darwésh. C'est plutôt… Vous vous contentez de les laver… encore et encore sans remettre en cause la racine de tout ce mal.

— On ne peut pas douter de ce en quoi l'on croit, dit Gawhar.

Les mortes chuchotaient de nouveau dans sa tête.

— Tout à fait, intervint Muhammad. On ne peut pas douter de la bonté d'Allah. S'il y a un problème, c'est du côté des hommes qu'il faut le chercher.

— Mais c'est une mentalité qui se nourrit continuellement du mal qui nous a été imposé, à nous les Kurdes, depuis le VIIe siècle, dit Darwésh. Si au moins tu connaissais l'histoire de ta religion.

— *Lâ hawla wa lâ quwwata illâ billâh*. Il n'y a de force et de puissance qu'en Allah. – Muhammad couvrit son coran de sa main libre et leva les yeux. – Allah, efface les péchés de mon père, pardonne-lui, sois clément avec lui. Tu es notre protecteur.

— Ce n'est pas la peine de demander pardon à Allah pour moi.

— Quoi qu'il arrive, une femme doit toujours être pure et honorable. Dans son esprit et dans son corps, dit Muhammad.

— Si l'honneur d'une femme se situe dans son hymen, où se situe celui d'un homme ?

Muhammad fusilla son père du regard.

— Tu ne dis rien. C'est bien ce que je pensais. Selon toi, l'honneur d'un homme se situe dans l'hymen de sa sœur ou de sa femme, et cela peut justifier à la fois le déshonneur et le meurtre.

— Ce sont des sottises, des saloperies, s'emporta Muhammad.

— Non, dit Darwésh. Car quand est-ce qu'un homme est considéré comme impur ? Et est-ce que sa virginité peut représenter la fierté ou la honte de toute une famille ? – Il secoua la tête. – C'est ça, le cœur de tous les maux, mon fils. La perte de la virginité d'un homme ne compte pas. Seules les femmes et leur sexe peuvent être responsables de l'infamie qui s'abat sur une famille, et cette responsabilité est si lourde qu'elle peut toujours justifier qu'un homme ait recours à la violence ou au meurtre.

— Ce n'est pas vrai, papa, tu…

— Ce n'est pas vrai ? Va dire ça aux centaines de femmes que les mains de ta mère ont lavées parce que personne ne veut toucher le cadavre d'une femme qui a péché. Pas même sa propre famille. Mais après tout, quoi de plus normal, puisque ce sont souvent eux qui l'ont tuée pour sauvegarder leur honneur.

— La virginité des femmes a toujours été la norme, même chez les mécréants, papa. Une femme pure est un sujet de fierté pour toute sa famille.

Darwésh secoua à nouveau la tête.

— Au moins, ces mécréants, comme tu les appelles, ne renient pas leurs filles à l'issue de la nuit de noces si elles ne sont pas vierges. Chez eux, les jeunes femmes ne sont pas obligées de se munir de colorants rouges pour les draps de la nuit de noces, elles n'ont pas à vivre dans la peur de l'absence d'une goutte de sang, comme ça arrive si souvent, cette peur que vous plantez dans le crâne de nos petites filles dès la plus tendre enfance. La science a depuis longtemps démontré que toutes les vierges ne saignent pas lorsqu'elles perdent leur virginité.

— Oh, toi et ta science !

Muhammad secoua la tête, mais Darwésh continua :

— Peux-tu me dire, Muhammad, combien de mariages sont fondés sur un mensonge, même si ce n'est absolument pas nécessaire ? Peut-être que tu devrais, en ta qualité d'imam, prêcher un peu cette vérité, afin que les filles qui échouent à l'épreuve de la nuit de noces ne finissent pas toutes mortes entre les mains de ta mère.

— Papa, nous avons malgré tout la religion la plus pure, et avec tout le respect que je te dois, je me vois obligé de te demander de surveiller ton langage, d'autant plus qu'il y a des femmes et des enfants présents.

— Oui, et c'est justement ce que vous refusez. Les femmes n'ont pas le droit de développer un œil critique, elles doivent tout accepter aveuglément.

— Papa ! intervint Rubar en tendant un plateau avec du thé, des graines de tournesol grillées et des dattes. Voilà, ton thé est prêt.

Darwésh se tourna vers le plateau, tandis que les rides sur son front se creusaient.

— Car tu étais bien venu chercher du thé pour tes invités, n'est-ce pas ? ajouta-t-elle.

Il acquiesça lentement.

— Certaines pommes tombent tellement loin du tronc de leur père que ça aurait aussi bien pu être des poires pourries. – Il regarda sa fille dans les yeux. – Mais toi, ma fille, tu es une pomme splendide tombée aux pieds de ta mère. – Puis il se tourna vers Gawhar, qui avait le front en sueur. – En une de ses journées les plus éclairées.

— Cet homme, gronda Muhammad, lorsque Darwésh eut disparu avec le plateau. Je ne peux…

les mots me manquent. Il a de la chance que ce soit moi, sinon il ne finirait pas l'année vivant. Il ne faut pas qu'il dise ces choses en public. Ce serait dangereux pour vous deux.

— Je le sais, dit Gawhar. Mais tu dois être indulgent avec lui. Et quoi qu'il dise, il reste ton père. – Elle s'empressa d'aller ouvrir la porte de la cave et alluma la lumière. – Allez, filez tous les deux. Vous serez au calme pour étudier le Coran.

— Je crois qu'on va s'arrêter là pour aujourd'hui, grogna Muhammad en se redressant à la hâte. – Il leva son coran au-dessus de sa tête, comme s'il implorait le pardon pour l'impie qui venait de défier la parole d'Allah. – Il ne faut pas contredire Sa parole. Je me sens impur. Je vais devoir me préparer de nouveau pour la prière, siffla-t-il. Et à partir de maintenant, si vous voulez que j'enseigne le Coran à Frmesk quand papa est à la maison, ça se passera dans la cave.

47

24 OCTOBRE 1991

ZAMUA, KURDISTAN

— C'est maintenant que tu arrives ? s'exclama Gawhar, lorsqu'elle vit Muhammad entrer dans la maison avec son coran enveloppé dans une pièce d'étoffe verte. On s'apprêtait à aller à la prière.

Muhammad posa une main sur la tête de Frmesk.

— Cette petite est une élève tellement douée. Mais ce n'est pas grave, je repasserai un autre jour.

Frmesk serra sa poupée contre elle.

Gawhar enfila son tchador.

— On a dû l'emmener chez le médecin, hier. Elle a de la fièvre et ça lui fait mal quand elle urine, alors il lui a donné un traitement contre l'infection urinaire.

Muhammad ferma les yeux.

— Je n'ai pas envie d'entendre ce genre de choses.

— Tu pourrais rester et étudier avec elle en attendant mon retour. Ça lui évitera d'avoir à sortir sous la pluie.

— Où sont papa et Aso ?

— Ton père est parti chercher de l'engrais au bazar de Zher-prdaka, répondit Gawhar. Et Aso aide un de ses amis à déménager.

— Un peu de calme ne peut pas faire de mal, et puis on est capables de se débrouiller, Frmesk et moi. – Il sourit et hocha la tête. – Vous avez essayé de mettre de l'urine de chameau dans son lait ? Ce remède avait fonctionné avec le Prophète.

— Les chameaux ne courent pas les rues par ici, dit Gawhar en souriant.

— Si j'avais su que la petite avait une infection urinaire, je vous aurais envoyé Sabri pour qu'elle aide avec les tâches ménagères, et j'aurais moi-même prié pour son rétablissement après le prêche. – Muhammad hocha de nouveau la tête. – Sabri m'a aussi dit que tu avais demandé si ce ne serait pas plus simple pour moi d'enseigner à tous les enfants en même temps. Mais je pense que les enfants apprennent mieux quand on les prend individuellement. C'est aussi comme ça que j'ai appris le Coran, si tu t'en souviens.

— Oui, mais tu as tellement de responsabilités, dit Gawhar.

Frmesk regarda sa mère.

— Je ne pourrais pas venir avec toi ? chuchota-t-elle.

— Oh, tu ferais fondre une vieille femme avec ces yeux en amande, répondit Gawhar. Mais j'ai beaucoup de choses à faire, ma fille. Il faut qu'on prépare notre prochaine visite au tombeau du cheik, alors ce sera une longue journée. Je crois que le mieux pour toi serait que tu restes avec Muhammad.

— Ta mère a raison, quand on est malade, il vaut mieux rester à la maison.

— Le docteur a dit que Frmesk devait boire beaucoup d'eau.

— J'y veillerai, maman. – Il regarda la fillette. – Elle empeste l'oignon. Qu'est-ce que vous avez fait, toutes les deux ?

— Il y a tellement de malheurs qui se produisent autour de nous, alors je fais de mon mieux pour la protéger.

— Tu peux y aller, maman, dit Muhammad. Allah te garde.

— Prenez bien soin l'un de l'autre.

Gawhar disparut par la porte.

— Viens avec moi dans l'arrière-cour, Frmesk. Il faut que je me lave avant qu'on commence à étudier.

Elle l'observa. Muhammad se lavait toujours avant de lire à voix haute les paroles sacrées d'Allah, ou quand il se préparait pour la prière. Il lui avait expliqué qu'il devait être pur. Il était assis sur le petit tabouret en bois près du tonneau d'eau sur lequel sa mère était toujours assise lorsqu'elle-même devait se laver et se préparer pour la prière.

Il commença par se laver les mains trois fois. Après quoi il se rinça la bouche, puis le nez. Il redressa la tête et se racla la gorge, comme s'il voulait dire quelque chose à Frmesk, mais garda le silence. Ensuite, il se lava le visage trois fois, le bras droit jusqu'au coude, trois fois également, et fit de même avec son bras gauche. Frmesk le regarda se frotter le front une fois avec ses grandes mains. Il termina son *wudû'* en se lavant trois fois les pieds.

— Tu peux aller chercher le tapis de prière, Frmesk ? dit-il en secouant ses mains. Tu sais que le Prophète – que la paix et les bénédictions d'Allah soient sur lui – a dit : *Celui qui fait ses ablutions correctement, puis prie deux* rak'ah *de* salât *sans se laisser distraire, verra ses péchés pardonnés* ? Ça signifie que tout peut nous être pardonné.

Il y eut un instant de silence.

— J'ai rêvé de toi, dit-il alors. *Je t'ai vue deux fois dans mes rêves avant de te choisir. Un ange s'est présenté à moi avec un paquet enveloppé dans une étoffe, et quand je lui ai dit d'ouvrir le paquet, je t'ai vue, tu étais nue.* – Il tendit une main vers elle. – *Si telle est la volonté d'Allah, alors faisons en sorte que ce rêve devienne réalité.* Le Prophète avait fait le même rêve à propos de son Aïcha.

Frmesk ne comprit pas ce qu'il voulait dire, mais elle lui donna quand même le tapis de prière, sans toucher sa main.

Lorsque Muhammad eut fini de prier dans l'allée, il prit Frmesk par la main et l'entraîna avec lui à l'intérieur. Elle aurait préféré rester dans le jardin.

Frmesk sentait que la paume de sa main était moite, mais elle ne voulait pas le regarder. Il respirait de manière saccadée. Elle laissa tomber sa poupée et sentit battre son cœur. Il battait rapidement et tambourinait dans ses tempes. Il l'emmena dans le salon. Ils descendirent l'escalier de la cave.

48

Un puissant soupir en provenance des montagnes fit faire le dos rond au vent comme un chat irascible, avant de continuer sa course et de s'élever dans des tourbillons de sable et de poussière. Ses dents glaciales mordirent les créatures de la ville et les forcèrent à baisser les yeux sur la terre. Le vent se calma un instant, pour pouvoir mieux frapper à nouveau, encore plus violemment, faisant grincer les maisons basses.

— Quel vent ! s'exclama Gawhar lorsqu'elle ouvrit la porte et se laissa pousser par les mains du vent dans la petite entrée de la maison. Quelqu'un a dû marcher sur les orteils d'Allah.

Elle tapa sur son tchador pour faire tomber le sable qui s'y était fixé et l'accrocha.

Dans le salon, elle trouva Muhammad assis devant son coran ouvert. Frmesk était assise à côté de lui avec sa poupée.

— Mais tu es toute pâle, ma fleur. – Gawhar regarda Muhammad. – Elle s'est plainte de douleurs ?

— Oui. Et elle a même vomi plusieurs fois. J'avais l'intention de la conduire chez le médecin, mais j'ai préféré attendre que tu rentres.

— On y va tout de suite, alors ?

— Mais tu viens à peine de franchir la porte. Et puis il fait un temps épouvantable, poursuivit Muhammad. Je vais m'en occuper moi-même. N'oublie pas que tu es ma porte du paradis d'Allah, chère maman. Il est de mon devoir de t'aider.

— Comme c'est délicat de ta part, mon fils. Comme ça, je pourrai me concentrer sur le repas. Ton père sera certainement fatigué quand il rentrera, et il se pourrait bien que les femmes de mon groupe de prière viennent manger.

— Il faut toujours soutenir sa famille, maman.

Gawhar lui sourit.

— Je vais chercher des vêtements propres pour Frmesk. Au cas où elle se sentirait à nouveau mal et qu'elle vomirait. Elle sait se changer toute seule, alors tu n'auras pas à t'en faire.

Frmesk se figea sur place. Muhammad la poussa légèrement. Ses douleurs l'empêchaient presque de marcher, mais elle n'osa pas regarder sa mère. Elle sentit les mains de Muhammad sur elle et vit disparaître le sol, lorsqu'il la souleva dans ses bras. Elle contempla sa poupée sur le matelas. Elle était toute seule.

La voiture de Muhammad était vieille et sentait le caoutchouc brûlé et l'essence.

Frmesk regardait défiler les maisons d'un air absent, mort.

Au début, le bruit du trafic était intense, mais se tut peu à peu, à mesure que la voiture s'engageait dans des rues de plus en plus étroites. Et quand Muhammad se gara sur une petite place derrière une maison en ruine, ils se retrouvèrent de nouveau seuls.

Frmesk se recroquevilla sur elle-même lorsque Muhammad se faufila sur la banquette arrière, auprès d'elle. Elle pouvait encore voir l'extérieur par la vitre derrière lui. Elle recula et se blottit dans le coin, contre la portière. Elle regarda le loquet, qui était baissé. Il empestait la sueur et respirait fort. Malgré la douleur, elle leva ses jambes devant elle, comme un rempart devant ses plaies fraîches. Elle cacha son menton et son nez derrière ses genoux.

— On a un accord, Frmesk ?

Sa voix était en colère.

Le corps de Frmesk tremblait.

— Tu te souviens qu'on a conclu un accord dans la cave. C'est notre petit secret, pas vrai ? Notre jeu secret.

Elle sentit ses doigts s'enfoncer dans la peau de son cou. Puis il serra si fort qu'elle eut mal dans toute la tête.

— *Les femmes convenables sont obéissantes et veillent sur les secrets*, dit Allah. Tu ne dois jamais l'oublier.

Frmesk se mit à haleter.

— Tu sens comme je suis fort ? Hein, tu le sens ?

Elle n'osa pas lui répondre. N'osa pas respirer. Elle voulait juste rentrer chez elle et retrouver maman et papa.

— Tu comprends ? cria-t-il. Tu dois répondre quand un homme te parle. *Tu dois être obéissante*, sale petite gamine impure.

Il lui saisit les jambes et les tira si brutalement pour les écarter du reste de son corps qu'elle bascula en arrière sur la banquette. Sa vision s'obscurcit.

— Papa et maman auront tellement honte de toi qu'ils te chasseront de la maison.

Il commença à la gifler. Puis il lui pinça si fort l'oreille qu'elle éprouva une sensation de brûlure et que sa peau la picota. Il sortit un poignard. L'approcha du lobe de son oreille.

— Je te la coupe, chuchota-t-il, tout près de son visage. Je le jure devant Allah. Je te coupe l'oreille si tu ouvres la bouche.

Il continua de lui souffler dans les oreilles, tandis qu'il grattait son lobe avec la lame du poignard.

— Et si je te coupe la tête, maman devra te laver comme les autres femmes dans l'arrière-cour, et papa creusera un trou pour toi dans la terre, et tu te retrouveras toute seule dans le noir, et les vers te dévoreront. Tu comprends ?

Son menton et ses lèvres tremblaient.

— Je ne le répéterai à personne, sanglota-t-elle. Je ne le répéterai à personne.

Il la lâcha. Son visage était toujours cramoisi de rage, mais sa voix était plus calme.

— Et quand on rentrera à la maison, poursuivit-il. Tu diras qu'on est allés chez le médecin, et je jure devant Allah, murmura-t-il, que si tu dis à maman, à papa, ou à n'importe qui d'autre que ça te fait mal quand tu fais pipi, tu finiras dans un trou avec les vers. Tu comprends ?

— Je ne le dirai à personne. – Elle avait uriné sur la banquette, ça la brûlait. – Son corps s'était relâché et elle était adossée, toute molle, à la portière, les joues couvertes de larmes. Elle croyait qu'il allait redémarrer, mais ils n'allèrent nulle part. Il s'alluma une cigarette et la fuma, tranquillement assis, tandis que la mosquée appelait à la prière. *"Allahu akbar, Allahu akbar."* La cigarette sentait fort. Les lèvres de Muhammad expulsaient la fumée en de fines colonnes.

Maman te lavera dans l'arrière-cour. Papa te jettera au fond d'un trou. Frmesk sombra dans l'angoisse. Disparut en elle-même. Son cerveau cognait, encore et encore, tandis qu'y défilaient des images aveuglantes et furtives. La salive dans la barbe de Muhammad. La petite table dans la cave. Sa robe, retroussée sur son ventre, dévoilant son corps.

49

La porte donnant sur la rue était ouverte et laissait échapper des cris. Muhammad s'approcha de la maison de ses parents et comprit aussitôt qu'il y avait un problème.

Il portait Frmesk, qui reposait contre son épaule. Ses bras pendaient, inertes. Son visage était tourné du côté opposé au sien.

— Mais allez chercher un docteur ! hurla une voix, lorsque Muhammad pénétra dans l'entrée. Mon pauvre fils se vide de son sang entre vos mains, mais c'est vrai qu'on préfère les cadavres, dans cette maison !

— Bahra, dit Gawhar. Laisse donc mon mari travailler en paix, il sait ce qu'il fait.

— Parce qu'il est aussi médecin, maintenant ? grincha Bahra.

Muhammad arriva dans le salon, qui était bondé. Il y avait surtout des femmes. Elles avaient toutes été si pressées d'entrer qu'elles n'avaient pas pris le temps d'ôter leurs chaussures et leurs tchadors. Du sable crissait sous leurs pieds. Certaines femmes agitaient les mains en direction du plafond et imploraient la pitié d'Allah.

— Maman, dit Muhammad.

Le corps mou de Frmesk sursauta.

— Ah, vous voilà. Loué soit Allah.

Elle tendit les bras vers Frmesk, qui se laissa aussitôt glisser vers elle et éclata en sanglots. Son corps tout entier tremblait contre la poitrine et l'épaule de sa mère.

— Qu'est-ce qu'il y a, mon enfant ? demanda Gawhar, inquiète.

Muhammad écarta les bras.

— Elle s'est mise à pleurer quand on est entrés. Elle doit être effrayée. Que se passe-t-il ? Pourquoi est-ce qu'elles crient comme ça ?

— C'est Anwar, expliqua Gawhar. Il s'est fait tirer dessus.

Elle serra Frmesk contre elle et commença à bercer doucement son petit corps.

— Il s'est fait tirer dessus ? Comment est-ce arrivé ? – Muhammad tenta de regarder à travers la multitude de bras levés et de tchadors. – C'est grave ?

— Je ne crois pas. Il a reçu du plomb dans le derrière, alors ça saigne plus que ce n'est dangereux. – Elle embrassa Frmesk sur le front. – Alors, ma fille, on ferait peut-être mieux de te mettre au lit.

Muhammad posa une main sur l'épaule de Frmesk. Ses doigts s'enfoncèrent dans sa nuque, sous ses cheveux.

— Oui, Frmesk est tellement bien avec sa maman. Alors, on doit tout faire pour que ça dure le plus longtemps possible, pas vrai, Frmesk ?

La fillette cacha son visage contre la poitrine de Gawhar.

— Qu'est-ce que tu veux dire ? demanda Gawhar en le regardant.

— Cette ville, dit-il en écartant à nouveau les bras. – Il inspira profondément. – Il est impossible de ne pas se faire constamment du souci pour le lendemain. Les jeunes enfants, en particulier, doivent être angoissés au plus profond de leurs âmes, tu ne crois pas ?

Elle lui donna une petite tape sur la joue.

— Si, nous devons veiller les uns sur les autres, mon fils, comme tu le dis si souvent dans tes prêches à la mosquée.

Il tourna la tête.

— Aso ? Viens me voir.

Aso se fraya un chemin parmi les femmes.

— Qu'est-ce qui se passe, Aso ? Pourquoi Anwar s'est-il fait tirer dessus ?

Du coin de l'œil, il vit Gawhar disparaître avec Frmesk. Il tenta de capter le regard de la petite, mais ses yeux étaient rivés au sol. Au milieu de l'océan de femmes, Bahra se plaignait à voix haute, et deux de ses sœurs venaient d'arriver dans le salon avec Tofiq.

— Mon très cher père, dit Bahra en baissant la tête pour le saluer. Merci d'être venu. Un des rares fils de la famille est étendu par terre, en sang et blessé par balles, entre les mains d'un profane.

— Il est mourant ? demanda Tofiq en faisant signe à ses filles de se taire, avec ses grosses mains.

Darwésh leva la tête.

— Non, pas du tout. – D'un hochement de tête, il désigna le postérieur et le dos dénudés d'Anwar. – Comme tu peux le voir, je suis en train de retirer les plombs, et ils ne sont pas nombreux à avoir pénétré profondément.

Anwar poussa un hurlement quand Darwésh enfonça à nouveau sa pincette au fond d'une de ses plaies pour en extraire un plomb. Il remua légèrement sa pincette dans l'orifice.

Anwar se cogna le front contre le sol.

— Je vais les tuer ! beugla-t-il. Les salopards !

— Regarde, dit Darwésh en levant le plomb vers Tofiq. Il doit en rester encore une douzaine, et une fois que je les aurai tous récupérés, on lui passera de la pommade et on l'enverra à l'hôpital pour qu'ils lui donnent des antalgiques.

Anwar se mit à haleter et serra les poings, lorsque Darwésh planta sa pincette dans le même trou.

— Mon pauvre fils, cria Bahra. Qu'est-ce que vous lui faites ?

Elle se laissa tomber à genoux et saisit la tête d'Anwar.

Darwésh la regarda.

— Je suis obligé de m'assurer qu'il ne reste pas des morceaux de tissu là-dedans.

— Relève-toi, la gronda Tofiq. Ce garçon pleurniche comme une gamine, et dans ma famille, on ne s'agenouille pas pour ça.

Bahra s'exécuta et alla se cacher entre ses sœurs. Elle se donna des coups dans le visage et se prit la tête à deux mains.

Tofiq avait fait taire toutes les femmes rassemblées dans le salon. À présent, se balançant d'un pied sur l'autre, elles chuchotaient, échangeaient des regards et observaient Anwar.

— Est-ce que quelqu'un va enfin se décider à faire sortir toutes ces femmes ? hurla Anwar. Je suis cul nu, bordel de merde !

— Voilà ce qui arrive quand on n'éduque pas assez bien ses filles. – Tofiq regarda les femmes autour de lui. – Vous n'avez rien de mieux à faire que de reluquer des hommes nus ?

Le murmure s'intensifia. On entendit même certaines femmes implorer la protection d'Allah.

— Dehors ! hurla Tofiq. Sinon, j'irai raconter à vos maris à quoi vous utilisez vos yeux !

— Ma maison n'est pas une mosquée, et chez moi, les hommes et les femmes ont le droit d'être dans la même pièce, dit Darwésh. L'unique chose dont ces femmes soient coupables, c'est de prier.

— Papa ! intervint Bahra. C'est mon Anwar, alors je reste ici.

Tofiq la considéra un instant.

— Dans ce cas, rends-toi au moins utile et va nous faire du thé. – Puis il se tourna de nouveau vers Darwésh. – Pourquoi avez-vous installé le garçon ici, à la vue de toutes et de tous ?

Muhammad s'était rapproché, tandis que les femmes évacuaient la pièce.

— J'ai posé la question à Aso, mais il n'a pas su me répondre.

— Il a été balancé devant notre porte, dit Darwésh. J'ignore par qui.

— Sûrement des peshmergas, fit Tofiq en regardant Anwar. Est-ce que tu es allé livrer des médicaments aux peshmergas avec ton camion, aujourd'hui ?

Anwar acquiesça.

— Rachid s'est fait prendre. – Il serra les dents. La pincette s'enfonça dans un autre trou. – Des *jahsh* ont vendu la mèche. Ces petites merdes de collabos de Saddam. – Son visage se déforma sous l'effet de la douleur. – Je vais les tuer.

Muhammad s'était accroupi. Il avait commencé à réciter la sourate *Âyat al-Kursî*, et tout le monde pouvait l'entendre.

— Nous devons prier pour toi, Anwar, le reste est dans les mains d'Allah, le Miséricordieux. – Il poursuivit à voix haute. – Je peux le conduire à l'hôpital, quand tu auras fini, papa. – Son regard glissa de Darwésh, qui transpirait, vers Anwar, qui gémissait. – Il faut avoir *sabr*, mon ami. Courage.

L'odeur des femmes excitées flottait toujours dans la pièce. Une odeur moite et suffocante. Peu de temps après, les derniers plombs étaient extraits du corps d'Anwar et il était prêt à partir pour l'hôpital. Darwésh avait été renvoyé à l'époque où lui-même était un jeune soldat. La guerre avait profondément marqué son âme.

Quand Frmesk se réveilla, elle était recroquevillée sur son matelas, posé à même le sol.

Gawhar était assise à côté d'elle. Une de ses mains était placée sur le front fiévreux de Frmesk, l'autre sur son coran. Son corps se balançait légèrement d'avant en arrière.

— Qu'Allah veille sur toi et te guérisse, ma fille, chuchota-t-elle en faisant glisser sa main dans les cheveux de l'enfant.

Elle ferma les yeux et pria jusqu'à ce qu'elle perçoive le son d'une voix. Alors, elle ouvrit les yeux.

— La petite est réveillée ?

Gawhar se retourna vers Muhammad.

— Tu es déjà de retour, mon fils ? Comment va Anwar ?

— Il a perdu beaucoup de sang, alors il va passer la nuit à l'hôpital. J'ai promis que je retournerais le voir demain matin, répondit Muhammad calmement. Je voulais m'assurer que Frmesk allait bien aussi. Ce n'était pas un très beau spectacle pour elle. – Il secoua la tête. – Ça a dû être une journée difficile avec toute cette agitation, et puis cette fièvre par-dessus le marché. – Il tendit à Frmesk sa poupée. – J'ai apporté ta poupée, ma fille. J'ai pensé qu'elle devait te manquer.

Frmesk s'agrippa à la robe de sa mère et grimpa sur ses genoux, où elle se pressa contre sa poitrine.

Muhammad hocha la tête et posa la poupée sur le matelas.

— J'ai aussi apporté ça, poursuivit-il en tendant son propre coran à Gawhar. Place-le à côté de l'oreiller de Frmesk, cette nuit.

— Tu ne peux pas te passer de ton coran, dit Gawhar en le regardant.

— C'est juste pour cette nuit. Il sera plus utile ici.

Il donna une petite tape sur la tête de Frmesk.

Le corps de l'enfant frémit.

— Place-le à côté de son oreiller, répéta-t-il.

— Merci, mon garçon, dit Gawhar. Qu'a dit le médecin ? J'ai complètement oublié de te le demander, tout à l'heure.

— Elle a juste besoin de calme. Et il faut aussi qu'elle boive. Beaucoup. Je peux rester ici cette nuit, si vous avez besoin de moi. Papa avait l'air épuisé.

— Ce n'est pas la peine, mon fils. Il y a déjà Aso. Mais tu penses que Sabri pourrait venir m'aider, demain ? La maison aurait bien besoin d'un coup de ménage, après ce soir. Et je ne peux pas m'éloigner de la petite.

— Bien sûr. Je vais lui en parler tout de suite en rentrant.

Gawhar ferma les yeux. Elle entendit Muhammad sortir. Quelques heures plus tôt, elle avait nettoyé, à genoux, le sang d'Anwar sur le sol du salon. De nombreux lieux de purification rituelle avaient ressurgi dans ses pensées de manière sanglante. Il n'y avait rien qu'elle souhaitait plus au monde que de laver le sang d'Anwar. Mais cela aurait dû être le sang de son cadavre. Elle avait aussitôt eu affreusement honte et s'était mise à prier Allah, encore et encore, pour qu'Il lui pardonne d'avoir émis un tel vœu, pour qu'Il lui pardonne d'avoir péché. Plus tard, elle avait souri à la pensée qu'elle avait au moins veillé à ce que Frmesk soit en sécurité sous leur toit. Qu'elle l'avait sauvée et lui avait donné une vie meilleure que celle qu'Anwar aurait jamais pu donner à sa fille.

Elle posa le coran de Muhammad et passa un bras autour de Frmesk, qui se blottit contre elle.

— Tu vas guérir, ma petite fille, maman s'occupe de toi, chuchota-t-elle en l'embrassant dans les cheveux.

Le cœur de Frmesk se régla sur celui de sa mère et se mit à battre au même rythme. Il venait de prendre plusieurs milliers d'années d'un coup. Il était devenu fragile. Sa douleur s'était transformée en temps. Le corps et la voix de Muhammad résonnaient en elle, comme un écho mortel. Il avait fait d'elle un être invisible.

Gawhar sentit le front de la petite. Sa fièvre était repartie de plus belle. Frmesk enfouit son visage dans le foulard blanc de Gawhar.

— Maman ? Est-ce que tu laves aussi des petites filles dans l'arrière-cour ?

LISTE DES PERSONNAGES

KURDISTAN
Frmesk : le nouveau-né
Anwar : père de Frmesk
Rubar : mère biologique de Frmesk
Baban : frère de Frmesk

Gawhar : grand-mère maternelle de Frmesk
Darwésh : grand-père maternel de Frmesk
Aso : oncle de Frmesk
Sherzad : oncle de Frmesk

Bahra : grand-mère paternelle de Frmesk et mère d'Anwar
Fayaq : beau-père d'Anwar
Shno : tante de Frmesk
Tofiq : arrière-grand-père de Frmesk, père de Bahra
Rachid : beau-fils de Tofiq

Muhammad : oncle de Frmesk
Sabri : épouse de Muhammad
Amal : cousine de Frmesk, fille de Muhammad (d'une famille de quatre enfants)

Askol : cousine de Darwésh
Kani : fille d'Askol

Jairan : sœur de Fayaq
Hawré : mari de Jairan
Hanar : fille de Jairan et de Hawré (d'une famille de trois enfants)

Manij : voisine et amie de Gawhar
Latif : mari de Manij
Ashti : fille de Manij
Nashmil : fille de Manij
Chra : nouvelle épouse de Latif

Hapsa, Shler, Shukri : amies de Gawhar et membres de son groupe de prière

Hataw : cousine de Gawhar
Trifa : fille de Hataw
Bakhtyar : mari de Trifa
Faruq : beau-père de Trifa, marié à Vian
Vian : belle-mère de Trifa

Fatima : sage-femme
Osman : mari de Fatima

Sirwan : compagnon d'armes de Darwésh, qui vit à Halabja

Danemark
Frmesk : la patiente dans le lit d'hôpital
Darya : jeune étudiante en médecine
Jamal : père de Darya
Shwan : cousin éloigné de Darya
Lene : infirmière

REMERCIEMENTS

Merci à toi, âme fidèle qui a créé le cadre
dont j'avais besoin pour avoir le courage d'écrire
mon premier roman.
Je n'oublierai jamais ta générosité.

Merci à Politikens Forlag
de nous avoir si bien accueillies,
moi et ma larme du cœur la plus profonde.

Merci à Peer Bundgaard
pour sa précieuse contribution
à la présente traduction.

OUVRAGE RÉALISÉ
PAR L'ATELIER GRAPHIQUE ACTES SUD
ACHEVÉ D'IMPRIMER
SUR ROTO-PAGE
EN SEPTEMBRE 2020
PAR L'IMPRIMERIE FLOCH
À MAYENNE
POUR LE COMPTE DES ÉDITIONS
ACTES SUD
LE MÉJAN
PLACE NINA-BERBEROVA
13200 ARLES

DÉPÔT LÉGAL
1re ÉDITION : OCTOBRE 2020

N° impr. : 96412
(Imprimé en France)